Guillaume Laniel

Les Chevaliers d'Émeraude

TOME I
Le feu dans le ciel

Du même auteur

Parus

À paraître bientôt

Anne Robillard

Les Chevaliers d'émeraude

TOME I
Le feu dans le ciel

Éditions de Mortagne

Données de catalogage avant publication (Canada)

Robillard, Anne, 1955-

Les Chevaliers d'Émeraude
Sommaire : t. 1. Le feu dans le ciel.
ISBN 978-2-89074-662-6 (v. 1)
1. Titre.

PS8585.O3257C43 2002   C843'.6   C2002-941612-4
PS9585.O3257C43 2002
PQ3919.2.R62C43 2002

Édition
Les Éditions de Mortagne
Case postale 116
Boucherville (Québec)
J4B 5E6

Distribution
Tél. : 450-641-2387
Téléc. : 450-655-6092
Courriel : edm@editionsdemortagne.qc.ca

Dépôt légal
Bibliothèque nationale du Canada
Bibliothèque nationale du Québec
Bibliothèque Nationale de France
4ᵉ trimestre 2002

ISBN : 978-2-89074-662-6

17 18 19 20 21 – 02 – 11 10 09 08 07

Imprimé au Canada

Nous reconnaissons l'aide financière du gouvernement du Canada par l'entremise du Programme d'aide au développement de l'industrie de l'édition (PADIÉ) et celle du gouvernement du Québec par l'entremise de la Société de développement des entreprises culturelles (SODEC) pour nos activités d'édition. Gouvernement du Québec – Programme de crédit d'impôt pour l'édition de livres – Gestion SODEC.

REMERCIEMENTS

Merci à tous les auteurs de science-fiction et de fantastique qui ont nourri mon imagination et qui m'ont permis de créer de fabuleux mondes peuplés de fées, de magiciens, de guérisseurs et de chevaliers. Je tiens à remercier mes amis pour leur soutien. Merci à Lucie d'avoir raffermi ma confiance en moi. Merci à ma mère, à ma famille et à Chantal qui m'ont observée et écoutée avec des froncements de sourcils lorsque je m'emportais dans le récit de mes héros préférés. Leur patience et leur compréhension ont été la source de mon courage. Merci à Jennifer, ma petite sœur d'armes, qui a su, par une missive sortie tout droit de son cœur, me donner la volonté d'aller jusqu'au bout de ce projet. Merci à Patrick Ouimet et MT Graphiques pour la magnifique carte du continent d'Enkidiev. Merci à Catherine Mathieu pour la superbe croix de l'Ordre. Merci aussi à Carolyn et à Max, des Éditions de Mortagne, qui ont cru en moi et ont ouvert les portes du monde réel à mes Chevaliers. Et surtout, un gros merci à ma sœur Claudia qui a lu, corrigé, relu et recorrigé mes manuscrits sans relâche pour que « tout soit parfait ». La création d'un monde magique nécessite beaucoup d'efforts et ce, pas seulement de la part de l'auteur, mais il apporte aussi la satisfaction d'avoir accompli quelque chose de merveilleux. J'espère que vous aurez autant de plaisir à lire cette grande aventure que j'en ai eu à l'écrire.

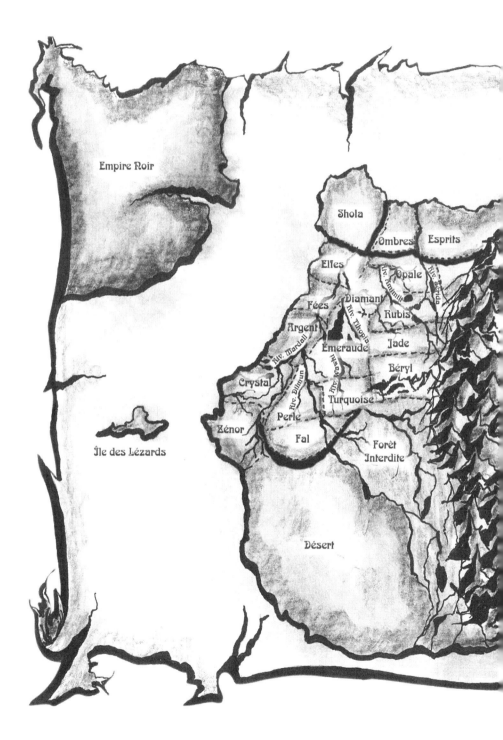

La croix de l'ordre

L'ORDRE

~

CHEVALIER WELLAN D'ÉMERAUDE
ÉCUYER BRIDGESS
✧

CHEVALIER BERGEAU D'ÉMERAUDE
ÉCUYER BUCHANAN
✧

CHEVALIER CHLOÉ D'ÉMERAUDE
ÉCUYER WANDA
✧

CHEVALIER DEMPSEY D'ÉMERAUDE
ÉCUYER KEVIN
✧

CHEVALIER FALCON D'ÉMERAUDE
ÉCUYER WIMME
✧

CHEVALIER JASSON D'ÉMERAUDE
ÉCUYER NOGAIT
✧

CHEVALIER SANTO D'ÉMERAUDE
ÉCUYER KERNS

~

LE CHÂTEAU D'ÉMERAUDE

1

LE RETOUR DES CHEVALIERS

Les royaumes du grand continent d'Enkidiev ne connurent la paix que des centaines d'années après une terrible guerre qui les opposa à Amecareth, l'empereur des hommes-insectes. Hommes, femmes et enfants périrent sous les lances des guerriers et les crocs de leurs redoutables dragons, et les dieux eux-mêmes durent intervenir pour que les humains ne soient pas rayés de la surface de la terre. Ils ordonnèrent à l'un de leurs serviteurs immortels, le Magicien de Cristal, de lever une grande armée à laquelle il accorderait des pouvoirs magiques. Ces magnifiques soldats devinrent les premiers Chevaliers d'Émeraude et ils repoussèrent finalement l'envahisseur dans l'océan d'où il était venu.

Au fil des siècles, les hommes oublièrent peu à peu ces tragiques événements. Seuls les magiciens en gardèrent le souvenir, car les étoiles continuaient de leur parler d'une menace persistante en provenance de l'ouest. Dans sa grande sagesse, le Roi Émeraude Ier, qui régnait sur le royaume du centre, au pied de la Montagne de Cristal, résolut de fonder un nouvel ordre de chevalerie dont le principal devoir consisterait à protéger tous les sujets d'Enkidiev. Mais ne serait pas Chevalier qui le voulait. Il dressa une longue liste de qualités qu'un enfant devrait posséder en bas âge afin d'espérer servir un jour sous le bouclier d'Émeraude.

L'aspirant pourrait être mâle ou femelle, pourvu qu'il affiche un tempérament honnête et courageux et des aptitudes à communiquer avec le monde invisible. Le roi désirait que ses Chevaliers puissent étudier sous la tutelle de son vieux complice, le magicien Élund, et apprendre à maîtriser leur environnement, lire les signes dans le ciel et se battre loyalement. Ils commenceraient donc leur vie de Chevalier dans les salles de classe du château que le roi entendait léguer à l'Ordre puisque le destin le laissait sans héritier. Les futurs défenseurs de la justice étudieraient sans arrêt jusqu'à l'âge de onze ans, auquel moment ils deviendraient Écuyers et se consacreraient davantage à l'art de la guerre. Comme ils créeraient le nouvel Ordre des Chevaliers d'Émeraude, ils devraient donc se contenter d'apprendre à combattre avec les soldats du roi. Puis, à l'âge de vingt ans, ils deviendraient enfin Chevaliers et prendraient un jeune Écuyer sous leur aile. Suivant les judicieux conseils de son magicien, le roi décida qu'un Chevalier d'Émeraude ne pourrait former qu'un seul Écuyer à la fois. Il aurait l'obligation de le garder auprès de lui pendant les neuf années de son apprentissage, sauf si l'Écuyer commettait une faute grave envers l'Ordre.

Satisfait, Émeraude Ier fit alors inscrire toutes ces règles en lettres d'or sur les murs de la grande cour de son château afin que tous ses sujets puissent les voir et il envoya des messagers les proclamer aux quatre coins du continent.

Les premiers enfants arrivèrent de tous les royaumes et se soumirent aux épreuves de sélection du magicien Élund. Seulement sept les réussirent et commencèrent aussitôt leurs études au château. Une fois admis, ces enfants ne pouvaient plus jamais retourner dans leurs familles, à moins d'être congédiés par le magicien. L'Ordre devenait dès lors leur foyer et Émeraude, leur nom de famille. Ils n'appartenaient plus à une race ou à un royaume en particulier, ils devenaient les héritiers et les protecteurs du continent tout entier. Par contre, le roi n'ayant pas l'intention d'en faire des ermites ou des marginaux, il leur accorda le droit de se marier et d'avoir des enfants, mais seulement une fois qu'ils seraient adoubés et pendant une période de leur vie où aucun Écuyer ne serait sous leur tutelle. Il était entendu que si l'Ordre avait besoin d'eux, pour quelque raison que ce soit, les Chevaliers d'Émeraude devraient quitter leurs familles et servir sa cause.

Des sept premiers enfants, six garçons et une fille, quatre étaient de sang royal et trois provenaient du peuple. Ils avaient tous manifesté des talents exceptionnels dès le berceau. Certains avaient parlé presque à la naissance, d'autres avaient déplacé des objets sans les toucher ou prédit des événements importants dans leur royaume. Ils n'étaient pas des enfants ordinaires et le destin les avait choisis pour qu'ils deviennent les nouveaux Chevaliers d'Émeraude.

Le roi suivit leur évolution de près et le château résonna bientôt de leurs pas enthousiastes. Aucun autre enfant ne serait admis avant qu'il soit certain que ces premiers élèves pourraient réaliser son grand rêve de protection et de justice. Lorsqu'ils eurent tous quinze ans, Émeraude Ier permit aux sujets d'Enkidiev d'envoyer d'autres enfants parmi lesquels moins d'une dizaine furent retenus. Après l'adoubement des sept premiers, une troisième vague d'étudiants arriva, mais peu réussirent les épreuves d'entrée. Le magicien circulait désormais entre plusieurs classes de différents niveaux, composées d'enfants de toutes les races. Certains se montraient plus doués et il les sépara des autres pour leur assigner des exercices plus difficiles. Le roi n'avait jamais vu Élund aussi enthousiaste. Il le rencontrait régulièrement dans le grand hall et l'écoutait se rengorger du progrès de ses élèves. Plusieurs noms revenaient souvent dans ses louanges, surtout celui de Wellan.

Né au Royaume de Rubis, le jeune homme était le plus jeune fils du roi Burge et avait hérité de sa stature imposante et de sa force musculaire. Wellan dépassait tous ses frères d'armes d'une tête. Il maniait la plus lourde des épées avec aisance. Son courage en avait fait un chef parmi les Chevaliers de sa classe. Aucun d'eux ne prenait de décision sans le consulter. Le roi avait de bonnes raisons d'être fier de Wellan d'Émeraude et, confiant, il attendait de le voir à l'œuvre dans une situation nécessitant l'intervention de l'Ordre.

Il n'eut pas à patienter bien longtemps, mais le premier geste d'éclat de Wellan ne se produisit pas lors d'un affrontement contre un ennemi du royaume. En fait, il eut lieu dans la cour même du Château d'Émeraude. Tandis qu'ils pratiquaient les arts de la guerre entre eux, les sept jeunes Chevaliers entendirent une grande clameur à l'extérieur des murs fortifiés. Les portes du château étant toujours ouvertes au peuple, les jeunes guerriers découvrirent rapidement la source de tout ce tapage. Les paysans accompagnaient un groupe de pèlerins vêtus de tuniques amples, dissimulant leur visage sous de grands capuchons, en dépit des rayons torrides du soleil de l'après-midi.

Wellan stoppa la séance d'exercices d'un geste sec de la main et les Chevaliers se tournèrent vers la foule qui entrait dans la grande cour du château. Tendant l'oreille et ouvrant son cœur à cette marée humaine, Wellan comprit que les sujets d'Émeraude Ier étaient en colère et sur le point d'attaquer les pèlerins. N'écoutant que son courage, il brandit son épée et s'avança vers ces pauvres hères, apparemment dépourvus d'armes. Ses compagnons lui emboîtèrent aussitôt le pas et ils encerclèrent les visiteurs, épées au poing. Les paysans s'arrêtèrent, sidérés par leur initiative.

– Pourquoi menacez-vous ces gens ? tonna Wellan, dardant ses yeux bleus glacés sur la foule.

– Nous ne voulons pas d'eux ici ! cria un homme.

– Ils sont de Shola ! hurla un autre en crachant par terre.

– Ont-ils posé un geste d'agression envers vous ? les questionna Wellan en se redressant de façon menaçante.

Personne ne lui répondit. Les pèlerins s'étaient arrêtés au milieu du cercle formé par les Chevaliers vêtus de leurs tuniques vertes et attendaient patiemment la suite des événements. Ils n'étaient qu'une dizaine et Wellan ne sentait aucune intention hostile dans leur cœur.

– Tous les citoyens d'Enkidiev ont le droit de demander audience au Roi d'Émeraude, poursuivit-il d'une voix autoritaire, même les Sholiens. Retournez à vos occupations, nous nous chargeons des pèlerins.

La foule commença par gronder, puis murmura et quitta finalement l'enceinte fortifiée. Wellan attendit que tous les paysans fussent partis avant de se tourner vers les étrangers.

– Nous vous remercions, Chevalier, fit la voix d'une femme sous l'un des capuchons. Nous venons de loin pour rencontrer le plus sage roi du continent.

– Qui dois-je annoncer à Sa Majesté ? chercha à savoir Wellan sur un ton plus doux mais tout de même ferme.

– La Reine Fan de Shola.

Les Chevaliers d'Émeraude échangèrent un regard inquiet en remettant leurs épées dans leurs fourreaux, mais ne dirent mot. La décision d'introduire ou non les Sholiens auprès du roi dépendait de Wellan. La reine devina leurs pensées, car même ces valeureux Chevaliers au cœur juste ne pouvaient demeurer indifférents devant les descendants du seul roi à avoir attaqué le Royaume d'Émeraude. Draka, autrefois monarque du Royaume d'Argent, leur voisin de l'ouest, avait tenté d'agrandir son territoire en s'emparant du célèbre château au pied de la Montagne de Cristal. Il avait été finalement défait lorsque tous les royaumes s'étaient ligués contre lui, mais pas avant d'avoir semé la destruction et la mort sur son passage.

Fan était l'épouse de Shill, l'un des deux fils de Draka. Profondément humilié par les agissements de son père, Shill s'était réfugié avec lui à Shola, le royaume le plus éloigné, où il avait trouvé le courage de poursuivre sa vie, à l'abri des regards lourds de reproches des autres habitants du continent. Il était tombé amoureux de Fan, la princesse du château, avait uni sa vie à la sienne et il avait naturellement accédé au trône après la mort du roi de Shola. Son frère Cull, plus coriace et peu intimidé par le peuple, était demeuré au Royaume d'Argent où il entendait régner pour le reste de ses jours.

– Je dois m'entretenir avec le Roi d'Émeraude, insista la Reine Fan. C'est très urgent.

Wellan hésita, bien qu'il ne sentît pas de pensées agressives dans l'esprit de la jeune femme et de ses escortes. Le premier devoir d'un Chevalier était de protéger les rois.

– Êtes-vous armés ? demanda-t-il finalement.

– Les Sholiens ne possèdent aucune arme, Chevalier, répondit-elle sur un ton infiniment doux.

Elle baissa lentement son capuchon, arrachant un murmure d'admiration aux Chevaliers qui l'entouraient. La mère de Fan était originaire du Royaume des Elfes et sa grand-mère, du Royaume des Fées. La jeune reine avait hérité de leurs traits fins et de leurs cheveux presque transparents. Mince, délicate, elle était d'une rare beauté. Ses yeux argentés brillèrent sous les rayons cruels du soleil mais elle soutint fièrement le regard du Chevalier. Elle ne portait pas de couronne, mais tout en elle respirait la noblesse. Sa peau miroitait, blanche et pure comme son pays de neige, et ses lèvres roses laissaient entrevoir des dents de perle parfaitement régulières. Aucune autre femme ne lui ressemblait à Émeraude, aucune n'était aussi éblouissante, et Wellan se surprit à penser que si elle n'avait été l'épouse du Roi magicien de Shola, il l'aurait demandée en mariage sur-le-champ. Falcon, un de ses compagnons d'armes, s'approcha pour lui chuchoter à l'oreille :

– Ne te laisse pas ensorceler, Wellan. C'est une Fée.

Falcon avait raison. Les habitants des pays magiques pouvaient mettre toute une armée en déroute par le seul pouvoir de leur regard. Wellan baissa les yeux vers Fan, tout en observant le respect dû à son rang.

– Si vous voulez bien me suivre, milady, fit-il avec une courte révérence. Ce soleil doit être difficile à supporter pour des habitants de Shola.

Le Chevalier Bergeau, un jeune homme fougueux né dans les tribus du Désert, s'avança aussitôt vers Wellan sans cacher sa profonde inquiétude.

– Mais tu n'y penses pas ! protesta-t-il.

– Va prévenir le roi qu'il a d'importants visiteurs, lança Wellan sur un ton qui n'attendait pas de réplique.

Bergeau hésita, son regard plongé dans les yeux de glace de Wellan, puis se courba devant Fan en grommelant et se dirigea vers le château. Wellan le regarda s'éloigner puis offrit son bras à la reine. Il la conduisit vers les grandes portes vertes du Château d'Émeraude. Les autres pèlerins les suivirent en silence. Comme l'exigeait la coutume, Wellan leur fit servir à boire dans la fraîcheur du grand hall. Lorsque les compagnons de la reine enlevèrent leurs grands capuchons, Wellan vit qu'ils avaient la peau aussi blanche que la neige qui coiffait la Montagne de Cristal.

Le magicien Élund lui avait déjà raconté que le soleil ne brillait presque jamais sur Shola et que l'air y était plus rare que dans les autres royaumes du continent. Terre rocailleuse presque continuellement recouverte de neige, ce territoire inhospitalier était situé à l'extrême nord d'Enkidiev, sur un haut plateau surplombant le vert pays des Elfes. Rien ne poussait à Shola et aucun animal n'osait s'y aventurer, sauf les légendaires dragons des mers, qui venaient parfois dormir sur ses plages recouvertes de glace. Dans les livres d'histoire, on lisait que son climat avait été jadis plus clément, mais que des séismes et des changements climatiques avaient radicalement transformé cette contrée. Pourquoi une belle femme comme Fan avait-elle choisi de s'isoler dans ce vaste désert arctique ?

Bergeau émergea du grand couloir et Wellan vit l'air contrarié sur son visage. Il se courba vivement devant les visiteurs.

– Le roi est honoré de votre visite et vous demande de le rejoindre dans la salle du trône, lâcha-t-il du bout des lèvres sans parvenir à masquer son mécontentement.

Wellan pensa qu'il aurait mieux fait d'envoyer le Chevalier Santo auprès du roi, car ses manières étaient plus suaves et auraient mieux convenu en pareille circonstance. Mais la reine ne sembla pas s'offenser du manque de tact du Chevalier Bergeau. Ses grands yeux argentés se tournèrent vers Wellan qui lui offrit de nouveau son bras. Le contact de ses longs doigts sur sa peau le fit frémir et un rare sourire illumina son visage tanné par le soleil. Lentement, il l'entraîna à la rencontre du Roi d'Émeraude, la suite de la reine leur emboîtant aussitôt le pas. Bergeau et les autres Chevaliers fermèrent la marche en gardant une distance respectueuse.

– Je suis certain qu'elle lui a jeté un sort, déclara Falcon au Chevalier Bergeau près de lui.

– Un aussi beau visage ne peut laisser un homme indifférent, Falcon, répliqua Jasson, veillant à ne pas élever la voix.

– Mais elle est de Shola, leur rappela le Chevalier Dempsey qui marchait derrière eux.

– À quel moment les Chevaliers sont-ils devenus racistes ? leur reprocha le Chevalier Chloé, la seule femme du groupe.

Honteux, ils ne dirent plus rien et suivirent les Sholiens jusqu'à l'immense salle de marbre blanc drapée de vert. Émeraude Ier se leva lentement de son trône serti de pierres précieuses et s'avança vers la reine en lui tendant la main. Fan y glissa la sienne et s'inclina devant lui. Le roi d'Émeraude était le plus âgé de tous les monarques d'Enkidiev, le plus sage aussi. Grand, corpulent, ses cheveux blancs lissés sur ses épaules balayaient sa barbe taillée en pointe. Ses yeux gris perle étaient francs et honnêtes et il n'avait pas le sourire facile. Mais la Reine de Shola sembla opérer sur lui le même charme que sur le chef de ses Chevaliers.

– Relevez-vous, je vous prie, lui-dit-il, envoûté.

À quelques pas d'eux, Wellan vit que la beauté de Fan ensorcelait aussi le roi.

– Vous venez de loin pour me rendre visite, fit le monarque en lâchant sa main bien à regret.

– Je suis surtout venue rétablir les relations entre mon royaume et le vôtre, Altesse, répondit-elle de sa voix mélodieuse. Il y a longtemps que cela aurait dû être fait.

– Je suis parfaitement d'accord avec vous, acquiesça le roi. Venez vous asseoir avec moi.

– Je crains que cela soit impossible, Majesté. J'ai déjà passé suffisamment de temps loin de mon peuple, je dois me hâter de rentrer à Shola. Mais avant de repartir, je veux vous laisser une preuve de notre bonne volonté.

Une Sholienne s'approcha d'elle et fouilla sous sa grande tunique. Wellan posa discrètement la main sur la garde de son épée, mais la femme sortit des plis de son vêtement quelque chose qui ressemblait à un enfant. La créature maigrichonne avait la peau mauve et des oreilles pointues comme celles d'un chat. Ses cheveux violets étaient parsemés de mèches plus pâles. Toute la cour eut un mouvement de recul, surtout le superstitieux Chevalier Falcon. Bergeau mit aussitôt une main sur son bras pour le rassurer.

– Voici ma fille, Kira, déclara la reine. Nous avons entendu dire que vous cherchiez des enfants pour en faire de fiers guerriers comme le Chevalier Wellan.

Elle jeta un regard tendre à celui-ci, qui ne put s'empêcher de lui sourire. Son sang bouillit dans ses veines et il sut qu'il était amoureux de cette femme merveilleuse.

– Je n'ouvre mes portes aux aspirants qu'une fois tous les six ou sept ans, milady, expliqua le roi, et ne sont pas acceptés tous ceux qui se présentent.

– Kira est une enfant unique, assura Fan. Et il est important pour le Roi Shill et pour moi-même de faire oublier les égarements de Draka, son grand-père, autrefois

Roi d'Argent. Nous avons pensé que le peuple du continent serait davantage porté à nous accorder sa clémence si sa petite-fille devenait un Chevalier d'Émeraude.

La Sholienne déposa l'enfant sur le plancher de marbre. Kira ne devait pas avoir plus de deux ans et elle était définitivement sous-alimentée. Elle gardait la tête baissée et contemplait ses pieds sans émettre le moindre son. Le roi tourna autour d'elle.

– Il faudrait lui faire passer des épreuves qu'elle n'est même pas en âge de comprendre, protesta-t-il.

– Ne la sous-estimez pas, répliqua Fan d'une voix douce.

L'enfant semblait intimidée par tous ces étrangers, mais elle ne cherchait pas à s'accrocher à sa mère ni aux autres pèlerins. Elle releva finalement la tête et Émeraude Ier put constater que son visage, bien que d'une pigmentation inhabituelle, était tout à fait humain. Elle avait les traits fins de sa mère, son nez étant à peine visible dans son visage triangulaire, et ses lèvres violettes traçaient une fine ligne au-dessus de son menton. Toutefois, ses yeux n'étaient pas de ce monde. De la même couleur que ses cheveux, ils s'étiraient étrangement sur ses tempes, et deux pupilles verticales, aussi noires que la nuit, fendaient ses iris phosphorescents en leur centre.

– Me donnerez-vous quelques jours pour que mon magicien évalue ses talents ?

– Je ne puis rester, sire. Si elle échoue, faites-en votre servante.

Sur cette déclaration stupéfiante, Fan plongea dans une révérence gracieuse et quitta la pièce avec sa suite. La petite Kira demeura sur place, curieusement résignée à son sort. Le roi appela aussitôt ses servantes et leur demanda de s'occuper de l'enfant.

– Et commencez par la nourrir ! s'exclama-t-il.

Puis, il se tourna vers ses Chevaliers et leur ordonna d'escorter les Sholiens jusqu'à la frontière. Wellan prit les devants et les six autres Chevaliers le suivirent dans le grand couloir qui résonna de leurs pas. Lorsqu'ils débouchèrent dans la cour ensoleillée du château, il ne subsistait plus aucune trace des visiteurs. Ils questionnèrent les garçons d'écurie, les artisans et les ouvriers et apprirent que les pèlerins avaient déjà quitté la forteresse.

Étonné, Wellan fit chercher les chevaux et les Chevaliers les enfourchèrent à toute vitesse. Ils s'élancèrent par les grandes portes de l'enceinte fortifiée et se dirigèrent vers le nord, mais leurs recherches restèrent vaines. Ils interrogèrent les paysans dans les champs. Tous avaient vu les visiteurs passer mais dans des directions différentes.

— Mais c'est impossible ! Comment auraient-ils pu aller dans tous les sens ? se rebiffa Jasson, le plus jeune des Chevaliers.

— Je vous l'avais bien dit ! tonna Falcon. Ils sont capables de jeter des sorts !

— Ils ont peut-être été envoyés par le Maître du Royaume des Ombres pour en jeter un au roi ? suggéra Bergeau avec inquiétude.

— Ou pour l'empêcher de mettre l'Ordre d'Émeraude sur pied, renchérit Dempsey.

Agacé, Wellan leva brusquement le bras, leur imposant le silence.

— Si tous les habitants du continent vous détestaient, fit-il sur un ton sévère, est-ce que vous n'auriez pas envie vous aussi de vous servir de la magie et de disparaître pour ne pas être lapidés avant d'atteindre votre destination ?

— Wellan a raison, le soutint Chloé. Ils n'auraient jamais pu se rendre jusqu'à nous autrement.

— Mais pourquoi la fille de la reine est-elle aussi laide ? explosa Bergeau.

— Des Elfes et des Fées comptent parmi ses ancêtres, soupira Wellan qui aurait souhaité que ses frères fassent preuve de plus de tolérance. Ce sont des êtres étranges.

— Moi, ce que je ne comprends pas, c'est comment une mère peut abandonner sa seule fille sans même savoir ce qui va lui arriver, déclara Santo en fronçant les sourcils.

– Ce n'est pourtant pas difficile à comprendre, se radoucit Wellan. Les Sholiens n'ont pas cessé de souffrir depuis l'exil de Draka dans leurs sommets enneigés. Plusieurs des royaumes, qui leur avaient toujours fourni les denrées nécessaires à leur survie en échange des magnifiques pierres précieuses qu'ils extraient de leurs montagnes, leur ont tourné le dos. Je pense que la reine s'est séparée de sa fille afin qu'elle devienne un brave Chevalier et ainsi rétablir les relations diplomatiques entre Shola et le reste du continent.

– Et tu crois que son plan fonctionnera ? demanda Falcon.

– Tu n'as qu'à regarder Wellan pour comprendre que si, se moqua Jasson.

Wellan se raidit sur sa selle. Ils comprirent tous qu'il n'accepterait aucune plaisanterie au sujet de ses sentiments envers la reine. Sans plus de façon, il talonna son cheval en direction du château. Ses frères d'armes échangèrent un regard entendu et le suivirent.

2

L'ENFANT MAUVE

Les servantes s'étaient rassemblées autour de cette étrange créature vêtue d'une tunique beaucoup trop grande pour elle. Elles l'avaient assise sur la table de bois trônant au milieu de la cuisine et examinaient ses oreilles pointues et ses cheveux violets doux comme de la soie. L'enfant ne semblait pas terrifiée, mais elle était très certainement intimidée de se voir ainsi le pôle d'attraction.

– En réalité, cette petite est une princesse, déclara Armène, la plus âgée des servantes. Sa mère est la Reine Fan de Shola et son père, le Prince magicien Shill du Royaume d'Argent, proclamé souverain à la mort du Roi de Shola.

En entendant les noms des royaumes maudits, elles reculèrent toutes de quelques pas et Armène leur reprocha leur ignorance. Orpheline recueillie par Émeraude Ier alors qu'elle était toute jeune, elle en avait vu bien d'autres...

Depuis toujours, Armène était affectée au service du roi. Son protecteur prenait de l'âge et il exigeait de plus en plus de soins de la part de son entourage. Elle lui préparait ses mets favoris et arrivait à lui faire avaler ses décoctions de plantes médicinales. Femme robuste, aux épaules carrées et à la poitrine opulente, elle savait se faire obéir. Elle nattait ses longs cheveux châtains de chaque côté de sa tête et les attachait dans son dos, pour qu'ils ne nuisent pas à son travail. Ses grands yeux bruns brillaient de bonté et de compassion et elle avait un cœur d'or.

– Vous pensez que cette fillette marchera sur les traces de son grand-père ? Moi, je dis que si nous la traitons bien, elle deviendra une enfant d'Émeraude comme tous ceux qui étudient dans ce palais. Mais commençons par la nourrir convenablement. Elle n'a que la peau sur les os.

Une des femmes lui apporta un bol de gruau chaud et une petite cuillère en or. Kira regarda le contenu du bol et l'ustensile avec beaucoup d'intérêt, mais n'y toucha pas.

– Elle n'a pas faim ? s'étonna la cuisinière.

– Je pense qu'elle ne sait pas ce que c'est, comprit Armène en s'emparant de la cuillère.

Elle la plongea dans les céréales chaudes et la porta à sa propre bouche en émettant de petits sons de satisfaction. Kira leva brusquement la tête et toutes les femmes, à l'exception d'Armène, retinrent leur souffle en apercevant ses yeux violets divisés par des pupilles verticales aussi sombres que la nuit.

– Est-ce un animal ou un enfant ? s'écria l'une des servantes, horrifiée.

Kira ne se préoccupa pas d'elle, mais darda son regard irréel sur les lèvres d'Armène. Un sourire se dessina finalement sur son visage pointu et elle tendit la main pour prendre la cuillère. Cette fois, ce fut la panique dans la cuisine, car la main de la fillette ne comptait que quatre doigts, terminés par des griffes violettes, tout comme ses pieds d'ailleurs. Alors que les domestiques se sauvaient dans le couloir en criant d'effroi, Armène demeura debout devant l'étrange petite princesse. Elle lui donna l'ustensile doré et l'observa tandis qu'elle mangeait avec appétit. Lorsque Kira lui rendit le bol, Armène comprit qu'elle avait encore faim. Elle lui servit une deuxième portion de gruau, une épaisse tranche de pain recouverte de miel et un gobelet d'eau qu'elle avala d'un trait.

Croyant que l'enfant n'avait pas assez de force pour quitter la table, Armène alla déposer la vaisselle dans la grande cuve sans la surveiller, mais lorsqu'elle se retourna, Kira n'était plus là. Elle la chercha dans tous les recoins de la grande pièce. En vain. L'enfant était si menue qu'elle avait pu se faufiler n'importe où. Puis, la servante entendit le chant d'un oiseau et elle leva les yeux vers les fenêtres percées dans les murs de pierre, à quelques mètres du sol. Kira y était assise, un oiseau multicolore perché sur un de ses doigts.

– Mais comment as-tu grimpé là, toi ? s'étonna la femme en mettant les poings sur ses hanches.

Rien sous cette fenêtre n'aurait pu lui permettre d'y accéder aussi rapidement. Mais avant qu'elle puisse s'approcher et intimer à l'enfant de descendre, le roi fit irruption dans la cuisine, sa grande cape verte volant derrière lui.

– Expliquez-moi pourquoi mes servantes sont aussi affolées, Armène ! grommela-t-il en fronçant les sourcils.

– C'est à cause de la petite, seigneur, répondit-elle. Elle n'est pas une enfant comme les autres.

Le roi tourna plusieurs fois sur lui-même sans voir la maigrichonne créature nulle part et Armène pointa la fenêtre dans un soupir. Inquiet pour la sécurité de l'enfant, Émeraude Ier exigea aussitôt que la servante la fasse descendre de son perchoir. Ensemble, ils utilisèrent toutes les langues parlées sur Enkidiev pour faire comprendre à Kira que, de l'autre côté, se trouvaient les douves qui protégeaient la forteresse. Mais l'enfant les regardait sans pouvoir les déchiffrer.

Armène eut alors une idée. Elle dénicha un vieux biberon en argent dans l'une des nombreuses armoires, le nettoya et y versa du lait chaud. L'odeur familière attira l'attention de la fillette mauve. Elle laissa l'oiseau s'envoler et posa ses yeux violets sur les étrangers.

– Allez, viens, Kira, exigea le roi en lui ouvrant les bras.

Sans la moindre hésitation, Kira sauta et atterrit contre la poitrine d'Émeraude Ier, accrochant ses petites griffes pointues à ses vêtements de velours. Armène lui tendit le biberon et la petite s'en empara comme si sa vie en dépendait. Tout en se blottissant dans les bras du roi, elle se mit à téter en fermant les yeux de contentement.

– Mais ce n'est qu'un bébé, s'émerveilla le monarque.

Il couvait Kira d'un regard tendre qu'Armène ne lui connaissait pas. Émeraude Ier avait eu deux épouses depuis le début de son règne et elles étaient toutes deux mortes sans lui donner d'héritier. Mais il semblait bien, à le regarder cajoler cette petite, que son instinct paternel n'avait pas péri avec elles. Il quitta la cuisine, Kira toujours lovée dans ses bras, et alla s'installer dans la luxueuse berceuse de ses appartements personnels.

Il berça l'enfant et la regarda avaler goulûment le lait en ouvrant et fermant rythmiquement ses huit doigts mauves sur le biberon de métal. Elle ne le connaissait pas et, pourtant, elle semblait d'instinct lui faire confiance.

– Tu es une drôle de créature, toi.

Kira ouvrit les yeux et le fixa. Dans la pénombre, ses pupilles verticales s'étaient élargies et, l'espace d'un court instant, il eut l'impression de tenir un petit chat violet dans ses bras. Il avait beaucoup voyagé dans son jeune temps, mais jamais il n'avait rencontré qui que ce soit qui ressemblât à cette fillette. Les deux garçons du défunt Roi Draka le belliqueux étaient pourtant blancs même si leur mère appartenait au monde des Fées. Et la Reine Fan, malgré le sang d'Elfe et de Fée qui coulait dans ses veines, n'avait indéniablement pas la peau mauve. Qu'avait-il bien pu se produire pour que cette princesse naisse ainsi ?

Kira termina le lait et tendit la bouteille vide au roi. Il la déposa sur un guéridon de marbre près de lui. Il n'eut pas le temps de se lever que l'enfant s'était accrochée à ses vêtements comme une petite chauve-souris cherchant la chaleur et la sécurité du giron maternel. Émeraude Ier savait qu'un lien puissant était en train de s'établir entre la fillette et lui et, curieusement, il ne tenta pas d'y échapper. La Reine de Shola avait eu raison de dire que sa fille était spéciale. Il lui était impossible, malgré toutes ses tares physiques, de ne pas l'aimer.

Il la berça longuement, oubliant le temps qui passait et ses devoirs qui l'attendaient. Kira s'était endormie dans ses bras, ses petites oreilles pointues rabattues vers l'arrière. Le roi les caressa doucement et, à sa grande surprise, l'enfant se mit à ronronner.

Le magicien entra alors en trombe dans les appartements royaux, rompant ces instants magiques. Déjà pas très grand, son amour de la bonne chère et du vin ajoutait chaque année quelques centimètres à son tour de taille, donnant ainsi l'illusion qu'il rapetissait. Ses longs cheveux gris étaient parsemés de mèches plus claires et ses yeux noirs vous transperçaient. Son nez aquilin le faisait ressembler à un vieux hibou, surtout lorsqu'il s'affolait. Élund était un honnête homme, mais il nourrissait parfois un sens du drame un peu trop criant au goût du roi.

Le magicien s'approcha à grands pas, les couches superposées de ses vêtements décrivant de larges arabesques autour de lui, accentuant la ressemblance avec le hibou.

— Majesté, vous devriez vous...

Il entrevit l'enfant dans les bras du monarque et faillit pousser un cri de désespoir. Il se jeta à genoux et pressa contre son front le pendentif argenté qu'il portait au cou. Émeraude Ier ne l'avait vu poser ce geste qu'une seule fois depuis son arrivée au château, lorsqu'un monstre ailé avait survolé la forteresse quelques années plus tôt.

— Que se passe-t-il, Élund ? s'inquiéta le roi. De quel malheur vous protégez-vous ainsi ?

— Où avez-vous trouvé ce démon ? s'exclama le magicien qui contenait difficilement ses émotions.

Son éclat réveilla l'enfant qui posa sur lui ses yeux violets. Cette fois, le magicien porta toutes ses amulettes à son front en prononçant des paroles inintelligibles, sûrement des incantations. Le roi, sévère, le somma d'expliquer sa conduite pour le moins déroutante. Élund commença par reculer de quelques pas sur ses genoux et à baisser la tête.

– Il existe un royaume maudit au nord du continent, Majesté.

– Je n'ai nul besoin d'une leçon de géographie, soupira le roi, agacé.

– Je vous en prie, écoutez-moi, le supplia le magicien qui transpirait la peur par tous les pores de sa peau.

Le roi l'invita à poursuivre d'un geste impatient de la main. Élund sortit un mouchoir de sa poche et s'épongea rapidement le visage.

– Ce royaume est peuplé de démons qui se dévorent entre eux ! déclara-t-il finalement, rassemblant son courage.

– Et ? insista Émeraude Ier, de plus en plus impatient.

– Ils ont la peau violette, des oreilles pointues, des griffes et des dents aussi acérées que le fil de nos meilleures épées.

En se servant de deux doigts, le roi força la bouche de la petite pour constater qu'elle avait en effet des dents tranchantes.

– Mais c'est la fille de la Reine Fan de Shola, protesta le roi malgré sa constatation.

– Qu'elle aura sans doute conçue avec un démon !

– C'est une grave accusation que vous portez là, magicien, lui signala le monarque en fronçant les sourcils.

– Je possède tous les parchemins qui en prouvent la véracité, Majesté.

Le roi garda le silence pendant un moment, se demandant pourquoi la Reine de Shola lui aurait confié un démon en gage d'amitié entre leurs deux royaumes. L'enfant mauve observait le magicien avec curiosité, ce qui mettait le pauvre homme dans tous ses états. Puis, à la vitesse d'un chat, elle sauta sur le sol et s'avança vers lui.

– Que les dieux me protègent ! s'écria Élund qui voyait sa dernière heure arrivée.

La fillette s'arrêta devant lui et, avec un intérêt marqué, toucha ses breloques brillantes du bout des griffes. Un large sourire apparut sur son visage triangulaire, très sérieux jusque-là.

– Shola, murmura-t-elle d'une voix aiguë.

Tremblant, le magicien baissa les yeux sur le bijou et dut reconnaître, à contrecœur, que c'était bel et bien la provenance du puissant pentacle dont il ne se séparait jamais.

– Elle parle, s'émerveilla le roi.

– Cela n'en fait pas moins une créature maléfique ! cracha le magicien en tentant de s'éloigner de l'enfant sur ses genoux.

– Shola di jama, fit Kira en levant la main.

Le talisman métallique se tendit au bout de sa chaîne et se mit à décrire des cercles autour du cou du vieil homme, bien près de céder à la panique.

– Et elle a des pouvoirs magiques ! s'exclama fièrement le roi.

– Pitié, geignit Élund au bord des larmes.

– Kira, reviens ici, ordonna Émeraude Ier.

L'enfant se tourna vers lui, les yeux remplis d'inquiétude. Elle ne comprenait sans doute pas sa langue, mais elle avait très bien capté ses émotions.

– Élund est notre ami et un précieux collaborateur du royaume, lui expliqua-t-il. Il ne faut pas lui faire peur.

– Peur..., répéta l'enfant en inclinant doucement la tête sur le côté.

Elle grimpa d'un seul bond sur les genoux du monarque, mais garda son regard braqué sur le magicien trempé de sueur de la tête aux pieds.

– Pas faire peur, assura Kira, sur le même ton d'autorité que son protecteur.

Celui-ci éclata de rire et l'enfant comprit que toutes ces simagrées n'étaient qu'une farce. Un sourire découvrit aussitôt ses petites dents pointues. Le magicien tenta en vain de persuader le roi que, malgré son jeune âge, cette petite représentait un danger pour le royaume et qu'elle devait être rendue à sa mère dans les meilleurs délais. Il proposa même de confier cette tâche aux Chevaliers. Émeraude Ier demeura songeur puis décida qu'il valait mieux demander d'abord des explications à la reine quant aux origines exactes de sa fille. Un messager lui porterait donc une missive dès le lendemain.

– Mais, Majesté..., protesta le magicien.

– J'ai parlé, Élund.

L'homme se remit debout sur ses jambes chancelantes pour plonger dans une courbette à l'équilibre précaire. Il recula lentement en direction de la porte. Sur les genoux du roi, l'enfant mauve s'était vivement redressée.

– Shola ! cria-t-elle d'une voix aiguë.

Le pendentif brillant se détacha d'un seul coup de sa chaîne et vola jusqu'à la main griffue de l'enfant, qui le serra sur son cœur, pétrifiant les deux hommes. Kira n'était qu'un bébé et, déjà, elle manifestait des pouvoirs encore plus puissants que ceux des Chevaliers d'Émeraude.

– Majesté, ce talisman m'appartient, se lamenta le magicien.

– Je vous le rendrai dès qu'elle se sera endormie.

Élund laissa tomber ses bras de chaque côté de son corps. Il s'apprêtait à se retirer, mais Émeraude Ier l'arrêta d'un geste de la main.

– Si nous pouvions lui enseigner à maîtriser ses pouvoirs, elle deviendrait certainement un redoutable Chevalier, estima le roi, rempli d'espoir.

– Majesté, vous n'y pensez pas.

– Nous devons nous assurer qu'elle utilise cette puissance au service du bien.

– Mais c'est un démon !

– Sa mère saura certainement nous prouver que vous avez tort, magicien.

Sans plus insister, Élund quitta les appartements royaux. Il y avait plus de vingt ans qu'il était au service du Roi d'Émeraude et jamais ce dernier n'avait fait preuve d'autant d'entêtement, jamais il n'avait ainsi fait fi de ses conseils. Cette ensorceleuse était incontestablement l'ultime vengeance de Draka que son exil dans les terres recouvertes de neige avait profondément humilié.

Le magicien retourna dans la grande tour qu'il habitait seul avec ses chats et ses potions magiques. Le ciel était sans nuage. Il pourrait déchiffrer les messages dans les étoiles dans quelques heures et se rassurer lui-même quant au sort du royaume. Si cet affreux démon mauve avait été envoyé au château pour détruire le roi et son entourage, le ciel le lui dirait. Il prit donc place près de la large fenêtre percée dans la pierre où se faufilaient les dernières lueurs du coucher de soleil et attendit que descende l'obscurité.

À l'autre bout du château, dans un bâtiment séparé, les Chevaliers d'Émeraude mangeaient. Leur hall se situait au centre de l'édifice et était entouré, au premier étage, de la cuisine, de leurs quartiers personnels et d'un accès direct aux écuries et, au deuxième étage, des chambres des jeunes élèves. Au fond du hall se dressait un énorme foyer de pierre où un feu brûlait pendant la saison froide. Mais, durant les mois d'été, les serviteurs déplaçaient les énormes tapisseries qui obstruaient les fenêtres et une brise fraîche balayait alors la grande salle.

Au milieu de la pièce trônait une longue table de bois autour de laquelle les sept Chevaliers prenaient leurs repas tout en discutant de leur rôle de protecteurs d'Enkidiev. À la hauteur du deuxième étage, une galerie ceinturait le grand hall et, souvent, les élèves d'Émeraude s'y asseyaient pour épier les Chevaliers à travers les barreaux et choisir lequel d'entre eux ils voulaient pour maître.

Ce soir-là, Dempsey déclara à ses compagnons que le roi avait sans doute craint un danger en créant leur Ordre, même si les autres souverains du continent se soumettaient d'emblée à son autorité.

– Sauf le Roi Cull du Royaume d'Argent et son frère, le Roi magicien Shill du Royaume de Shola, lui rappela Falcon. Ils ne pardonnent pas à Émeraude Ier l'exil de leur père dans une contrée inhospitalière.

– Mais ni l'un ni l'autre des fils de Draka n'a jamais manifesté d'hostilité envers le Royaume d'Émeraude, souligna Chloé.

– Dempsey a quand même raison, déclara Falcon avec inquiétude. Jamais Sa Majesté n'aurait fondé l'Ordre s'il ne planait aucune menace sur le continent.

– Moi, je pense qu'il a seulement voulu redonner des valeurs solides à ses sujets en ressuscitant les Chevaliers d'Émeraude qui, jadis, assuraient la paix et la justice, intervint Santo dont les grands yeux noirs brillaient de passion.

– Au fait, pourquoi ont-ils disparu ? demanda Bergeau en croquant dans un fruit.

Ils se tournèrent vers Wellan qui, entre tous, était le plus érudit. Si quelqu'un connaissait la réponse à cette question, c'était lui. Mais le grand Chevalier semblait perdu dans ses pensées. Un morceau de pain restait piqué sur la lame de son poignard, intact. Assis près de lui, Jasson constata qu'il n'avait en fait rien mangé.

– Falcon a raison ! Il est ensorcelé ! tonna Bergeau en frappant durement la table de son poing massif.

Cet éclat tira Wellan de sa rêverie et il promena son regard glacé sur ses compagnons d'armes en se demandant s'ils avaient réellement capté la détresse de son cœur ou s'ils étaient seulement inquiets parce qu'il ne participait pas à la discussion du soir.

– On dirait bien que l'amour t'a coupé l'appétit, se moqua Jasson.

– C'est à cause de cette femme de Shola, n'est-ce pas ? fit Falcon sur un ton accusateur.

Mais Wellan n'aimait pas qu'on discute ses ordres, encore moins ses sentiments. C'était pour cette raison qu'il était rapidement devenu le chef de la bande.

– Je croyais que vous aviez tous compris que je ne désirais pas en parler, s'irrita-t-il.

– Oui, c'est vrai. Raconte-nous plutôt la disparition des premiers Chevaliers d'Émeraude, s'interposa Chloé pour désamorcer le conflit.

Des sept guerriers, elle était celle qui prônait toujours la négociation plutôt que l'affrontement. Elle avait le bras aussi solide que ses frères et elle leur donnait souvent du fil à retordre lors des exercices à l'épée, mais son arme de prédilection résidait dans la douceur.

– Ils sont disparus parce qu'ils ont questionné les sentiments de leur chef, fit Wellan, maussade, en lançant le morceau de pain dans le feu.

Il glissa le poignard dans sa ceinture et quitta la table sans toucher à la nourriture. Ses six compagnons le regardèrent sortir sans dire un mot. Wellan avait de belles qualités, mais aussi de grands défauts, dont une propension à la colère.

– Est-ce qu'on choisit un volontaire pour aller le refroidir ? demanda Dempsey.

– Non, décida Chloé. On le laisse se refroidir tout seul. Ça vaudra mieux pour tout le monde.

✧ ✧
✧

Contrarié, Wellan traversa le couloir intérieur qui encerclait le hall et entra dans sa chambre. Il referma la porte et poussa un soupir. Il avait cru que son dur entraînement de Chevalier l'avait préparé à affronter toutes les situations, mais jamais le magicien ou les maîtres d'armes ne lui avaient parlé des dangers du cœur. Il se défit de ses armes et les suspendit au mur, près de la porte, là où il pourrait les récupérer rapidement en cas d'urgence, puis il retira sa tunique. Les serviteurs avaient déposé des tuniques propres sur l'unique commode de la pièce et changé l'eau de la cuvette. Il s'agenouilla sur le sol et s'en aspergea le visage.

Pourquoi n'arrivait-il pas à chasser le beau visage de Fan de Shola de son esprit ? Pourquoi son cœur se serrait-il à l'idée qu'elle était en route vers son époux ? Les Chevaliers ne devaient jamais succomber aux émotions négatives comme l'envie ou la jalousie, mais il ne parvenait pas à se raisonner. Son être tout entier réclamait les bras de la reine à la peau satinée et aux yeux aussi profonds que l'océan. Il agrippa la serviette et s'épongea le visage, y étouffant son désir.

Et si elle l'avait vraiment ensorcelé comme le prétendaient ses compagnons ? Il n'avait jamais été victime d'un sort de toute sa vie. Comment se sentaient ceux qui avaient succombé aux charmes magiques d'une enchanteresse ? Élund pourrait sans doute l'éclairer à ce sujet. On frappa timidement à sa porte et il sut, grâce à ses facultés surnaturelles, qu'il s'agissait d'un enfant.

– Entre, soupira-t-il, bien qu'il n'eût envie de voir personne.

Un page poussa la lourde porte et se courba devant lui. La couleur de sa tunique indiqua à Wellan qu'il provenait de l'entourage immédiat du roi.

– Sire, j'ai un message de Sa Majesté, annonça l'enfant toujours plié en deux.

– Redresse-toi et parle.

Le gamin obtempéra, mais il était bien trop impressionné pour oser regarder le Chevalier en face. Il bégaya que le roi désirait le voir à la première heure le lendemain afin de lui confier une mission très importante. Cela surprit Wellan, qui étira le bras, fouilla dans sa bourse et lança une pièce d'or à l'enfant.

– Je ne puis l'accepter, sire, fit le gamin en l'attrapant d'une seule main et en ouvrant de grands yeux étonnés.

– Est-ce que tu contestes l'ordre d'un Chevalier ?

– Oh non, sire, jamais.

– Alors, file.

Sans attendre son reste, l'enfant détala, claquant par mégarde la porte derrière lui. Un sourire amusé se dessina sur les lèvres de Wellan. Élund lui avait souvent dit qu'il serait un maître impossible lorsque viendrait le temps de prendre un apprenti. *Tu les feras tous fuir si tu ne changes pas d'attitude, Wellan*, l'avait prévenu le magicien. Était-il vraiment nécessaire d'éduquer un Écuyer comme le voulait le roi ? Lui-même n'avait pas eu de maître et il s'était fort bien débrouillé. Pourquoi s'embarrasser de la présence gênante d'un enfant dans des situations qui exigeaient l'intelligence et la rapidité d'un adulte ? Il ne comprenait pas le raisonnement d'Émeraude Ier. Mais les événements à venir allaient le faire changer d'avis...

Il se leva et marcha jusqu'à la fenêtre. Le soleil avait disparu du côté du Royaume d'Argent et les premières étoiles commençaient à scintiller au-dessus de lui. Est-ce que Fan regardait le ciel en même temps que lui ? Voyait-elle les mêmes étoiles ? Est-ce qu'elle était heureuse dans son grand palais de glace à l'autre bout du monde ? Les bras de son époux lui procuraient-ils toute la chaleur dont elle avait besoin ? Était-elle aimée ?

Une énorme étoile rouge déchira alors le voile du crépuscule et fonça vers le nord. Comme tous les Chevaliers, Wellan avait été entraîné à lire les signes dans le ciel et cette lance de feu ne présageait rien de bon. Lorsque son esprit admit qu'elle annonçait un grand malheur dans le Royaume de Shola, il étouffa un cri de désespoir.

✧   ✧

✧

Dans sa grande tour, le magicien avait observé le même phénomène. Effrayé, il s'était laissé retomber sur son tabouret de bois. Ce qu'ils redoutaient depuis si longtemps, le roi et lui, venait de se produire. La menace, qu'ils avaient entrevue dans le grand miroir de la destinée, alors qu'ils n'étaient encore que des jeunes loups, venait de se concrétiser.

3

UNE PREMIÈRE MISSION

Dès le soleil levé, Wellan revêtit sa plus belle tunique et laissa les serviteurs sangler sa cuirasse verte ornée de l'emblème de l'Ordre : une croix dorée incrustée dans le cuir, au milieu de laquelle quatre étoiles à cinq branches, de belles émeraudes en leur centre, formaient une croix plus petite couchée sur des cercles concentriques. À ses yeux, il importait de toujours bien paraître devant le monarque qui l'avait accueilli dans son château et qui avait veillé sur son éducation. Il enfila ses bottes les plus luisantes et boucla sa ceinture autour de ses hanches. Il glissa son épée et son poignard dans leurs fourreaux, sous sa longue cape verte.

Lorsque ses compagnons d'armes le virent traverser la grande cour, ils se précipitèrent à la fenêtre de leur chambre respective.

– Mais où peut-il bien aller habillé comme ça ? s'exclama Bergeau qui venait à peine d'ouvrir l'œil.

Wellan n'avait vu aucune raison de prévenir ses compagnons de la requête du roi. Si Émeraude Ier avait voulu qu'ils l'accompagnent, il le lui aurait laissé savoir. Il était très important qu'un Chevalier exécute ses ordres sans jamais tenter de les interpréter à sa façon.

Les pages le guidèrent dans une partie du palais qu'il ne connaissait pas. Pourquoi Sa Majesté ne le recevait-elle pas dans la salle du trône comme c'était son habitude ? On ouvrit de grandes portes dorées devant lui et il fut surpris de trouver son monarque assis dans un immense fauteuil, un livre ouvert sur les genoux. Jamais il n'avait vu le roi lire quoi que ce soit lui-même. Il avait des serviteurs dont c'était l'unique fonction. Wellan respira profondément et s'approcha, ses talons résonnant sur le plancher de tuiles brillantes. Le roi leva aussitôt les yeux du gros bouquin et, à sa vue, son visage se fendit d'un sourire.

– L'homme que je désirais voir, déclara-t-il avec satisfaction. Approche, Wellan.

Le Chevalier s'immobilisa à quelques pas du roi, comme le voulait l'étiquette, puis posa un genou en terre. Émeraude baissa alors le livre et Wellan vit l'horrible petite créature mauve assise sur ses genoux. Définitivement moins timide, elle le regardait droit dans les yeux en mâchonnant ce qui semblait être une breloque argentée. Wellan n'avait peur de rien, pourtant, ses pupilles verticales entourées de violet le mirent mal à l'aise. Il détourna le regard sur les yeux plus chaleureux du roi.

– Vous avez demandé à me voir, Majesté, fit-il en ignorant la fillette.

– J'ai une mission pour toi, Wellan.

« Il était temps », pensa le Chevalier, qui brûlait de faire ses preuves.

– Je veux que tu portes une missive pour moi à la Reine de Shola.

Wellan sentit son cœur s'arrêter de battre. Les dieux avaient donc eu pitié de lui et décidé de lui donner la chance de déclarer ouvertement son amour à la plus belle femme d'Enkidiev. Mais le Chevalier ne devait pas laisser paraître son intérêt pour cette mission, sinon Émeraude Ier la confierait à un autre messager.

– Quand dois-je partir, Altesse ? s'enquit-il en faisant taire son enthousiasme.

– Aujourd'hui, si cela est possible.

– Aujourd'hui, répéta la petite créature d'une voix aiguë.

Wellan baissa les yeux sur elle, se demandant si elle était vraiment une enfant ou un petit animal de compagnie.

– Elle commence à peine à parler, l'excusa le roi qui caressait ses cheveux violets avec affection. Elle ne comprend pas toujours ce qu'elle dit.

L'enfant sauta sur le sol avec l'agilité d'un Elfe et s'approcha de Wellan, admirant les pierres précieuses sur sa cuirasse. Elle lui montra alors le talisman qu'elle tenait fermement dans sa main et Wellan recula légèrement en apercevant les petites griffes acérées.

– Toi, Shola, ordonna-t-elle d'un ton qu'elle avait très certainement emprunté au roi.

Par réflexe, Wellan se servit de ses facultés magiques et fouilla l'esprit de cette créature étrange. Il fut surpris de constater qu'en dépit de son jeune âge, ses pensées étaient organisées et que seul son manque de vocabulaire dans une langue qui lui était étrangère l'empêchait de les communiquer.

– Oui, moi Shola, confirma-t-il, devinant qu'elle parlait de sa destination.

Un sourire apparut sur ce curieux visage inhumain, découvrant ses dents pointues. Wellan se rappela avoir déjà vu des crocs semblables dans la bouche d'un très vieux poisson qui vivait dans la rivière Sérida, laquelle séparait le Royaume de Rubis des Territoires Inconnus.

– Ne me dites pas que vous vous comprenez tous les deux ? s'étonna le roi.

– Elle a seulement deviné que vous me confiez une mission, Majesté, assura Wellan, bien qu'il ne fût pas certain que Kira avait capté toute leur conversation.

Le roi tendit gravement au Chevalier un cylindre doré contenant le message qu'il voulait remettre à la reine. Wellan n'avait pas le droit de lui en demander ouvertement la teneur, mais sans doute pourrait-il gentiment l'inciter à le lui dire. Il sonda l'esprit du roi, mais la petite fille lui agrippa brutalement l'avant-bras, le faisant sursauter.

– Non, ordonna-t-elle, en fronçant ses sourcils violets.

Wellan la contempla avec stupeur. Comment avait-elle su ce qu'il tentait de faire ? Quels étaient au juste les pouvoirs que possédait cette créature mauve ?

– Ne sois pas offensé par ses manières, Wellan, s'amusa le roi. Je crains que Kira ne soit une petite personne plutôt autoritaire. Elle me fait faire tout ce qu'elle veut.

Wellan doutait que ce fût une bonne chose. Émeraude Ier ne dirigeait pas seulement son propre royaume, il avait son mot à dire dans les affaires du continent entier.

– Dois-je partir seul, Majesté ? demanda-t-il, se refusant à accorder plus d'attention à l'enfant.

– Non. Emmène tes compagnons avec toi. Il est temps que les habitants d'Enkidiev voient mes braves Chevaliers.

– Et qui défendra votre château en notre absence ?

– J'ai encore ma garde personnelle et des centaines de paysans prêts à se battre pour conserver la paix et la prospérité que nous connaissons. Va livrer mon message à la reine, Wellan. C'est très important pour moi.

Le Chevalier inclina la tête puis se redressa. Sa stature sembla impressionner Kira qui lui atteignait à peine le genou. Il détourna les yeux de cette chose qui lui donnait la chair de poule.

– Il sera fait selon vos ordres, Majesté.

Il quitta la pièce et l'enfant mauve se retourna vers le roi. Ses yeux violets recelaient une sagesse que le monarque ne comprenait tout simplement pas. Il lui fit signe d'approcher et elle sauta sur ses genoux avec l'agilité d'un chat.

– Lire ! exigea-t-elle.

– Je crois bien que je te léguerai mon royaume si tu continues d'afficher autant d'autorité, petite fille, déclara Émeraude Ier avec amusement.

Kira se blottit confortablement entre ses bras et attendit qu'il lui enseigne d'autres mots. Le roi ne se souvenait pas d'avoir été aussi heureux.

✧   ✧
✧

Lorsque Wellan entra dans le hall des Chevaliers, il trouva ses compagnons réunis autour de la table. Le silence tomba aussitôt sur la petite assemblée.

– Que se passe-t-il ? demanda Jasson au nom de tous les autres.

– Nous partons dans une heure, annonça fièrement Wellan.

– Pour aller où ? s'étonna Falcon.

– Le roi nous a confié une première mission. Nous devons aller porter un message aux seigneurs de Shola.

Il décrocha le cylindre doré de sa ceinture et le leur montra, prêt à affronter leurs questions et leurs commentaires. Cependant, ils demeurèrent tous silencieux, presque en état de choc. Ils s'étaient longuement entraînés à devenir Chevaliers, mais il semblait bien qu'aucun d'entre eux n'était disposé à quitter le nid.

– Soyez prêts à partir dans une heure, en uniforme, pour que les sujets du royaume voient qu'ils sont protégés par des hommes de valeur.

Wellan remit le cylindre dans sa ceinture et tourna les talons sous les regards inquiets de ses frères d'armes. Il se rendit directement à la chapelle du château. C'était un sanctuaire apaisant où tous les cultes du continent étaient représentés, car ce qu'Émeraude Ier désirait le plus au monde, c'était la paix, la fraternité et la tolérance entre les hommes de toutes les races. Ainsi, ne privilégiait-il aucune philosophie en particulier. Il aurait préféré que ses Chevaliers n'adorent aucune idole et qu'ils les respectent toutes, mais Wellan n'avait jamais renié la religion de son pays de naissance.

Il s'agenouilla devant Theandras, la déesse rouge qui protégeait le Royaume de Rubis où il avait laissé ses parents, le Roi Burge et la reine Mira, ainsi qu'un frère aîné appelé à devenir roi et une sœur. Contrairement à ses compagnons qui conservaient très peu de souvenirs de leurs foyers, Wellan se rappelait clairement tous les détails de sa vie au Château de Rubis et tous les voyages effectués avec sa famille dans les autres royaumes. Le Roi Burge avait l'intime conviction qu'un homme ne pouvait pas régner convenablement s'il ne connaissait pas l'univers dans lequel il vivait. Il s'était donc assuré que tous ses enfants cultivent un esprit ouvert, car n'importe lequel des trois aurait pu être appelé à lui succéder. Wellan lui en était reconnaissant, car il n'était pas aussi démuni que ses frères d'armes devant l'inconnu.

Il pria Theandras en silence, lui demandant de minimiser les effets dévastateurs de l'étoile de feu qu'il avait vue dans le ciel, puis ses pensées furent distraites par le beau visage de Fan de Shola et sa voix de satin. Comment le recevrait-elle dans son palais ? Comment son époux, le Roi magicien Shill, qui avait été le plus touché par l'exil de son père, accueillerait-il les Chevaliers d'Émeraude ? Dans sa tête, de nombreuses questions virevoltaient, qui restaient sans réponses.

Ses dévotions terminées, Wellan alla chercher ses effets dans sa chambre et se rendit aux écuries. Il fit seller les chevaux des autres Chevaliers et s'occupa lui-même de sa propre monture. Il savait que ses compagnons le rejoindraient bientôt et la chaude présence de son destrier calmait ses appréhensions. Dès qu'il fut harnaché de vert et d'or, Wellan le mena dans la grande cour. Les six autres Chevaliers s'y présentèrent quelques minutes plus tard, tenant leurs propres chevaux par la bride.

– Tu ne sembles pas très enthousiaste pour un homme qui part enfin en mission, fit Bergeau à Wellan en immobilisant sa monture près de la sienne.

– J'ai vu un signe dans le ciel, hier soir, avoua le grand Chevalier, et je crains que des embûches n'aient été semées sur notre chemin.

– Quoi de mieux pour prouver que nous avons reçu le meilleur entraînement du monde ! s'exclama joyeusement l'autre.

« Peut-être a-t-il raison », pensa Wellan.

Les serviteurs amenèrent dans la cour deux montures supplémentaires chargées de vivres et d'eau.

– Nous contournerons la Montagne de Cristal vers l'ouest, là où le terrain est plus praticable, déclara Wellan à l'intention de ses compagnons. Nous traverserons ensuite le Royaume de Diamant et celui des Elfes avant de franchir la falaise qui nous sépare des hauts plateaux de Shola. J'espère que vous avez apporté vos capes de fourrure.

– Nous y avons pensé, assura Santo en flattant l'encolure de son cheval.

– C'est notre premier long trajet sous la bannière d'Émeraude et il est de mon devoir de vous rappeler que nous devons la porter fièrement.

– Tout se passera très bien, Wellan, le rassura Falcon. Arrête de t'inquiéter.

– Nous allons seulement porter un message à un autre roi, c'est tout, ajouta Jasson.

Leur calme apparent aurait dû lui faire du bien, mais une sourde appréhension continuait de lui serrer le cœur. Il leur fit signe de monter à cheval et vit le Roi d'Émeraude debout sur le balcon de ses appartements. Il talonna son destrier et s'approcha de la façade du palais, ses compagnons derrière lui. Émeraude Ier tenait la petite princesse sholienne dans ses bras.

– Vous êtes des Chevaliers d'Émeraude, les fiers représentants de la paix et de la justice sur tout le continent. Comportez-vous en tous lieux selon le code de chevalerie.

Je vous souhaite bonne route, Chevaliers. Et que les dieux soient avec vous !

Ils s'inclinèrent tous respectueusement devant leur souverain et se dirigèrent vers les immenses portes de la forteresse. Ils allaient les franchir lorsque Élund se précipita devant eux. Wellan leva vivement la main, immobilisant aussitôt la colonne de Chevaliers vêtus de vert.

– Que se passe-t-il, maître ? s'enquit Wellan en fronçant les sourcils.

– J'ai vu un signe terrible dans le ciel.

Wellan sentit le sang se glacer dans ses veines. Il aurait tellement voulu s'être trompé quant à ce qu'il avait lui-même aperçu de sa fenêtre.

– Vous devrez faire preuve de la plus grande prudence lorsque vous approcherez des falaises de Shola.

– À cause de l'étoile de feu…, murmura le grand Chevalier.

– Oui, à cause de cette étoile. Elle a traversé le ciel du Royaume des Esprits, de celui des Ombres et de Shola. C'est le présage d'un grand malheur, je le crains.

– Dans ce cas, emmenons des soldats avec nous, suggéra Dempsey en s'approchant de Wellan.

– Allons d'abord voir de quoi il retourne, répliqua Wellan. Protéger Enkidiev, n'est-ce pas là la raison première de l'existence de notre Ordre ?

– Nobles paroles que celles-ci, Wellan, intervint le magicien, mais Dempsey a raison. Vous n'êtes pas assez nombreux pour assurer la sécurité de tout un continent. Je vous recommande donc de ne prendre aucun risque inutile. Vous pourrez toujours revenir chercher les soldats des autres royaumes.

– Je suivrai ce conseil, maître Élund, assura Wellan d'une voix étouffée.

S'il était arrivé malheur à la Reine de Shola, il n'y survivrait pas. Le magicien les laissa passer, mais de la terreur voilait ses yeux. Wellan décida de ne pas le faire remarquer à ses compagnons et lança sa monture au galop. Fermant le peloton, Jasson et Chloé tenaient les longes des chevaux qui portaient les provisions. Dès qu'ils eurent passé les grandes portes, Bergeau brandit fièrement leur étendard.

Dans les champs, les paysans interrompirent leur travail pour les regarder passer. Ils ne savaient pas très bien comment sept vaillants guerriers pourraient assurer la paix du royaume, mais leurs cœurs étaient remplis d'espoir, et ils les saluèrent tandis qu'ils soulevaient un nuage de poussière sur la route menant à la Montagne de Cristal.

✧　✧
✧

Après leur départ, Élund porta ses breloques à son front et murmura des incantations de protection. Il avait passé la nuit à consulter ses vieux grimoires. Très peu de boules de feu avaient ainsi traversé le ciel du continent. La dernière fois, le Roi Draka avait attaqué le Royaume d'Émeraude et, la fois précédente, un ennemi venu de la mer avait presque décimé toute la population de la côte ouest. Il semblait impossible qu'une autre catastrophe ne se soit pas produite quelque part au nord, car c'était là que se dirigeait l'étoile maudite.

De son balcon, le Roi d'Émeraude avait aperçu son magicien. La petite fille dans ses bras tendit le bras et le pointa de ses griffes.

– Peur..., murmura-t-elle.

« Mais peur de quoi ? » se demanda le roi. Il décida de regagner ses appartements et ordonna à un serviteur d'aller quérir le magicien. Dans ses bras, Kira se retourna brusquement et s'accrocha à ses vêtements en tremblant. Le roi referma ses bras sur elle.

– Tu n'as aucune raison d'avoir peur. Tu es en sécurité avec moi.

Il la transporta dans l'antichambre où les servantes avaient disposé toutes sortes de jouets à son intention, mais elle refusa de quitter la sécurité des bras du roi. Lorsqu'il essaya de se défaire de son étreinte, ses griffes déchirèrent l'étoffe de ses vêtements et s'accrochèrent plus haut.

– Mais qu'est-ce qui te prend ?

Il essaya de toutes les manières de la déposer sur le sol, mais elle restait fermement agrippée à lui comme un chat qu'on veut mettre dans l'eau. Le magicien arriva juste à temps dans la pièce pour assister à ce curieux spectacle.

– Ne restez pas là ! s'exclama Émeraude Ier. Venez m'aider !

– Vous voulez que je touche à cette chose maléfique ? se scandalisa le magicien. Mais je risque de perdre tous mes pouvoirs, Majesté.

Élund craignait bien trop la créature pour venir directement en aide à son monarque, mais peut-être pouvait-il trouver un objet suffisamment lourd pour l'assommer. Kira tourna vivement la tête vers lui et le fusilla du regard.

– Ma foi, elle a le pouvoir de lire les pensées ! s'écria le magicien, effrayé.

– Peur, répéta la princesse sholienne en enfonçant la pointe de ses griffes dans la peau du roi qui poussa un cri de douleur.

Il arrêta de tirer sur ses petits bras pour la décrocher et elle se calma aussitôt. Elle grimpa encore de quelques centimètres sur sa poitrine et cacha son petit visage dans le cou d'Émeraude Ier qui se demandait comment la Reine Fan avait fait pour endurer cette enfant. Quand il fut certain qu'elle n'allait plus tenter de mettre ses vêtements en lambeaux, le roi prit place dans la berceuse. Élund se tenait toujours devant lui, le visage ravagé par l'effroi.

– Quel était donc le sujet de votre conversation avec le Chevalier Wellan tout à l'heure ? demanda-t-il négligemment en berçant l'enfant.

– J'ai vu un signe effroyable dans le ciel, Majesté. Je crains qu'un terrible malheur ne se soit abattu sur le pays où vous avez dépêché vos Chevaliers.

Kira se remit à trembler et le roi dut en venir à la conclusion qu'elle comprenait tout ce qui se disait autour d'elle.

– Peut-être est-elle capable d'interpréter nos émotions, se risqua le magicien.

– Si vous aviez moins peur de ce bébé, vous pourriez m'aider à mieux la comprendre, Élund.

– Un démon est toujours dangereux, peu importe son âge, sire.

– À part détruire ma garde-robe, elle ne m'a fait aucun mal. Pourquoi ne commencez-vous pas à travailler avec elle ?

– Parce qu'elle pourrait me voler tous mes pouvoirs, évidemment ! Et parce que, sans eux, je ne pourrais plus poursuivre l'éducation des enfants que vous m'avez confiés...

Émeraude Ier poussa un soupir. Il ne pouvait jamais avoir le dernier mot avec ce magicien. Kira continuait de trembler contre lui comme un petit animal terrifié.

– Avez-vous consulté le miroir de la destinée ? demanda le roi, désireux d'en apprendre davantage sur le présage dans le ciel.

Élund lui expliqua qu'il avait lu toute la nuit et qu'il n'avait regardé dans le grand miroir qu'aux premières heures de l'aube. Malheureusement, il n'y avait vu que fumée et flammes, rien qui puisse lui permettre de découvrir la menace qui pesait sur Enkidiev.

– Mes Chevaliers sauront l'identifier, j'en suis persuadé, déclara alors le roi. Et j'ose croire que Wellan aura la présence d'esprit de dépêcher un coursier si le danger devait s'étendre jusqu'à nous.

– Danger, répéta Kira à son oreille.

– Élund, si vous ne m'aidez pas à comprendre cette enfant, je vais devoir m'adresser à un autre magicien, le menaça le roi.

– Laissez-moi d'abord consulter mes livres et m'assurer que je peux le faire sans danger, Majesté.

Émeraude Ier lui ordonna de s'y mettre sur-le-champ. Curieusement, dès que le magicien eut quitté la pièce, Kira releva la tête. Elle posa ses mains sur les joues de son protecteur et le força à fixer ses yeux violets.

– Danger, insista-t-elle.

Le roi fut brusquement pris d'un vertige, comme si le siège de la berceuse avait soudainement cédé sous lui. Les yeux de l'enfant se transformèrent en fenêtres à travers lesquelles il vit des cavaliers noirs, chevauchant des dragons monstrueux dans la neige. Ils brandissaient tous des lances acérées, mais aucun bouclier. Loin derrière eux s'élevait une forteresse de glace. Comme s'il était aspiré dans un vide temporel, Émeraude Ier sentit de nouveau la terre ferme sous ses pieds. Kira trépignait sur ses genoux et l'observait avec insistance. Que venait-il de se produire ? Comment ces images étaient-elles apparues dans son esprit ? La jeune Sholienne en était-elle responsable ?

– Danger, fit-elle encore.

– Cette nuit, je vais poster des sentinelles sur les remparts. Surtout, ne sois pas effrayée, petite fille. Personne ne viendra te faire de mal ici.

Il la serra contre lui avec affection, se promettant de s'entretenir en privé avec son magicien dès que l'enfant serait au lit. Ces images n'étaient peut-être que l'expression de l'insécurité qu'elle ressentait dans ce monde totalement étranger pour elle, mais il voulait tout de même les décrire à Élund.

✧　✧
✧

Troublé, le magicien était retourné dans sa tour. Déjà, les enfants commençaient à arriver dans la salle d'enseignement. Il devrait donc remettre sa lecture à plus tard. Il alla s'asseoir au milieu du premier groupe : deux filles et sept garçons âgés d'une dizaine d'années et, parmi eux, le premier représentant du pays des Elfes. Menu, Hawke avait la peau aussi immaculée que la neige. Ses grands yeux verts ne perdaient rien de ce qui se passait autour de lui et ses pouvoirs de déduction s'avéraient remarquables, mais Élund doutait de sa capacité à manier les armes. Les représentants de sa race étaient des as du camouflage, pas des guerriers. Et puis, comment arriverait-il à soulever une épée aussi lourde que lui ?

Heureusement, ces élèves avaient encore toute une année d'études avant de devenir officiellement Écuyers. Il leur distribua des parchemins en dialectes étrangers afin qu'ils les traduisent dans la langue d'Émeraude, qui deviendrait un jour la langue écrite de tous les peuples. Élund déambula entre les jeunes aspirants qui déroulaient les vieux parchemins avec beaucoup de révérence. Déjà, la fière Bridgess s'affairait à transcrire sur un papyrus tout neuf les premiers mots qui s'étalaient devant elle. Que de promesses dans cette belle enfant blonde originaire du Royaume de Perle. Depuis son arrivée au château, elle excellait dans tout ce qu'elle entreprenait. Il était assuré qu'elle serait l'apprentie la plus dévouée de l'Ordre.

Il aperçut alors Hawke assis devant le rouleau de vieux papier bruni, les yeux fixes, le cœur visiblement lourd d'inquiétude et de questions. Élund ramassa les pans de sa tunique et de sa cape et s'assit devant le jeune Elfe.

— Qu'y a-t-il, Hawke ? demanda le magicien en arquant ses épais sourcils gris.

— J'ai vu le feu dans le ciel, murmura-t-il pour que les autres ne l'entendent pas. Je n'étais pas très âgé quand mes parents m'ont emmené ici, mais je me souviens encore de ce que disaient les Anciens au sujet du feu dans le ciel.

Autour de lui, certains des élèves s'étaient retournés pour l'écouter. Ils n'avaient pas vraiment besoin d'entendre sa voix pour comprendre ce qu'il disait, car ils pouvaient lire les pensées les uns des autres. Kevin, originaire du Royaume de Zénor, se montrait tout particulièrement sensible aux émotions de ses condisciples.

– Que disaient-ils ? insista Élund, légèrement contrarié.

Les Chevaliers devaient se fier à leur instinct et à leurs pouvoirs magiques et non se laisser distraire par des superstitions qu'on continuait de répandre sur le continent.

– Qu'un grand malheur allait bientôt se produire.

– Est-ce que tu as peur, Hawke ?

– Je sais que les Chevaliers ne doivent jamais céder à la peur, maître Élund, mais c'est très difficile parce que je ressens beaucoup de terreur ici, fit l'enfant en posant la main sur son cœur. Et cette terreur n'est pas mienne.

– À qui est-elle alors ?

– Je l'ignore..., mais je crains qu'elle n'appartienne à un grand nombre de personnes, peut-être même tout un peuple.

Cette fois, les élèves cessèrent de travailler pour se tourner vers le magicien. Élund ne voulait certes pas les effrayer, mais ils avaient été habitués à entendre et à dire la vérité.

– Il est arrivé un grand malheur, n'est-ce pas, maître Élund ? demanda Hawke.

– Je l'ignore tout autant que toi, mon petit, soupira-t-il, mais il est vrai que le passage du feu dans le ciel a toujours précédé des événements tragiques.

– C'est pour cette raison que les Chevaliers ont quitté le château ? demanda Kevin en se tordant les mains d'appréhension.

– Non, assura le magicien. Sa Majesté leur a confié une mission.

– Alors, ils le verront si quelque chose est arrivé ailleurs sur le continent ? insista Nogait, originaire du Royaume de Turquoise.

– Ils le verront.

Il allait être bien difficile d'exiger de ses élèves qu'ils retrouvent leur concentration, car même s'ils étaient devenus des enfants d'Émeraude, ils s'inquiétaient encore pour leurs royaumes de naissance. Mais Élund n'avait pas vraiment le choix. Ces enfants étaient de futurs Chevaliers, ils ne pouvaient pas se laisser envahir par leurs émotions.

– Il n'y a rien que vous puissiez faire pour aider le Chevalier Wellan et ses compagnons sinon poursuivre vos études pour pouvoir les seconder dans leurs missions de paix sur Enkidiev. Et aujourd'hui, ces études comportent le décryptage de vieux documents.

Le magicien se releva et contourna les tables de travail avec un air des plus sévères. Les élèves connaissaient bien cette expression. Ils retournèrent donc à leurs parchemins, même Hawke, qui déroula le sien d'une main tremblante.

– Je vais aller m'occuper des plus jeunes, déclara Élund. À mon retour, je veux que vos traductions soient terminées.

Le magicien se dirigea vers les grandes portes sous leurs regards accablés, mais il savait qu'ils feraient ce qu'il leur avait demandé. Après tout, ils étaient de futurs Chevaliers d'Émeraude.

✧ ✧
✧

De son côté, le roi avait calmé Kira de la même façon qu'il avait réussi à la faire descendre de la fenêtre de la cuisine, grâce à un biberon de lait chaud. Elle s'y était accrochée comme un petit chat affamé et il avait enfin pu la déposer sur son lit. La laissant sous la surveillance d'Armène, Émeraude Ier était allé changer sa tunique déchirée en se demandant si les autres parents du royaume se heurtaient aux mêmes difficultés avec leur progéniture. Armène resta quelques minutes au chevet de la petite et, constatant, attendrie, qu'elle s'endormait lentement en tétant, elle s'affaira à ranger sa chambre en chantonnant, totalement absorbée par ses tâches domestiques.

✧　✧
✧

Dans la grande tour, le magicien pénétra dans une autre pièce circulaire où se trouvaient ses plus jeunes élèves. La plupart avaient six ans, sauf Colville, originaire du Royaume de Jade, qui n'en avait que cinq, mais qui affichait une vive intelligence. À cet âge, il fallait surtout leur enseigner à maîtriser leurs nouveaux pouvoirs. C'est seulement plus tard qu'il pourrait leur inculquer les principes de l'Ordre quant à leur utilisation.

Les enfants formaient un cercle autour d'un grand bac à sable et tous leurs yeux innocents se tournèrent vers lui. « L'avenir du royaume », pensa Élund en s'asseyant avec eux. Le premier exercice du matin s'avérait plutôt simple pour ces enfants surdoués. À tour de rôle, ils devaient utiliser la seule force de leur esprit pour fabriquer des formes dans le sable. La majorité recréait des objets qui leur avaient été familiers dans leur vie auprès de leur famille. Seule la jeune Ariane, originaire du Royaume des Fées, aimait matérialiser des fleurs.

Élund les regarda s'exécuter avec un sourire de satisfaction. Ils étaient encore plus doués et plus dociles que la classe qui les avait précédés. C'est alors qu'il vit l'enfant mauve se glissant dans la pièce sur la pointe des pieds et un frisson d'horreur parcourut son dos. Mais que faisait-elle sans surveillance dans sa tour ? Sans doute avait-elle été attirée par les babillages des enfants ou bien était-ce un de ses sens inconnus qui l'avait guidée jusqu'à lui ? Le magicien l'observa en silence, curieux de voir ce qu'elle mijotait, prêt à intervenir avec sa magie si elle tentait d'assaillir un autre enfant.

La Sholienne, deux fois plus petite que les élèves, se faufila entre eux et observa leurs jeux dans le sable. Lorsque Pencer, originaire du Désert, laissa retomber son cactus en poussière, Kira leva le bras et fit tourner les grains de sable en un tourbillon qui plut aussitôt au groupe. « Pas mal du tout », pensa le magicien, en espérant qu'elle ne préparait pas quelque tour diabolique.

Le sable arrêta de tourner et ses grains sculptèrent la forme monstrueuse d'un dragon marchant sur ses quatre pattes, la gueule ouverte. Il siffla comme un serpent en direction des enfants qui ouvrirent de grands yeux effrayés. Sur le dos du dragon se tenait une créature humanoïde au visage hideux, une longue lance à la main.

– Kira, nous ne voulons pas de ça ici, l'avertit le magicien.

– Shola, dit la petite en posant ses yeux violets sur lui.

Même si elle avait dirigé son attention vers Élund, sa création maléfique continuait de tourner sur elle-même et d'effrayer les élèves.

– Peur, chuchota l'enfant mauve en recommençant à trembler.

– Tu aurais bien moins peur si ton imagination n'inventait pas des monstres semblables, pauvre sotte.

– Peut-être y en a-t-il chez elle, intervint Hettrick.

– Son royaume est couvert de neige, jeune homme, répondit le magicien. Des dragons ne pourraient pas survivre à Shola.

– Shola, répéta Kira qui souhaitait désespérément qu'Élund comprenne ce qu'elle essayait de lui dire.

D'autres personnages se matérialisèrent dans le sable et se mirent à courir en tous sens, arrachant des cris de surprise aux jeunes élèves. Le dragon et son cavalier se lancèrent à leur poursuite et les massacrèrent.

– Kira, en voilà assez ! tonna Élund.

Tous les personnages de sable s'évanouirent d'un seul coup et Kira recula en direction de la porte, heurtée par la colère de l'adulte qui se dressait comme une tour devant elle.

– Les Chevaliers sont des guerriers qui ne se battent que quand c'est nécessaire, déclara Élund. Les jeux de guerre ne les amusent pas et le meurtre de pauvres innocents non plus. Je ne tolérerai plus ce genre d'interférence durant mes classes. Est-ce bien clair ?

Kira ne comprenait pas les mots que le magicien employait, mais ses intentions étaient évidentes. Non seulement son message le laissait indifférent, mais il avait même réussi à le mettre en colère. Personne dans ce château ne comprenait la gravité de ce qui venait de se produire à Shola. Elle tourna les talons et se sauva en courant. Élund rappela aussitôt ses élèves à l'ordre et les fit taire lorsqu'ils voulurent en savoir plus long sur l'enfant mauve.

✧   ✧
✧

Armène avait mis du temps à réaliser que sa jeune protégée n'était plus dans son lit. Après l'avoir cherchée partout dans la chambre, elle sonna l'alarme. Les serviteurs l'aidèrent dans ses recherches, mais Kira n'était nulle part. Le roi fut alors prévenu de sa disparition et il mobilisa tout le personnel du château pour la retrouver. Émeraude Ier exigea que ses gens fouillent le moindre recoin et bientôt une des servantes aperçut la princesse perchée sur une haute armoire au milieu du corridor. Le souverain et Armène furent tout de suite appelés sur les lieux.

– Mais comment a-t-elle bien pu grimper jusque-là ? s'étonna Émeraude Ier.

Armène et le roi tentèrent d'appâter l'enfant en agitant un biberon sous son nez, mais elle refusa obstinément de bouger. À bout d'arguments, le monarque ordonna à ses serviteurs d'aller lui chercher une échelle à l'écurie afin qu'il puisse lui-même secourir Kira.

– Vous n'y pensez pas, sire ! protesta Armène.

– Vous oubliez les dents pointues et les griffes acérées de cette enfant, fit-il. Croyez-vous vraiment que nous pouvons demander à une personne qu'elle ne connaît pas d'aller la chercher ?

– Dans ce cas, ce sera moi.

Dès que l'échelle fut placée contre l'armoire, la servante en grimpa prudemment les barreaux. Le spectacle qui l'attendait lui déchira le cœur. Recroquevillée sur elle-même et adossée contre le mur de pierre, Kira pleurait toutes les larmes de son corps.

– Mama..., murmura-t-elle en reconnaissant Armène.

La servante agrippa la tunique humide de l'enfant et l'attira dans ses bras, puis elle redescendit prudemment l'échelle et se tourna vers le roi.

– Je pense qu'elle vient de réaliser qu'elle a été définitivement séparée de sa mère, s'attrista Armène.

4

EN ROUTE POUR SHOLA

Après avoir contourné la Montagne de Cristal, le pic le plus élevé d'Enkidiev, les Chevaliers d'Émeraude pénétrèrent dans le Royaume de Diamant, où Chloé avait vu le jour. Mais elle avait quitté son pays quand elle n'était encore qu'une enfant et, tout comme ses frères d'armes, elle n'était jamais retournée parmi les siens.

Depuis qu'ils étaient entrés dans la grande forêt de conifères, des odeurs familières assaillaient Chloé, mais elles ne rappelaient aucun souvenir à sa mémoire. Elle savait qu'elle était la benjamine du Roi Pally et de la Reine Ella, mais même leurs visages se perdaient dans la brume de son esprit. Ses frères étaient désormais tous ces braves hommes qui portaient la cuirasse verte des Chevaliers d'Émeraude. Elle avait grandi avec eux et elle leur faisait aveuglément confiance.

Tandis qu'elle chevauchait derrière eux, tenant distraitement par la longe l'un des deux chevaux porteurs de provisions, Chloé se surprit à penser à chacun de ses vaillants compagnons. En tête, venait évidemment Wellan. Dès le début de son apprentissage au Château d'Émeraude, il avait manifesté d'indiscutables qualités de chef. Il avait un esprit de stratège, comme son père, le Roi Burge, et une carrure aussi imposante que la sienne. Les cheveux blond foncé frôlant ses épaules, les yeux d'un bleu perçant, Wellan était un géant parmi ses frères d'armes. Il maniait toutes les armes des Chevaliers avec grâce et puissance. Il était rapidement devenu le héros de sa classe et, plus tard, de tous les élèves qui les épiaient du haut de la galerie pendant qu'ils mangeaient ou par les fenêtres du château lorsqu'ils pratiquaient les arts de la guerre dans la grande cour. Mais Wellan avait un côté sérieux, parfois très sombre. Rien ne le faisait rire, pas même les plaisanteries de Bergeau. Il érigeait constamment une barrière de glace entre le monde extérieur et lui-même et c'était la première fois, lorsqu'ils avaient rencontré la Reine de Shola, que Chloé avait vu une émotion illuminer son visage austère. Certes, Wellan était un taciturne, mais les Chevaliers d'Émeraude n'auraient pu trouver meilleur chef.

Derrière lui, chevauchait Santo, originaire du Royaume de Fal. Pas très grand, il affichait toutefois une force physique impressionnante lorsqu'il était obligé de se battre. Mais ce jeune homme aux cheveux noirs comme la nuit et aux yeux sombres avait surtout des qualités de négociateur. Particulièrement sensible à l'humeur et aux émotions des autres, il savait déchiffrer les méandres du cœur de ses semblables et trouver les bons mots pour les apaiser. Ses mains magiques guérissaient tous les maux et il ne pouvait supporter de voir un autre être souffrir. D'une sensibilité toute féminine, ses poèmes se faisaient doux et réconfortants. Il savait aussi jouer de la harpe et chanter.

Venait ensuite Bergeau, fils d'un bandit du Désert. Bien que ses origines ne le rendissent pas fier, il ne cherchait pas à les renier. Peu nombreux, les habitants du Désert n'avaient pas autant de ressources que ceux des autres royaumes. Ils s'étaient presque tous réfugiés dans le sud pour échapper à la justice, menant ensuite une vie honnête, bien que remplie de difficultés et de dangers, mais qui valaient d'échapper au cachot. Le père de Bergeau avait remis son fils entre les mains d'Émeraude Ier pour le sauver de la faim et de la misère et aussi pour avoir la satisfaction de savoir qu'un de ses descendants vivrait de façon honorable.

Fort et musclé, Bergeau se servait rarement de sa force contre les autres. Il préférait l'utiliser pour donner un coup de main aux paysans ou à l'entourage du roi lorsque certains travaux l'exigeaient. Il pouvait soulever un chariot sans aide pendant qu'on en changeait les roues ou transporter des pierres aussi lourdes que lui. Prompt, il disait tout ce qu'il pensait, mais il ne se montrait jamais méchant. Lorsqu'il explosait, c'était surtout pour protéger un de ses frères d'armes. Il avait gardé de son enfance une peau tannée en permanence. Il avait les cheveux bruns, les yeux mordorés et un sourire flottait continuellement sur ses lèvres, sauf s'il sentait qu'une menace planait sur ses compagnons. Il avait une endurance incroyable et Wellan n'hésiterait pas à lui confier sa vie lors d'un combat, car il irait jusqu'au bout de ses forces.

Falcon, lui, avait vu le jour au Royaume de Turquoise où les superstitions se comptaient en grand nombre. Depuis son berceau jusqu'à son arrivée au Château d'Émeraude, il avait baigné dans les contes fantastiques des vieilles gens de son pays. Le Royaume de Turquoise était lové dans une profonde vallée au sud de la Montagne de Cristal. Ses habitants avaient choisi de ne pas défricher les grandes forêts et d'établir leurs cultures sur différents plateaux le long de la rivière Wawki. Ils n'avaient pas non plus de château, car le sol de rochers aux attributs magiques ne s'y prêtait guère. Leur roi habitait donc une simple chaumière comme ses sujets. Ceux-ci vivaient en accord avec la nature, mais ils se barricadaient dans leurs maisons dès le coucher du soleil afin d'échapper aux bêtes mythiques qu'ils n'avaient jamais vues, mais dont leurs ancêtres racontaient les méfaits depuis toujours.

Pas très grand, Falcon était mince et agile. Il portait ses cheveux noirs très courts et on pouvait presque se noyer dans ses yeux bleus. Même s'il avait grandi dans le Château d'Émeraude, et en dépit de son entraînement, il craignait toujours l'obscurité et n'acceptait de l'affronter qu'en compagnie de ses frères d'armes. Doux et romantique, il savait qu'il se marierait un jour et qu'il donnerait à l'Ordre de nombreux enfants, car il comprenait l'importance des Chevaliers d'Émeraude dans le maintien de la justice et de l'harmonie sur Enkidiev. Guerrier aux réflexes rapides, Falcon utilisait surtout la surprise pour vaincre ses adversaires. Même Wellan le craignait en combat singulier.

Fils du Roi Wyler et de la Reine Stela, Dempsey avait vu le jour au Royaume de Béryl, niché sur les hauts plateaux entre la vallée du Royaume de Turquoise et l'immense Forêt Interdite. Bien bâti et large d'épaules, ses cheveux blonds comme les blés recouvraient à peine ses oreilles et ses yeux céruléens témoignaient d'une grande prudence.

En effet, l'air plus rare, les pluies moins abondantes et le terrain accidenté de Béryl incitaient ses habitants à ne courir aucun risque inutile et à exploiter leurs ressources au maximum. Dès son plus jeune âge, Dempsey avait été contraint de participer aux travaux d'irrigation qui garantissaient des récoltes à son peuple et il avait rapidement compris la fragilité de la vie humaine.

Tout comme Wellan, il ne s'amusait pas souvent et tendait à ne voir que le côté pratique d'un exercice ou d'une mission. De tous les Chevaliers, il savait le mieux tempérer les autres et on pouvait compter sur lui pour interpréter les messages de la terre.

Le plus jeune des Chevaliers d'Émeraude, et aussi le plus intense, Jasson, était né dans un village du Royaume de Perle. Bébé, il avait attiré l'attention de sa famille par ses dons de télékinésie. Dès le berceau, il avait affiché de surprenantes aptitudes à déplacer les objets par sa seule volonté.

Lorsqu'il avait commencé à user de cet inquiétant pouvoir aux dépens de ses congénères, son père avait décidé de l'emmener au Château d'Émeraude pour que ses dons servent plutôt au bien de tous. Jasson avait gardé de ses jeunes années une propension à s'amuser et Wellan devait parfois le rappeler à l'ordre, l'humour, selon lui, n'ayant pas sa place dans les missions qu'on leur confierait.

Tout comme Wellan, il portait ses cheveux blond foncé sur les épaules, mais il refusait de les attacher, afin de se sentir plus libre. Ses yeux verts étincelaient de plaisir, car il aimait profondément la vie. Mince et élancé, Jasson n'était pas un puissant combattant et, le sachant, il se fiait davantage à sa faculté de désarmer ses adversaires grâce à ses puissants pouvoirs de lévitation. Wellan ne cessait de lui répéter qu'ils ne lui seraient d'aucun secours s'ils devaient affronter toute une armée, mais le jeune Chevalier haussait les épaules. Il voyait dans l'Ordre une force symbolique dont l'existence seule suffirait à désamorcer les intentions belliqueuses des Royaumes d'Argent ou de Shola, le cas échéant.

Chloé, quant à elle, provenait d'un pays qui n'était en somme qu'une colonie du Royaume d'Émeraude, établie de l'autre côté de la Montagne de Cristal. Mince mais vigoureuse, Chloé portait ses cheveux blonds assez courts et ses yeux d'un bleu très clair semblaient parfois transparents. Elle représentait le principe féminin qui conférait à leur groupe son précieux équilibre. Bien que capable de manier l'épée aussi habilement que ses frères d'armes, son premier réflexe n'était pas l'agression. Sa nature féminine la poussait à tenter de comprendre une situation avant de s'y engager. Même si Wellan ne le disait pas ouvertement, il appréciait ses conseils, lesquels projetaient un éclairage différent sur tous les problèmes.

✧　✧
✧

Les Chevaliers d'Émeraude longèrent la rivière Tikopia, qui serpentait paresseusement au pied de la montagne et qui grimpait vers le nord. Déjà, ils pouvaient apercevoir les pics enneigés du Royaume de Shola entre les branches touffues des arbres, mais ils se trouvaient encore trop loin pour en distinguer les fortifications.

– Où nous arrêterons-nous pour la nuit ? demanda Dempsey d'une voix suffisamment forte pour que toute la colonne l'entende.

– Nous pourrions rallier le Château de Diamant avant la tombée de la nuit, répondit calmement Wellan. À moins que Chloé ne désire pas s'y arrêter.

– Tu as peur que ses parents essaient de la reprendre ? le taquina Jasson.

– Que ferais-tu si ta fille était devenue une aussi belle femme ? répliqua Bergeau en haussant les épaules.

– Moi, je lui trouverais un bon parti, répondit Santo.

– Avez-vous fini de dire des bêtises ? intervint Chloé en secouant la tête.

– La décision finale t'appartient, Chloé, fit Wellan.

– Je n'ai nul besoin de m'arrêter au Château de Diamant, bien que ses habitants seraient sans doute heureux de voir les Chevaliers d'Émeraude. Et je crois que nous perdrions moins de temps en dormant dans la forêt.

Ils continuèrent d'avancer en silence pendant que Wellan réfléchissait à la situation. Un arrêt au Château de Diamant s'avérerait sans doute une bonne décision politique, mais ils seraient obligés d'assister à toutes sortes de cérémonies préparées à la hâte par leur hôte en leur honneur, ce qui retarderait certainement leur marche vers Shola.

– Nous dormirons dans la forêt, décida-t-il, mais demain nous emprunterons la route du château pour que le peuple puisse nous voir.

Comme toutes les décisions de Wellan étaient finales, personne ne répliqua. Ils continuèrent de longer la rivière jusqu'au coucher du soleil. En voyant lentement disparaître la lumière du jour, Falcon commença à manifester des signes de nervosité. Wellan les fit donc arrêter dans une clairière, ce qui leur permettrait d'apercevoir facilement quiconque s'approcherait de leur campement. Il ne s'attendait pas à rencontrer des forces hostiles au Royaume de Diamant, mais la présence de chasseurs dans ces forêts représentait un danger potentiel.

Ils s'occupèrent d'abord des chevaux puis Dempsey alluma un feu. Santo et Chloé allèrent chercher des branches supplémentaires pour l'alimenter durant la nuit pendant que Falcon préparait un potage. Les flammes brillantes réconfortèrent immédiatement son âme superstitieuse. Lorsqu'ils furent tous assis autour du feu et rassasiés, Jasson insista pour que Wellan leur parle des tout premiers Chevaliers d'Émeraude, ceux qui les avaient précédés de plusieurs centaines d'années.

– Ils ont été rassemblés à l'époque de la Neuvième Dynastie d'Émeraude, tandis que le continent était pris d'assaut par une race d'étranges démons, commença Wellan en pelant une pomme.

Falcon resserra sa cape sur ses épaules en frissonnant d'horreur. Ces histoires de créatures étranges rappelaient toujours à son esprit les légendes du Royaume de Turquoise.

– Les paysans en avaient bien trop peur pour les combattre eux-mêmes, alors le Roi Jabe d'Émeraude demanda au Magicien de Cristal de donner à ses meilleurs soldats des pouvoirs qui leur permettraient de vaincre ces démons. Ainsi naquirent les premiers Chevaliers d'Émeraude. Ils prirent la tête des armées de tous les royaumes et repoussèrent l'ennemi jusqu'à la mer.

– Mais d'où venaient ces démons ? demanda Falcon dont on ne voyait plus que les yeux sous la cape.

– Il existe de nombreux continents de l'autre côté de la mer et les légendes racontent que les démons peuplent l'un d'eux. Leur monde est divisé en royaumes, tout comme le nôtre, mais au lieu de faire travailler les paysans pour nourrir le peuple, ils les mangent.

Falcon disparut complètement sous sa cape et ils éclatèrent tous de rire, sauf Wellan qui se contenta d'esquisser un sourire.

– À quoi ressemblent ces créatures ? demanda Jasson, ses grands yeux verts brillant de curiosité.

– J'ai lu dans un vieux livre qu'ils avaient une forme humaine mais la carapace noire et luisante des insectes, fit très sérieusement Wellan. Leurs yeux sont aussi gros que cette pomme et remplis de flammes. Leurs mâchoires...

– Pitié ! s'écria Falcon en émergeant de sa cape.

– Ces démons ont été vaincus, Falcon, soupira Dempsey. Ils ne viendront pas te chatouiller les orteils dans ton sommeil.

– Et nous ignorons si les Anciens n'en ont pas exagéré les caractéristiques, ajouta Chloé. Tu sais très bien que ceux qui décrivent les batailles sur les parchemins sont rarement ceux qui y ont participé.

Mais cela ne rassura nullement Falcon qui avait posé des yeux suppliants sur Wellan qui, lui, continuait de mastiquer tranquillement son fruit.

– Ce sont des histoires anciennes, fit-il finalement. Elles nous rappelent qu'un ennemi peut surgir de la mer à tout moment et que nous devons être prêts à l'affronter.

– En attendant, les nobles Chevaliers d'Émeraude ne servent qu'à aller porter des messages entre les royaumes, ricana Jasson.

Wellan l'incendia du regard. S'il était vrai qu'ils n'étaient pas encore passés à l'action, cela ne signifiait pas qu'ils avaient subi inutilement tout cet entraînement. Si Élund avait conseillé à Émeraude Ier de faire revivre cet ordre ancien de chevalerie, c'est qu'il avait perçu un danger dans les étoiles.

– Moi, ce que je veux savoir, c'est pourquoi les premiers Chevaliers d'Émeraude ont disparu, insista Bergeau.

– Ils ont été consumés par leur orgueil, répondit Wellan qui leur lançait en même temps un avertissement.

Ils le fixèrent en attendant la suite. Wellan promena ses yeux glacés sur ses compagnons d'armes, puis il jeta sa pomme derrière lui et pencha légèrement la tête.

– Les premiers Chevaliers n'ont pas comme nous grandi avec leurs pouvoirs magiques, fit-il en fronçant les sourcils. Ils étaient déjà des hommes matures lorsque le Magicien de Cristal les leur a attribués. Ils les ont utilisés pendant les combats pour anéantir leurs ennemis tout en protégeant leurs propres vies, mais une fois la guerre terminée, lorsqu'ils sont rentrés dans leurs royaumes, ils se sont vite rendu compte qu'ils avaient un avantage sur les autres hommes et ils ont essayé d'en profiter.

– Et qu'a fait le Magicien de Cristal ? demanda Falcon.

– Avant qu'il puisse s'en mêler, ils avaient déjà commencé à s'entretuer. Au lieu de continuer de se servir de leurs dons merveilleux pour aider leurs semblables, ils ont tenté d'asseoir leur pouvoir sur leurs frères d'armes. L'un d'eux a même tenté de renverser le Roi Jabe et de devenir le monarque d'Émeraude.

– Combien restait-il de Chevaliers lorsque le Magicien de Cristal s'est décidé à intervenir ? demanda Chloé.

– Un peu moins de mille. Il a dû en éliminer une grande partie et enlever leurs pouvoirs aux autres, mais l'un d'eux avait déjà disparu. Il s'appelait Onyx. Nous ne savons plus très bien s'il était originaire ou non du Royaume d'Émeraude. Nous savons seulement qu'il était un homme puissant et très rusé.

– Il n'a jamais été retrouvé ? demanda Falcon d'une voix faible.

– Et alors ? intervint Bergeau en haussant les épaules. Tout ceci s'est produit il y a des centaines d'années ! Il est mort et enterré et ses mauvaises intentions avec lui !

– Bergeau a raison, approuva Chloé pour rassurer Falcon.

– Il est tard, mes frères, conclut Wellan en déroulant sa couverture.

Ils l'imitèrent et bientôt ils furent tous allongés sur le sol autour du feu. Seul Falcon mit du temps à s'endormir, l'esprit rempli d'images horribles de démons dévorant des hommes.

5

LE FEU DANS LE CIEL

Pendant ce temps, au Château d'Émeraude, les choses ne s'arrangeaient guère. La petite Kira n'arrêtait pas de pleurer dans les bras d'Armène, malgré tous les efforts déployés par le souverain pour la distraire. Elle enfouissait son visage dans les plis de la robe de la servante et y restait obstinément accrochée. Lorsqu'elle refusa de manger, Émeraude Ier craignit le pire.

– Elle n'a déjà que la peau sur les os ! s'exclama-t-il. Si elle ne mange rien, elle mourra avant que mon message n'atteigne sa mère !

Même le biberon de lait chaud n'eut pas l'effet désiré sur la petite. Armène était assise avec elle dans un fauteuil des appartements privés du roi et cherchait par tous les moyens à l'intéresser à un bol de céréales chaudes. Si seulement elle avait parlé la même langue qu'eux.

– Kira, mon cœur, écoute-moi, la pria la servante d'une voix insistante. Je sais que tu comprends tout ce que nous disons. Sache que nous partageons ta détresse, mais nous ne pouvons pas te ramener à Shola.

En entendant le nom de son royaume, elle leva de grands yeux noyés de larmes sur sa protectrice.

– Ta mère t'a confiée à nous et c'est notre devoir de prendre soin de toi.

– Mama...

Kira se redressa brusquement sur les genoux d'Armène, porta ses mains mauves à sa poitrine et grimaça de douleur. Croyant que la pupille du monarque était souffrante, Armène mit le château en état d'alerte. Le seul qui savait soulager tous les maux était Élund. Il n'avait plus le choix maintenant, il allait devoir s'occuper de l'enfant.

Le roi s'empara de Kira et la conduisit lui-même dans la haute tour du magicien. Élund avait commencé à enseigner la transmission de pensées à sa classe plus âgée, mais Émeraude Ier ne pouvait plus attendre. Il fit irruption dans la grande pièce circulaire, la petite fille dans les bras, Armène sur les talons.

– Majesté ? s'étonna le magicien.

– Je sais que votre travail auprès de ces futurs Chevaliers est de la plus haute importance, Élund, mais cette enfant ne va pas bien et je vous demande de me dire de quoi elle souffre pour que nous puissions la soigner.

Le magicien essayait de cacher sa peur du démon à ses jeunes élèves qui deviendraient un jour les preux défenseurs du royaume. D'ailleurs, ils avaient déjà tous tourné la tête en direction de leur professeur et ils s'attendaient à ce qu'il opère un miracle. Élund ne devait surtout pas perdre la face devant eux.

– Faites-la asseoir sur la table de cristal, déclara-t-il en faisant le brave.

Suivi des enfants, du magicien et d'Armène, Émeraude Ier y déposa Kira. Curieusement, elle ne chercha pas à s'accrocher à lui et accepta de demeurer assise toute seule sans le réconfort de bras humains. Le magicien s'approcha d'elle prudemment. D'un simple geste de la main, il anima la surface de la table d'une intense lumière blanche, émerveillant les enfants. Kira ne broncha pas. Elle fixait le magicien de ses yeux violets en cherchant désespérément quelqu'un qui comprenne ce qu'elle voulait dire, mais Élund était profondément concentré sur la lecture de son petit corps. Habituellement, lorsqu'un organe était atteint, la lumière blanche l'enveloppait et devenait rouge. Pourtant, rien ne se produisit.

– Mais elle n'a absolument rien, Majesté, déclara-t-il, en conservant ses distances avec l'enfant.

La lumière disparut, comme absorbée par la surface glacée de la grande table. Kira remit aussitôt ses mains sur ses côtes et grimaça.

– Si elle n'a rien, pourquoi fait-elle ce geste ? s'impatienta le roi.

– Ce n'est pas sa douleur à elle, indiqua soudain la petite voix aiguë d'un enfant.

Ils tournèrent tous la tête vers Hawke, le jeune Elfe dont la sensibilité surpassait de beaucoup celle des autres élèves.

– Tu comprends ce qu'elle essaie de nous dire ? s'étonna le monarque.

– Oui, sire, assura le frêle garçon aux yeux couleur de la forêt.

Kira se mit alors à quatre pattes et trottina vers Hawke. Elle s'arrêta au bord de la table, examina son visage et ses oreilles pointues puis posa la paume de sa petite main sur sa joue.

– Il est arrivé un grand malheur à une personne qu'elle aime... sa mère, je crois.

– Mais comment le saurait-elle ? demanda Émeraude Ier.

– Il y a un lien invisible entre elles, comme il y en a un aussi entre les gens de mon peuple... de mon ancien peuple, je veux dire..., bredouilla Hawke en baissant honteusement la tête.

– Donc, cette douleur, c'est sa mère qui la ressent ? demanda Armène, avec compassion.

– Oui, madame.

– Elle est malade ? voulut savoir le roi.

– Non, sire, déclara l'Elfe en relevant la tête, elle a été blessée. Quelque chose de froid s'est enfoncé dans sa chair. Je crains que ce ne soit la tête d'une flèche ou la lame d'un poignard.

Sa déclaration jeta la consternation sur le groupe. Les agressions étaient rares sur le continent, surtout dans les familles royales. On avait sans doute attaqué la reine alors qu'elle tentait de regagner Shola.

Le roi prit Kira et la déposa dans les bras d'Armène, lui demandant de lui faire avaler quelque chose avant qu'elle ne s'écroule d'inanition. Lisant dans les pensées de son souverain, Élund exigea de ses élèves qu'ils regagnent leurs tables de travail et qu'ils continuent leurs exercices. Puis, il suivit le roi dans la grande bibliothèque que peu de gens fréquentaient à part les Chevaliers. Le magicien referma les portes et entreprit de raconter au roi le curieux épisode des figurines que Kira avait matérialisées dans le bac à sable. Émeraude Ier haussa les sourcils mais ne parut pas vraiment surpris. Il lui parla de la vision que la petite Sholienne avait projetée dans son esprit et qui ressemblait fort à une attaque de la part de créatures étrangères.

– Le feu dans le ciel..., comprit alors le magicien. Majesté, je crains que les monstres que nous avions cru vaincus il y a des centaines d'années n'aient finalement pas tous péri.

– C'est de l'histoire ancienne, Élund. Et je n'en connais que les grandes lignes.

– Dans ce cas, je vous en brosserai un tableau complet dès que j'aurai terminé mes classes.

Le roi fit quelques pas dans la pièce déserte en réfléchissant aux implications d'une telle attaque sur Enkidiev. Les années de paix étaient-elles désormais révolues ?

– Et j'ai précipité nos seuls Chevaliers tout droit dans la gueule du loup, soupira-t-il.

Les traits du roi passèrent soudainement du découragement à l'espoir. Il ouvrit les grandes portes et, d'une voix forte, commanda à un serviteur qui passait d'aller chercher le soldat le plus fiable de sa garde personnelle. Il pouvait encore sauver Wellan et ses frères d'armes si un message leur parvenait dans les plus brefs délais.

6

LE PEUPLE DES FORÊTS

Au matin, après un déjeuner frugal, les Chevaliers sellèrent leurs chevaux et se remirent en route. Le Royaume de Diamant, contrée tranquille et modérément peuplée, se situait au nord de la Montagne de Cristal et son climat était légèrement plus frais que celui du Royaume d'Émeraude. La végétation y était également plus dense et les fruits sauvages, plus abondants. Des fleurs parsemaient le pied des arbres et les lourdes branches de saules géants retombaient dans la rivière Tikopia. De grands moulins bordaient le cours d'eau sur lequel on avait tendu plusieurs ponts de bois. Des paysans menaient des ânes attelés à des charrettes chargées de sacs de grains de toutes sortes en direction du château.

Wellan passa près d'eux et entraîna son groupe sur le chemin qui traversait les terres du Château de Diamant. Chloé n'avait pas envie de s'y arrêter, mais ils ne pouvaient pas priver les paysans du spectacle rassurant de fiers guerriers vêtus de cuirasses serties de pierres précieuses. L'Ordre des Chevaliers d'Émeraude avait été créé pour protéger tout le continent, pas seulement le Royaume d'Émeraude.

Lorsqu'ils atteignirent les premières terres cultivées et que les paysans interrompirent leur besogne pour les regarder passer, les Chevaliers bombèrent le torse sur leurs montures. Ils n'étaient que sept, mais bientôt ils seraient légion. Wellan pensa que le peuple, en les voyant, serait davantage porté à envoyer ses enfants surdoués au Château d'Émeraude pour qu'ils rejoignent leurs rangs.

Ils traversèrent quelques villages et aperçurent le château au loin. C'était une forteresse presque aussi imposante que celle d'Émeraude avec ses quatre tours et ses hauts murs. Sans doute aurait-il été intéressant d'observer la réaction de Chloé devant ses parents, mais ils n'avaient pas le temps de s'arrêter. Peut-être au retour ? Pour le moment, Wellan devait se concentrer sur sa mission et sur le cylindre doré qui pendait à sa ceinture. Plus il approchait de Shola, plus son cœur battait la chamade dans sa poitrine. Il n'avait jamais connu l'amour et, même si c'était un sentiment qui l'effrayait terriblement, il savait qu'il s'y abandonnerait si la Reine de Shola lui ouvrait les bras.

Le Royaume de Diamant était beaucoup plus peuplé que Wellan l'avait pensé. Il y avait des centaines de paysans dans les champs et autant d'enfants dans chaque petit village. Ils gambadaient autour de leurs chevaux en leur témoignant leur admiration et de belles jeunes filles leur offraient des fleurs. Wellan sonda subtilement le cœur de ses compagnons pour s'assurer que toute cette attention ne leur montait pas à la têtc, l'orgueil étant le pire ennemi d'un Chevalier.

À la tombée de la nuit, ils parvinrent enfin à la frontière du pays des Elfes, une immense forêt aux arbres gigantesques. Personne ne savait où se trouvaient le palais du roi ni les nombreux villages de ses sujets. Les Elfes, créatures pacifiques et craintives, se fondaient facilement dans leur environnement, comme des caméléons. Ils vivaient plus longtemps que les humains et entretenaient des liens étroits avec les arbres et les ruisseaux, de même qu'avec les animaux qui évoluaient sans la moindre inquiétude dans leurs sylves, les Elfes ne consommant pas leur chair. On ne savait presque rien d'eux, sinon qu'ils étaient venus de la mer des milliers d'années auparavant et qu'ils avaient refusé toute alliance avec leurs voisins de Diamant ou d'Opale, préférant nouer des liens avec les Fées, qui leur ressemblaient davantage. Le Roi Hamil reconnaissait tout de même l'autorité d'Émeraude Ier et échangeait une correspondance abondante avec lui, mais personne ne savait de quelle façon les missives circulaient de l'un à l'autre.

Wellan avait lu dans les parchemins de la grande bibliothèque que les seigneurs de la forêt préféraient observer de loin les voyageurs qui traversaient leurs terres plutôt que d'aller à leur rencontre. Il se demanda s'il aurait l'occasion de les apercevoir pendant sa mission.

Les forêts du Royaume des Elfes se révélèrent encore plus denses que celles du Royaume de Diamant. À certains endroits, les arbres se touchaient et formaient un dôme étanche qui empêchait même la lumière de passer. Wellan choisit d'établir leur campement près de la rivière Tikopia, là où les rayons de la lune perçaient le plafond de verdure et leur permettaient de voir à quelques mètres autour d'eux.

Ils dessellèrent les chevaux, les firent boire et les rassemblèrent entre de gros rochers où ils seraient protégés d'éventuels prédateurs. De toute façon, Wellan avait institué des tours de garde. Ils n'avaient pas encore vraiment d'ennemis, mais le grand Chevalier pensait que c'était une pratique nécessaire pour ses frères. Ce soir-là, Santo fut le premier à s'asseoir en retrait du feu, son épée sur les genoux, pendant que ses compagnons s'enroulaient dans leurs couvertures. La lune faisait briller les petites vagues à la surface de la rivière et il vit même des cerfs s'abreuver sur l'autre rive. La nuit était fraîche et calme. Bientôt, ils marcheraient dans la neige des hauts plateaux de Shola. Ils seraient les premiers étrangers à approcher ce peuple que tous les royaumes avaient conspué à la suite de l'attaque de Draka sur le Royaume d'Émeraude.

Santo contempla les visages paisibles de ses frères d'armes en songeant que jamais Enkidiev n'avait connu de plus valeureux guerriers. Il savait qu'en cas de danger, il pourrait toujours compter sur ses compagnons, même sur Jasson qui rechignait à se battre. Il se mit à penser aux jeunes élèves qui les observaient souvent de la galerie du grand hall. L'un d'eux deviendrait bientôt son Écuyer, mais il les connaissait à peine et... Le craquement sec d'une branche le tira brusquement de ses pensées.

Il se releva lentement, serrant la garde de son épée dans sa main. Pas question d'alerter ses compagnons avant d'être certain qu'il ne s'agissait pas d'un loup ou d'un renard. Il utilisa son esprit comme le lui avait enseigné le magicien d'Émeraude et sonda les profondeurs de la sylve. Son cœur s'arrêta presque de battre lorsqu'il sentit la présence non pas d'un animal mais d'un être possiblement humain. À cette heure de la nuit ? Les chevaux commencèrent à s'agiter, confirmant ses impressions, et il s'empressa de réveiller ses frères.

Wellan bondit le premier sur ses pieds, tous ses sens en alerte. Il y avait effectivement un être qui s'approchait rapidement de leur campement, mais ses sens l'informèrent qu'il s'agissait d'un Elfe. Les Chevaliers demeurèrent tous silencieux et immobiles comme on le leur avait enseigné, mais prêts à combattre. Si l'ennemi devait fondre sur eux dans l'obscurité, ils l'affronteraient en silence, car ils avaient appris à communiquer entre eux par la voie de leurs esprits.

Quelle ne fut pas leur surprise lorsqu'un gamin d'une dizaine d'années surgit entre les arbres. C'était bien un jeune Elfe, confirma Wellan à la vue de ses longs cheveux pâles d'où fusaient des oreilles pointues. L'enfant, qui avait hérité de sa race le don de voir dans le noir, se rua sur les Chevaliers et se jeta aux pieds de Wellan.

– Sire, mon roi a besoin de vous, fit-il, à bout de souffle.

– Qu'on lui donne de l'eau, exigea Wellan.

Bergeau attrapa sa gourde et la tendit à l'enfant. L'Elfe but tout son contenu en cherchant désespérément à rependre son souffle. Il ressemblait beaucoup à Hawke, mais son regard vert trahissait l'angoisse.

– Je suis Djen, déclara-t-il enfin en rendant la gourde à Bergeau et en le remerciant d'un signe de tête.

– Et de quelle façon puis-je aider le Roi Hamil ? demanda Wellan en s'accroupissant devant lui.

– Mon peuple est très sensible à tout ce qui se passe autour de lui, expliqua l'enfant. Il y a deux nuits de cela, le feu a traversé le ciel au-dessus des pics de Shola.

– Nous l'avons vu aussi, assura le Chevalier, son cœur se serrant dans sa poitrine.

– Mon souverain aurait voulu envoyer ses meilleurs gardiens pour secourir ces pauvres gens, mais...

Les yeux de l'enfant se remplirent de larmes et sa voix s'étrangla. Wellan l'agrippa fermement par les épaules en priant Theandras pour que rien ne soit arrivé à la Reine de Shola.

– Continue ! le pressa le Chevalier.

– Ils ont eu peur... et...

– Que s'est-il passé à Shola ? demanda Chloé, debout derrière Wellan.

– Des créatures maléfiques sont tombées avec le feu du ciel, murmura l'enfant en frémissant d'horreur.

Les Chevaliers échangèrent un regard consterné. Comment était-ce possible ? Le jeune Elfe avait sûrement été la proie d'un cauchemar. Mais l'expression sur le visage de leur chef, éclairé par les flammes du feu de camp, leur fit comprendre qu'il savait exactement de quoi parlait le garçon.

– Et personne n'est allé à leur secours ? siffla Wellan, contenant tant bien que mal sa fureur.

– Je ne sais pas... Tout le monde s'est caché...

Wellan se releva brusquement, faisant sursauter l'enfant. Comment tout un peuple pouvait-il ne rien faire lorsque ses plus proches voisins étaient en difficulté ? Les habitants de Shola n'avaient-ils pas assez souffert ?

– Conduis-moi jusqu'à ton roi, exigea Wellan.

– Maintenant ? s'étonna Falcon en fouillant l'obscurité d'un regard craintif. Ne vaudrait-il pas mieux attendre le lever du jour ?

– Et risquer que les Sholiens soient anéantis ? lança Wellan d'un ton dur pour qu'ils comprennent bien la gravité de la situation.

Leur silence l'assura de leur accord, aussi leur ordonna-t-il de seller les chevaux. Dempsey éteignit le feu et ferma la marche, derrière Chloé et Jasson. Les bêtes n'aimaient pas circuler dans le noir, Falcon non plus d'ailleurs, mais lorsque Wellan avait pris une décision, personne ne pouvait l'en faire changer.

Le grand Chevalier avait fait grimper le jeune Elfe devant lui sur sa selle et suivait ses indications. Plus que jamais, le doux visage de Fan de Shola hantait son esprit. Habituellement, chaque peuple protégeait sa royauté. Si un ennemi avait fondu sur Shola, ses habitants avaient certainement mis la reine en sécurité dans sa forteresse de glace. Son esprit refusait de croire qu'il ait pu lui arriver malheur.

Au bout de quelques heures, les Chevaliers arrivèrent dans une immense clairière constellée de petites huttes. Djen sauta à terre et courut vers la plus grande d'entre elles. Une faible lumière vacillait à l'intérieur, mais Wellan ne put rien distinguer. Il ordonna aux Chevaliers de mettre pied à terre. Ils étaient tous inquiets, mais leur chef ne pourrait les rassurer que lorsqu'il en aurait lui-même appris davantage sur la situation. Il leur demanda de rester avec les chevaux, puis il se dirigea vers la hutte où l'enfant était entré.

Devant un grand feu, il trouva un homme assis seul sur un siège de pierre, les coudes appuyés sur ses genoux, le visage caché dans ses mains. Debout à côté de lui, Djen lui murmurait quelque chose à l'oreille. « Est-ce là le Roi des Elfes ? » se demanda Wellan. Il fit quelques pas vers l'inconnu, en gardant les flammes entre eux. L'Elfe adulte releva lentement la tête et posa un regard infiniment triste sur le Chevalier. Son visage était baigné de larmes et ses longues mèches blondes étaient plaquées sur ses joues.

— Je suis le Chevalier Wellan d'Émeraude, se présenta-t-il d'une voix assurée.

— Et moi, le Roi Hamil du Royaume des Elfes, répondit l'autre d'une voix faible. Je suis désolé de ne pouvoir vous recevoir avec les honneurs dus à votre rang, Chevalier, mais un grand malheur s'est abattu sur le continent et la terreur a fait fuir mon peuple dans la forêt.

— Racontez-moi ce qui s'est passé, Majesté, le pressa Wellan.

Hamil lui expliqua que les Elfes n'étaient pas comme les humains, qu'ils naissaient dotés d'un lien très étroit avec la terre et toutes ses créatures et que lorsqu'un grand nombre d'entre elles souffraient, ils le ressentaient jusqu'au tréfonds de leur être.

— Vous parlez de terreur et Djen a fait allusion à des créatures maléfiques. Dites-m'en plus, insista Wellan qui voyait filer un temps précieux.

— Il y a fort longtemps, lorsque les premiers Chevaliers d'Émeraude protégeaient Enkidiev, des monstres ont traversé l'océan pour attaquer les royaumes côtiers.

Un frisson d'horreur courut dans le dos de Wellan. Il avait lu ce récit des centaines de fois en espérant que cet ennemi ait été vaincu à tout jamais. Pas plus tard que la veille, il en avait même parlé à ses frères d'armes. Ces créatures qui ressemblaient à des insectes avaient décimé la moitié de la population avant d'être finalement repoussées dans la mer par les premiers Chevaliers. Mais ils n'étaient plus que sept. Et ils ne pouvaient même pas compter sur les Elfes.

— Vous êtes certain qu'il s'agit des mêmes créatures ? demanda Wellan, craignant sa réponse.

— La terreur que nous avons ressentie n'était pas la nôtre, mais celle d'humains confrontés à un adversaire répugnant et sans merci, murmura le roi en fermant les yeux. Dans mon esprit, j'ai vu des corps sombres qui luisaient comme la surface de l'eau et des doigts qui se terminaient par des griffes.

Ainsi, le malheur avait bel et bien frappé Shola. Wellan recommanda au Roi Hamil de rassembler son peuple, car si ces monstres avaient attaqué leurs voisins, ils n'hésiteraient certainement pas à descendre des hauts plateaux pour s'en prendre à eux. Les Elfes devaient absolument s'organiser et mettre des mécanismes de défense en place pour protéger leur territoire. Il s'inclina respectueusement et quitta la hutte du roi. Les Chevaliers l'attendaient dans la clairière.

– Qu'as-tu appris ? lui demanda Bergeau.

– Shola a été attaqué par des monstres venus de l'océan et le Roi Hamil regrette de ne pas pouvoir nous aider, résuma Wellan en remontant en selle.

– Et où vas-tu comme ça ? s'inquiéta Falcon.

– À Shola, évidemment.

– Tu veux que nous marchions sur une armée suffisamment puissante pour attaquer tout un royaume ! s'exclama Jasson, incrédule. Nous ne sommes que sept, Wellan !

– Je ne vous oblige pas à venir avec moi. En fait, je préférerais même que vous rentriez au château et que vous informiez Émeraude Ier et Élund de la situation.

– Pendant que tu feras quoi ?

– Pendant que j'évaluerai l'étendue réelle des dégâts et que j'essaierai de trouver des survivants.

– Je suis désolé, mon frère, répliqua Bergeau en fronçant les sourcils, mais si je vais quelque part, c'est avec toi.

– Moi aussi, renchérit Dempsey.

– C'est une mission très dangereuse, leur rappela Wellan.

– Nous ne sommes pas devenus Chevaliers pour faire de la tapisserie, par tous les dieux ! s'insurgea Bergeau. Lorsqu'on nous a appris à manier l'épée, nous savions que nous serions un jour appelés à affronter autre chose que des mannequins de bois !

– J'y vais aussi, assura Chloé.

Falcon et Santo joignirent leurs voix à la sienne en ajoutant que les Chevaliers étaient des frères d'armes et qu'ils ne devaient pas combattre séparément. Mais il fallait quand même que l'un d'eux transmette cet urgent message au Roi Émeraude.

– Ce sera moi, décréta Jasson. Je ne suis pas encore assez fou pour affronter des monstres !

Wellan lui adressa un regard chargé de reproche. Les Chevaliers étaient des hommes courageux qui ne devaient pas craindre le danger. Peut-être Jasson n'était-il pas suffisamment brave pour faire partie de l'Ordre. Mais ce n'était guère le moment de vider la question. Ils devaient se mettre en route le plus rapidement possible.

– Sauras-tu retracer tes pas dans l'obscurité ? lui demanda le grand Chevalier, cinglant.

– Tout comme toi, je peux capter l'énergie que nous avons laissée dans le sol, répliqua Jasson, offensé. Évidemment que je suis capable de rentrer au pays !

– Alors, pars.

Jasson sauta promptement à cheval et fila en direction du sud. Wellan le regarda disparaître entre les arbres et chassa cet échange contrariant de ses pensées.

– Vous pouvez encore changer d'idée, lança-t-il aux autres.

Ils grimpèrent tous en selle et attendirent ses ordres en silence. Wellan consulta rapidement les étoiles et mit le cap vers le nord. Djen sortit alors de la hutte et courut à côté des chevaux.

– Suivez la rivière Mardall ! cria-t-il. C'est le plus court chemin !

Wellan le remercia et lui demanda de veiller sur le Roi Hamil. Le groupe s'enfonça entre les arbres et rejoignit le cours d'eau quelques minutes plus tard. Ils le longèrent en silence, prêtant une oreille attentive aux bruits de la nuit. L'ennemi avait peut-être commencé à descendre des hauts plateaux...

7

Le massacre de Shola

Lorsque le soleil se leva, ils aperçurent au loin les pics escarpés dans toute leur splendeur. Des colonnes de fumée noire s'élevaient dans le ciel glacé, au grand désarroi des Chevaliers. Un chemin avait été pratiqué dans la paroi de la falaise du temps où Shola participait encore aux échanges commerciaux avec les autres royaumes. Ils seraient certes vulnérables sur ce sentier découvert, mais c'était apparemment la route la plus directe jusqu'au pays de neige.

Wellan arrêta ses compagnons et leur ordonna de faire boire leurs chevaux avant d'entreprendre la dangereuse escalade. Il leur suggéra aussi de grignoter quelque chose. Il détacha ensuite la chaude cape de sa selle pendant que son cheval se désaltérait et la jeta sur ses épaules. Il alla fouiller dans les sacs de provisions et trouva du pain sec et des dattes qu'il mangea tout en observant le pan de mur rocheux. Ses sens aigus ne lui indiquaient rien de particulier. Si les créatures maléfiques y étaient passées, il l'aurait certainement ressenti, mais il ne percevait aucune trace de leur présence. Elles devaient donc toujours se trouver là-haut.

Quelques minutes plus tard, ils remontèrent tous en selle et s'approchèrent des rochers. La rivière Mardall bouillonnait en une violente cascade du plateau rocheux et son rugissement devint bientôt assourdissant. Les chevaux grimpèrent la falaise avec beaucoup de réticence et Wellan espéra que ce n'était pas la présence de prédateurs qu'ils flairaient.

L'ascension dura plus d'une heure. En tête, Wellan restait attentif, même s'il savait qu'il ne lui servirait à rien de pressentir une attaque. Ainsi exposés sur ce sentier, ils étaient aussi faciles à cueillir que des oisillons dans leur nid. Il fut soulagé d'atteindre enfin le plateau enneigé, mais le spectacle qui s'offrit à eux lui déchira le cœur. Au loin, la forteresse de Shola fumait comme une fournaise. L'ennemi avait donc incendié le palais et ses dépendances afin de se débarrasser de ses habitants.

Les chevaux avançaient avec difficulté dans la neige. Wellan était si absorbé par son observation du territoire qu'il ne sentait pas le froid mordre sa peau. Il régnait une atmosphère étrange sur ce royaume tout blanc et les Chevaliers n'identifièrent la source de leur malaise que lorsqu'ils découvrirent les premiers cadavres couchés dans la neige. Ils stoppèrent leurs chevaux et contemplèrent les corps dans un silence horrifié. Un trou béant semblait avoir été creusé par une gueule géante dans la poitrine de chacune des victimes.

Wellan fit lentement tourner son cheval sur lui-même, portant son regard aussi loin que possible dans cette immensité blanche, et découvrit que des milliers de cadavres jonchaient la plaine. Il s'effraya à l'idée qu'il pouvait s'agir de la population entière de Shola.

– Mais comment leur a-t-on fait ça ? souffla Dempsey, secouant l'effroi qui les paralysait tous.

Il talonna son cheval et contourna les corps en essayant de comprendre ce qui leur était arrivé. Ils étaient tous mutilés de la même façon et les parties manquantes de leur anatomie ne se voyaient nulle part.

– Mais qui a pu faire une chose pareille ? explosa Bergeau, incrédule.

– Les mêmes créatures qu'ont jadis affrontées les premiers Chevaliers d'Émeraude, murmura Falcon au bord de la panique.

Wellan tourna la tête vers la forteresse au loin. Les empreintes laissées dans la neige prouvaient que tous ces pauvres gens avaient en vain tenté de s'enfuir. La gorge serrée, il poussa son cheval en direction du château. *Fan...* Ses compagnons le suivirent aussitôt.

Presque en état de choc, les Chevaliers franchirent les portes de la forteresse de Shola. Les maisons en bois brûlaient encore et le feu se propageait rapidement aux bâtiments utilitaires, ce qui ferait bientôt fondre l'imposant palais de glace au centre de la cour. Il y avait autant de cadavres à l'intérieur du château que sur la plaine, tous massacrés de la même façon. Leurs yeux étaient ouverts et leurs visages, figés dans une expression de terreur indescriptible.

– Je doute qu'il y ait des survivants, fit Santo.

Ce n'était pas ce que Wellan voulait entendre, même si tous ses sens magiques lui indiquaient que son compagnon avait raison. Il sauta dans la neige et ordonna aux autres de fouiller tous les bâtiments qui n'étaient pas la proie des flammes. Peut-être y avait-il des passages secrets ou quelque autre endroit où l'on avait caché la famille royale. Avant même que les Chevaliers aient pu mettre pied à terre, leur chef se précipitait à l'intérieur du palais.

Wellan fut surpris du confort qu'il trouva dans le grand édifice de glace. Les murs brillaient comme du verre dans le grand vestibule. Les tapisseries qui les décoraient avaient été arrachées pendant l'assaut. Elles encombraient le sol, dans les mains crispées des malheureuses femmes que l'ennemi avait fauchées. Des chandeliers en argent suspendus par des chaînes aux plafonds très hauts projetaient une faible luminosité dans la vaste pièce silencieuse. Le plancher luisant était recouvert de tapis aux couleurs vives qui conduisaient à un escalier composé de blocs de glace superposés. Pas de balustrade, aucun ornement. Il aurait tout aussi bien pu se trouver dans un moulin. « Quel curieux endroit pour abriter une reine aussi délicate que Fan », pensa Wellan.

Le grand Chevalier grimpa les marches quatre à quatre et fouilla tous les appartements. La fumée étendait son voile grisâtre partout et des cadavres gisaient sur le sol, surtout des serviteurs qui, semblait-il, avaient été surpris dans leurs tâches quotidiennes. Près de leurs corps se trouvaient des plateaux remplis de victuailles ou des piles de vêtements qu'ils venaient à peine de laver. L'attaque avait été féroce et très rapide, comprit le guerrier, mais il ne subsistait plus aucune trace des agresseurs.

Il ouvrit la porte au bout du couloir et s'immobilisa. Devant lui, à demi effondrée sur le sol, le dos appuyé sous la fenêtre, la Reine Fan essayait d'extraire le poignard enfoncé dans sa poitrine, sa robe blanche maculée de sang. Wellan s'élança et se jeta à genoux près d'elle. Elle posa ses grands yeux argentés sur lui, visiblement à bout de force.

– Non, ne le retirez pas, fit-il en posant sa main sur celle de la reine. Nous allons vous aider.

– Vous ne pouvez plus rien pour moi, murmura-t-elle.

– Nous ne sommes pas seulement des guerriers, Majesté. Nous avons des pouvoirs magiques, dont celui de la guérison.

– Aucun pouvoir ne pourra me sauver, Chevalier. Je vous en prie, écoutez-moi. Il me reste très peu de temps à vivre...

– Non ! gémit Wellan, portant la main de Fan à ses lèvres et la baisant avec tendresse. Nous avons été formés par un magicien puissant. Laissez-nous soigner cette blessure et vous amener au Royaume d'Émeraude où vous serez en sécurité.

Fan caressa doucement la joue du Chevalier et son contact sembla le calmer. Il plongea son regard dans les yeux irréels de la reine et y décela un curieux mélange de crainte et d'acceptation.

– Ce poignard est empoisonné, murmura-t-elle avec tristesse. J'essayais de le retirer afin de mourir plus rapidement mais, maintenant que vous êtes là, je dois vous parler avant de quitter ce monde.

– Je ne vous laisserai pas mourir.

– Vous ne pouvez pas changer mon destin, Wellan d'Émeraude, mais il vous est encore possible de sauver la race humaine.

– La race humaine ? répéta-t-il en fronçant les sourcils. Le danger est-il aussi...

Elle posa la main sur ses lèvres, l'obligeant au silence, et il ne chercha pas à l'enlever. Elle était si belle, si parfaite, même à l'agonie. Non, il ne la laisserait pas s'éteindre ainsi. Il allait la ramener dans son pays, la soigner et l'épouser.

– Le sorcier a voulu me faire parler, lui révéla-t-elle.

Wellan prit sa main diaphane restée sur ses lèvres et la garda dans les siennes. Il était profondément épris d'elle, mais son esprit était d'abord et avant tout celui d'un guerrier.

– Vous connaissez vos agresseurs ? s'étonna-t-il.

– Shola est isolée du reste du continent. Ce n'est pas la première fois que nous subissons ce genre d'attaque. Le sorcier nous a rendu visite avec son maître, l'Empereur Noir, il y a quelques années de cela, murmura la reine.

Wellan, qui avait pourtant lu presque tous les parchemins de la bibliothèque d'Émeraude, n'avait jamais entendu parler d'un Empereur Noir.

– Ce jour-là, j'ai été leur seule et unique victime, poursuivit Fan, l'empereur désirant concevoir un fils.

– Non..., murmura Wellan en comprenant ce qui s'était passé.

– Mon époux fut contraint d'assister à cet horrible spectacle, avoua la reine en baissant honteusement les yeux. Et lorsqu'il est parti, l'empereur nous a prévenus qu'il reviendrait un jour chercher son fils...

– Alors, ce massacre, c'était pour le reprendre ?

– Le sorcier s'est mis en colère parce que l'enfant n'était plus ici et parce que, contrairement à leurs plans, je n'ai pas mis au monde un fils, mais une fille.

– Kira, souffla le Chevalier.

– Oui, Kira, sourit la mère avec tendresse. Quand elle est venue au monde, je ne voulais même pas la voir... Puis, je me suis approchée de son berceau. Elle était minuscule et pleurait à fendre l'âme parce qu'elle avait faim. Je l'ai prise dans mes bras et j'ai su qu'elle n'était pas un insecte froid et dégoûtant comme son père. Elle était chaude comme un petit chat et elle avait des émotions, comme moi, même si elle était mauve. Je l'ai protégée contre les milliers de Sholiens qui voulaient la voir périr, y compris mon époux, parce que je savais qu'elle devait accomplir de grandes choses.

– Mais c'est l'enfant d'un monstre ! protesta Wellan.

– De par son sang, oui, mais son cœur est humain. Elle a d'incroyables pouvoirs, Chevalier, et je veux qu'elle les utilise pour vous aider à combattre son père.

Sur ces entrefaites, les compagnons d'armes de Wellan pénétrèrent dans les appartements royaux et s'immobilisèrent en apercevant leur chef à genoux devant la reine blessée.

– Nous n'avons trouvé aucun..., commença Chloé.

– Santo, aide-moi ! la coupa Wellan d'un ton suppliant.

Le Chevalier aux mains de guérisseur accourut et s'agenouilla à ses côtés. Il jeta un rapide coup d'œil au poignard, puis se tourna vers Wellan.

– Nous ne pouvons pas l'enlever sans la tuer, l'avertit Wellan, parce que la lame est enduite de poison. Est-ce que tu peux annuler les effets de cette potion maudite ?

– Elle a été concoctée par le sorcier lui-même, murmura Fan, en fermant les yeux de lassitude. Il n'y a rien que vous puissiez faire. Je vous en prie, laissez-moi seule avec le Chevalier Wellan. Laissez-moi mourir avec dignité.

Santo guetta la réaction de son chef dont le visage était ravagé par la douleur et l'hésitation. Wellan hocha finalement la tête et Santo sauta sur ses pieds. Il se dirigea vers ses compagnons et les obligea à quitter la pièce en refermant les portes derrière eux. Ils devaient brûler les corps des victimes afin de libérer leurs âmes. Lorsqu'ils se furent éloignés, la reine serra faiblement les mains de Wellan en posant sur lui un regard suppliant.

– Je veux que vous me fassiez une promesse sur votre honneur de Chevalier d'Émeraude, murmura-t-elle.

– Je promettrai tout ce que vous voulez, Majesté.

– Je veux que vous protégiez ma fille et que vous ne disiez à personne que son père n'est pas humain. Même Kira doit l'ignorer tant qu'elle ne sera pas en âge d'assumer les conséquences de cette terrible vérité.

Wellan se mordit nerveusement la lèvre inférieure. Comment pourrait-il permettre à la semence du mal de grandir à l'intérieur même de la forteresse du bien, sans même mettre en garde le roi ou le magicien ?

– Si vous avez la moindre affection pour moi, Wellan, vous assurerez la survie de Kira.

– Vous connaissez déjà mes sentiments, Majesté...

– J'ai ressenti votre inquiétude et je la comprends, mais cette enfant ne représente aucun danger pour votre royaume. Au contraire, elle pourrait devenir le seul Chevalier capable de défaire l'Empereur Noir. Je vous en conjure...

– Je vous donne ma parole d'honneur, Kira sera en sécurité au Royaume d'Émeraude, finit-il par déclarer.

– Vous me rendez infiniment heureuse, Wellan.

– J'aurais tant aimé vous rendre encore plus heureuse, Altesse.

– Prenez la chaîne à mon cou. Vous la donnerez à Kira lorsqu'elle sera devenue adulte. Qu'elle la porte avec honneur.

Fan ferma lentement les yeux et ses doigts échappèrent doucement à ceux du Chevalier. Il les retint avec espoir, mais la vie avait quitté cet être magnifique. Il poussa un cri de douleur qui ébranla les fondations mêmes du château de glace. Dans la cour, ses compagnons, qui brûlaient les cadavres des Sholiens, s'arrêtèrent un moment en ressentant son désespoir. Ils ne comprenaient pas son amour pour une femme qu'il n'avait vue que quelques minutes au palais d'Émeraude, mais ils éprouvaient du chagrin pour lui. Toute perte de vie humaine affectait profondément ces guerriers sensibles à l'énergie de leurs semblables.

– Au moins, Wellan n'est plus prisonnier du sort jeté par cette femme, soupira Falcon avec soulagement. Notre frère est libéré.

Les autres préférèrent ne pas se prononcer à ce sujet. Bergeau tendit la main vers un autre corps. Un éclair brillant s'en échappa et l'embrasa.

✧　✧
✧

De son côté, Jasson n'avait fait de halte que pour faire boire son cheval. Alors qu'il galopait dans les champs du Royaume de Diamant, il vit venir à sa rencontre un coursier arborant les couleurs du Royaume d'Émeraude. Il arrêta son cheval et l'homme reconnut sa cuirasse sertie de pierres précieuses en forme de croix.

– J'ai un message du roi, Chevalier, déclara-t-il solennellement, en retenant son cheval qui piaffait d'impatience.

– Parle ! le brusqua Jasson.

– Il craint une invasion à Shola et il exige que ses Chevaliers ne courent aucun risque inutile.

– Retourne auprès de notre souverain et dis-lui qu'il est trop tard, mes compagnons sont déjà à Shola. Ils m'ont chargé de prévenir Émeraude Ier que l'attaque a bel et bien eu lieu, mais je n'ai encore aucun détails. Va dire ceci au roi et à Élund, de la part du Chevalier Jasson d'Émeraude.

Le coursier le salua respectueusement et fit demi-tour. Le jeune Chevalier le regarda disparaître et fit exécuter une volte-face à sa monture. Une grande détresse s'empara alors de son cœur et il crut que l'un de ses frères d'armes avait perdu la vie. Il lui répugnait de se battre, mais il ne pouvait fermer les yeux pendant qu'on massacrait ses compagnons. Il poussa son cheval au galop en direction du nord.

8

DE DÉCHIRANTS ADIEUX

Au Château d'Émeraude, Kira, qui était plus calme depuis quelques jours, se mit à pousser des hurlements déchirants à l'instant même où sa mère rendait l'âme. Secouant les barreaux de son lit et criant de terreur, elle mit tout le palais en émoi. Armène fut la première à se rendre auprès d'elle. La petite sauta dans ses bras et s'accrocha à sa robe en continuant de crier des mots dans sa langue maternelle. Le roi arriva quelques minutes plus tard et ne put lui non plus comprendre ce qu'elle racontait.

Émeraude fit donc venir Élund et exigea son aide. Ils demandèrent aussi au jeune Hawke de leur révéler les pensées de la princesse en état de crise, mais le garçon eut si peur de ce qu'il trouva dans la tête de la fillette qu'il alla se réfugier dans sa chambre en pleurant.

— Il n'y a qu'une autre solution, Majesté, soupira Élund, sa voix enterrée par les cris de Kira.

Il les emmena dans sa grande tour et demanda à Armène de déposer la petite devant le grand bac à sable. Kira commença par opposer une résistance farouche et s'agrippa à la tunique de la servante, mais Armène lui prodigua des paroles de réconfort et la fillette accepta finalement de s'asseoir.

— Il faut d'abord qu'elle se calme, mentionna Élund.

Mais un tourbillon s'était déjà élevé dans le bac. Sous leurs regards étonnés, le sable se souleva et forma les hauts plateaux de Shola et sa forteresse. À l'autre extrémité du bac, des dragons chevauchés par des créatures humanoïdes armées de lances se matérialisèrent soudainement. Ils se comptaient par centaines et ils marchaient tous sur le château. D'autres petits personnages apparurent, représentant les Sholiens. Le roi, le magicien et la servante assistèrent à un véritable massacre. Les soldats ennemis transperçaient les humains de leurs grandes lances et laissaient les dragons leur arracher le cœur.

Le sable retomba puis une nouvelle scène prit forme. À l'intérieur du château, une femme était poignardée par une créature recouverte de plumes.

– Mama..., murmura Kira, des larmes roulant sur ses joues.

La créature disparut et la femme se traîna jusqu'à la fenêtre, mais elle fut incapable de se hisser sur ses genoux et demeura prostrée sur le plancher, en proie à de grandes souffrances. Puis, un Chevalier entra dans les appartements royaux et se jeta à genoux près d'elle.

– Wellan, laissa tomber Kira.

Et la Reine Fan mourut dans ses bras. L'enfant mauve éclata en sanglots et le sable réintégra brutalement son bac dans une pluie de grains. Armène hissa aussitôt la petite fille contre son cœur et la serra dans ses bras avec amour, mais rien ne pouvait consoler Kira. Le roi et le magicien fixaient toujours le grand bac, en état de choc.

– Il est trop tard pour Shola, Majesté, mais il n'est pas trop tard pour les autres royaumes.

Profondément bouleversé, Émeraude Ier tourna les talons et s'éloigna à grands pas.

✧   ✧
✧

Pendant ce temps, à Shola, les Chevaliers avaient trouvé le corps du Roi Shill, un poignard enfoncé dans le cœur. Ils décidèrent d'attendre les ordres de Wellan avant de le déplacer. Lorsqu'ils eurent brûlé tous les corps trouvés dans les bâtiments non consumés du château et dans la grande cour, ils retournèrent sur la plaine enneigée pour brûler les autres. Il était hors de question qu'ils importunent Wellan qui pleurait sa reine dans les appartements de glace.

C'est en se dirigeant vers une des victimes que Dempsey releva de curieuses traces dans la neige. Il ne les avait pas remarquées auparavant parce que le sol avait été piétiné jusqu'au château. Il se pencha et toucha l'empreinte à trois doigts, réalisant qu'elle faisait au moins quatre fois la dimension de sa main.

– Santo, appela-t-il, viens un peu ici.

Le guérisseur mit le feu au corps mutilé devant lui et s'approcha de son frère d'armes en marchant avec difficulté dans la neige.

– Est-ce que tu reconnais ces traces ? lui demanda Dempsey.

Santo se pencha et les examina avec attention puis il fit quelques pas vers l'ouest où il en trouva d'autres en grande quantité. Lorsqu'ils virent que l'attention de leurs frères d'armes s'était portée ailleurs, Chloé, Bergeau et Falcon les rejoignirent et examinèrent eux aussi les curieuses empreintes.

– Ce sont les traces de pattes d'une bête, décida Bergeau.

Et puisqu'ils en avaient trouvé un grand nombre, ils durent conclure que c'était sans doute un troupeau. Mais de quel animal pouvait-il s'agir ? Aucun d'entre eux n'avait jamais vu de traces semblables. Seul Falcon en avait déjà entendu parler dans les légendes de son peuple.

– Ce sont des dragons, laissa-t-il tomber sombrement.

Ses compagnons se tournèrent vers lui avec surprise.

– Ils ont trois doigts à chaque patte, poursuivit le Chevalier superstitieux, et des gueules suffisamment grandes pour causer les dommages constatés sur ces pauvres gens.

– Alors, selon toi, les Sholiens n'ont pas été attaqués par un ennemi qui voulait s'emparer de leur royaume, mais par une bande de dragons affamés ? tenta de se convaincre Bergeau.

– S'il en avait été autrement, fit Falcon, leurs agresseurs auraient fait flotter leurs couleurs au plus haut mât de la forteresse et nous n'aurions jamais pu y pénétrer.

– Il a raison, approuva Chloé. Pourquoi auraient-ils conquis Shola pour ensuite disparaître ?

– Les traces se dirigent vers l'ouest, déclara Bergeau en regardant au loin, en direction de l'océan. Nous devrions les suivre.

– Pas sans Wellan, s'opposa Santo.

– Et pas sans avoir terminé cette lugubre besogne, ajouta Dempsey en pointant les cadavres autour d'eux.

Ils ne retournèrent à l'intérieur du château que lorsque tous les pauvres habitants de Shola furent en flammes. L'odeur de chair grillée et la fumée remplissaient la grande cour, irritant leurs yeux. Quelques-uns des bâtiments étaient réduits en amas de cendres et le palais avait commencé à fondre. Il était temps de partir, les murs de la forteresse, qui baignaient dans l'eau tiède, menaçant de s'effondrer. Ils grimpèrent l'escalier et détectèrent l'odeur du feu à l'étage. Il leur fallait sortir Wellan du château avant qu'il n'y soit enseveli avec sa reine.

Ils le trouvèrent dans la même position, serrant le corps de Fan dans ses bras, le poignard ensanglanté à ses pieds devant lui. Les Chevaliers se tournèrent d'un même mouvement vers Santo, le seul parmi eux à exercer une certaine influence sur leur chef. Il rassembla son courage et s'approcha de Wellan.

– Il est temps de partir, mon frère. Tout risque de s'écrouler.

– Je ne peux pas la livrer aux flammes, murmura Wellan en levant sur lui des yeux remplis de larmes.

Dempsey envoya un léger coup de coude dans les côtes de Chloé et lui fit comprendre par une rapide transmission de pensées qu'il devait certainement y avoir un caveau quelque part, comme dans presque tous les châteaux d'Enkidiev. Ils sortirent prestement de la pièce, laissant à Falcon, Bergeau et Santo le soin de convaincre leur chef de quitter le sinistre.

– Nous ne brûlons pas les personnages royaux, tu le sais bien, lui rappela Santo en posant une main amicale sur son bras.

– Elle ne méritait pas de finir ainsi sa vie...

– Non, elle ne méritait pas ça.

Ils n'avaient jamais vu Wellan dans un tel état de détresse, mais aucun d'entre eux n'avait jamais connu l'amour. Ils ignoraient comment se comportait le cœur d'un homme lorsqu'il l'avait donné à une femme et que celle-ci mourait dans ses bras. Ils reçurent alors un message télépathique de Chloé qui avait découvert une crypte sous le grand escalier.

– Je vais t'aider à la transporter, suggéra Santo à Wellan.

– Non ! le repoussa-t-il, d'une voix dure, serrant jalousement la reine contre lui.

– Moi, je vais aller chercher le roi, décida Bergeau.

D'une grande force physique, Wellan réussit à se relever seul sans que Fan quitte ses bras. Il se dirigea vers la porte, ayant lui aussi entendu la communication silencieuse de Chloé, et descendit l'escalier que la chaleur dégagée par le brasier commençait à détériorer. Il trouva la porte qui menait au caveau et aperçut Chloé et Dempsey de chaque côté d'un tombeau de pierre. Ils tenaient dans leurs mains des torches qui éclairaient toute la grotte. Avec beaucoup de révérence, Wellan déposa le corps frêle de Fan de Shola sur la pierre froide et replaça ses cheveux transparents autour de son visage désormais paisible. Il se releva lentement, recula et ses compagnons refermèrent le lourd couvercle du tombeau. Pendant que Bergeau et Dempsey déposaient la dépouille du Roi Shill dans un deuxième tombeau, Wellan demeura immobile, ressentant un grand vide à l'intérieur de lui, comme s'il avait enfermé son cœur avec sa reine dans cette prison de pierre.

Il tourna brusquement les talons et s'élança dans l'escalier. Ses compagnons échangèrent un regard inquiet et le suivirent. Ils s'empressèrent de quitter le palais et d'aller chercher leurs chevaux dans la cour. La glace qui fondait de plus en plus rapidement formait maintenant autour d'eux un étang d'eau tiède qui rendait les bêtes très nerveuses. Les Chevaliers grimpèrent en selle et quittèrent la forteresse à l'instant où ses murs s'écroulaient lourdement un à un.

Distrayant Wellan de ses sombres pensées, Santo lui raconta qu'ils avaient trouvé de bien curieuses empreintes dans la neige et le grand Chevalier insista pour les voir. Tout à coup, il redevenait le chef qu'ils avaient toujours connu. Il descendit de cheval et s'accroupit devant les traces laissées par ces bêtes mystérieuses que Falcon appelait des dragons.

– Tu as déjà vu ce genre d'empreinte quelque part ? lui demanda Bergeau.

– Oui, dans un livre, soupira Wellan en se relevant.

Les mains sur les hanches, il tourna son regard vers l'ouest et ses compagnons ressentirent son appréhension. Il leur révéla que ces créatures étaient les mêmes qui avaient foulé le continent des centaines d'années auparavant, lors de la tentative d'invasion des hommes-insectes.

– Nous devons découvrir où elles sont allées, déclara-t-il en remontant sur son cheval.

– Mais ces monstres dévorent le cœur de tout ce qui a le sang chaud ! s'écria Falcon.

– Voilà pourquoi nous devons les arrêter, répondit son chef en poussant son cheval vers l'ouest.

– Nous ? souligna Dempsey. Ils ont massacré toute la population de Shola, Wellan. Je ne crois pas qu'ils hésiteront à s'attaquer à six Chevaliers, même s'ils sont également magiciens.

– À moins que tu ne saches déjà comment les arrêter, intervint Chloé.

– Ces créatures peuvent être détruites par le feu, assura-t-il.

– Et par l'épée ? demanda Bergeau, inquiet.

– Elles ont une épaisse carapace, l'informa Wellan, et des dents encore plus tranchantes que la lame de ton épée. Avant de pouvoir leur transpercer la peau, il faut d'abord s'en approcher. On dit qu'elles craignent la lumière et qu'elles n'attaquent que dans l'obscurité. Pour les conduire jusqu'ici, on a dû leur bander les yeux.

Tout cela était très alarmant pour les jeunes guerriers. Ils avancèrent en silence derrière Wellan, occupés à imaginer à quoi pouvait bien ressembler ces dragons venus d'un autre monde. Seul Falcon préféra penser à tous les mets succulents que l'on devait servir au Château d'Émeraude en leur absence. Il ne voulait pour rien au monde songer à ces monstres.

Ils chevauchèrent toute la journée sur la plaine enneigée et durent s'arrêter pour la nuit. Wellan alluma un cercle de feu magique autour d'eux et de leurs montures pour les protéger, puis il s'enroula dans sa cape de fourrure et s'endormit. Au matin, lui et ses compagnons distribuèrent leur ration de grain aux chevaux et ils se remirent en route pour arriver sur la plage rocailleuse un peu avant le coucher du soleil.

Wellan mit pied à terre et marcha lentement à travers les galets glissants. Les vagues venaient lécher ses bottes, mais ne nuisaient pas à sa concentration. Il cherchait des traces du passage des dragons ou de leurs maîtres. En vain... Pourtant, leurs empreintes les avaient bien conduits jusqu'à l'océan, même si ces bêtes craignaient le contact de l'eau.

Ses compagnons demeurèrent en selle et se déployèrent en éventail derrière lui. Toutefois, leurs sens ne leur signalaient aucun danger. Wellan posa un genou sur le sol humide et caressa une profonde entaille dans les cailloux. Il vit ses craintes se confirmer. Les créatures n'avaient pas nagé jusqu'au continent, elles avaient été transportées dans des barques qui avaient mouillé sur cette plage. Fan lui avait bien dit la vérité... Cette expédition funeste n'était pas une invasion, mais résultait du désir de l'Empereur Noir de reprendre son enfant. Malheureusement, ses serviteurs n'ayant pas trouvé son rejeton, l'empereur allait sûrement leur ordonner de fouiller les royaumes un par un jusqu'à ce que leur mission soit couronnée de succès. Mais comment prévenir les rois du danger qui rôdait sans trahir sa promesse à la Reine de Shola ? Il retourna vers ses compagnons et soupira avec découragement.

– Les dragons sont repartis sur des bateaux, déclara-t-il.

– Ils savent ramer ? s'étonna Bergeau.

– Ce ne sont que des bêtes de somme, comme nos chevaux, expliqua Wellan, sauf qu'ils sont nettement plus dangereux.

– Et qui sont leurs maîtres ? demanda Santo.

– Des guerriers-insectes.

– Pourquoi ont-ils commis ces atrocités pour ensuite repartir chez eux ? demanda Dempsey en se grattant la tête.

Lié par sa promesse, Wellan ne pouvait tout simplement pas répondre à cette question et il bloqua ses pensées pour que ses compagnons n'essaient pas de les sonder.

– D'après toi, est-ce qu'ils veulent se venger de leur cuisante défaite aux mains des premiers Chevaliers ? demanda Chloé.

– C'est possible, murmura Wellan qui détestait devoir leur mentir.

– Mais pourquoi ont-ils attendu aussi longtemps ? s'inquiéta Falcon.

– Sans doute avaient-ils perdu presque tous leurs soldats, réfléchit Santo à voix haute.

– Les parchemins relatent en effet une cuisante défaite, acquiesça Wellan.

– Quand nous serons de retour au Château d'Émeraude, je jure de lire tout ce que contient la bibliothèque ! s'exclama sérieusement Bergeau.

– Chaque chose en son temps, mon frère, répliqua amicalement Wellan. Nous devons d'abord élaborer un plan pour empêcher que le massacre de Shola ne se reproduise ailleurs.

Ils trouvèrent tous curieux que la profonde détresse de leur chef se soit soudainement évanouie, mais ils n'osèrent pas lui en demander la raison. Ses yeux bleus étaient redevenus aussi froids qu'avant leur départ pour cette étrange mission et sa logique, tout aussi implacable.

– Nous ignorons si ces créatures sont retournées d'où elles venaient ou si elles s'apprêtent plutôt à attaquer un autre royaume, fit Wellan sans trahir la moindre émotion. Il faut alerter les rois côtiers et leur demander de se tenir prêts à défendre leur territoire. Je crains que nous ayons à travailler séparément si nous voulons être efficaces. Vous allez suivre la côte tous les cinq. Chloé s'arrêtera au Royaume des Fées tandis que Santo et Falcon se chargeront du Royaume d'Argent...

Poussant une exclamation de surprise, les deux jeunes hommes haussèrent les sourcils, car tout comme Shola, ce royaume avait été proscrit par les habitants du continent, en raison de la trahison du Roi Draka.

– Wellan, tu n'y penses pas ! s'opposa Santo.

– Nous sommes les serviteurs de tous les royaumes, Chevaliers, tonna Wellan, retrouvant son autorité habituelle. Vous avez vu ce qui s'est passé à Shola et nous en sommes en partie responsables, à cause de notre intolérance et de notre étroitesse d'esprit. Il n'y aura plus de semblable massacre ailleurs sur le continent, car nous allons prévenir tous les rois de la menace.

Wellan promena ses yeux glacés sur ses compagnons qui n'osèrent plus répliquer. Lorsqu'il fut certain que ses ordres seraient exécutés, il poursuivit. Dempsey se rendrait au Royaume de Cristal et Bergeau, le plus endurant d'entre eux, pousserait jusqu'au Royaume de Zénor.

– Je veux que vous soyez tous revenus au Château d'Émeraude à la prochaine lune, exigea le chef.

– Et toi ? Où iras-tu ? s'inquiéta Chloé qui sentait l'agressivité monter en lui.

– J'ai deux mots à dire au Roi des Elfes.

– Wellan, tu as appris tout comme nous que la vengeance n'a pas sa place dans le cœur d'un Chevalier d'Émeraude, reprocha Santo.

Le grand Chevalier fit la sourde oreille et se hissa sur son cheval. Ils longèrent la plage de Shola, qui descendait en nombreux paliers rocailleux jusqu'au Royaume des Elfes. La nuit était déjà tombée lorsqu'ils établirent leur campement à l'abri d'un bosquet touffu d'arbres centenaires en retrait de l'océan. Falcon grimpa dans les branches pour le premier tour de garde. De son perchoir, il pouvait contempler toute la côte. Sous lui, ses compagnons avaient allumé un feu et fait chauffer du thé.

– Si, pendant cette mission, vous deviez rencontrer l'ennemi, déclara Wellan, le regard perdu dans les flammes, ne commettez pas l'erreur de suggérer au souverain de l'endroit de soulever ses troupes en vue d'une attaque. Insistez plutôt pour qu'il regroupe ses sujets dans sa forteresse et que ses tacticiens mettent en œuvre tous les moyens de défense dont ils disposent. Filez ensuite vers le Royaume d'Émeraude pour informer notre roi de la situation.

– C'est aussi ce que tu as l'intention de faire chez les Elfes ? demanda Dempsey qui avait du mal à déchiffrer ce que ressentait leur chef.

Wellan ne répondit pas, même son cœur leur demeura fermé. Ce n'était pas la première fois que ses compagnons n'arrivaient pas à sonder ses intentions. Ils échangèrent des regards inquiets et Chloé décida qu'il était de son devoir d'intervenir.

– Tu sais bien que les Elfes n'aiment pas se battre. Ils ne sont pas un peuple guerrier, fit-elle pour le forcer à s'ouvrir.

– Ils n'avaient pas le droit de courir se cacher pendant que ces bêtes immondes massacraient les Sholiens, maugréa Wellan sans la regarder.

– Dans ce cas, les Elfes ne sont pas les seuls à blâmer, déclara Santo. Comme tu nous l'as dit toi-même, tous les royaumes sont responsables de l'isolement de Shola.

– De toute façon, ces gens ont été attaqués au début de la nuit ou très tôt le matin, juste avant le lever du soleil, ajouta Dempsey. C'était une agression éclair à laquelle personne n'a pu réagir.

Wellan enfouit brusquement son visage dans ses bras croisés et ils sentirent que sa douleur était encore vive même s'il avait choisi de la leur cacher. Chloé s'assit près de lui et lui caressa gentiment la nuque.

– Nous ne comprenons pas ce qui se passe dans ton cœur, mon frère, mais nous sommes là si jamais tu as envie d'en parler.

Il hocha lentement la tête mais demeura silencieux. Son amour était trop précieux pour qu'il puisse le confier à quiconque. Il dormit d'un sommeil agité cette nuit-là et fut le premier à se réveiller au lever du jour. Lorsque Bergeau, qui était alors de garde, vit son chef s'asseoir sur sa couverture, il descendit de son arbre et offrit de lui préparer son repas.

– Il n'est pas nécessaire de me couver comme un enfant malade, soupira Wellan. J'ai le cœur plus solide que vous semblez le croire.

Mais il accepta tout de même la nourriture que lui tendait son compagnon et but un peu d'eau pendant que les autres se réveillaient. Ils se préparèrent à partir et Wellan leur serra à tous l'avant-bras avec amitié en leur souhaitant bonne route. Debout à côté de son cheval, il les regarda s'éloigner sur la plage. Il savait qu'il pouvait compter sur chacun d'eux. Quant à lui, il brûlait d'impatience de revoir le Roi Hamil.

9

L'INSOUCIANCE DES FÉES

Les cinq Chevaliers d'Émeraude chevauchèrent ensemble en surveillant attentivement la côte. Rien en vue. Il semblait bien que les créatures ennemies étaient retournées sur leur propre continent. Mais elles avaient pu débarquer quelque part pendant la nuit. C'est en se rendant dans des royaumes différents qu'ils en auraient le cœur net. Chloé fut la première à briser les rangs. Ses compagnons lui recommandèrent la prudence et elle s'enfonça entre les rochers qui fusaient des galets comme des stalagmites géants, protégeant le Royaume des Fées des vents marins.

Les Chevaliers s'aventuraient pour la première fois à l'extérieur d'Émeraude. Ils avaient entendu parler des autres royaumes par le magicien Élund, mais Wellan était le seul qui avait pris la peine de lire tout ce qu'on avait écrit à leur sujet. Sa soif d'apprendre ne connaissait aucune limite. Tout l'intéressait et, comme lui, Chloé n'éprouvait pas l'insécurité de leurs frères devant l'inconnu. Au contraire, elle adorait mettre ses connaissances à l'épreuve devant une situation nouvelle.

Ce périple à travers le continent était certes dangereux, mais il ne manquait pas d'intérêt. Elle ne souhaitait pas arriver nez à nez avec les dragons qui se nourrissaient de cœurs humains, mais elle les affronterait volontiers pour sauver ses semblables, car la vie d'un Chevalier était remplie de ce genre d'épreuves. Elle l'avait toujours su et elle ne regrettait pas la décision de ses parents de l'avoir confiée à Émeraude Ier. Elle aimait sa vie différente de celle des autres femmes et l'étroite amitié qu'elle partageait avec ses compagnons d'armes.

Elle chérissait tous les Chevaliers, mais elle nourrissait une affection toute particulière pour Wellan. Elle comprenait sa réserve et ses occasionnelles frustrations, car il n'était pas facile de se retrouver à la tête d'une élite semblable. Bien qu'il prétendît le contraire, elle savait qu'il regrettait parfois d'avoir cédé son droit de régner à son frère Stem, beaucoup plus fragile que lui, mais son rôle consistait à donner aux Chevaliers d'Émeraude une direction, un code de conduite. Même les jeunes élèves voulaient tous être à son image. Certes, Chloé comprenait son attitude parfois glaciale avec les autres, mais elle ne pouvait pas deviner ce qui se passait dans son cœur et elle ne savait pas toujours comment l'aider. Peut-être que la Reine Fan et lui étaient des âmes sœurs qui, tragiquement, n'avaient pu vivre leur destin. Élund leur avait raconté que, dans l'univers, pour chaque personne, il en existait une autre, unique, pouvant les combler et que les hommes qui parvenaient à trouver cette âme sœur étaient des bienheureux. « Voilà sans doute pourquoi Wellan éprouve autant de chagrin », pensa-t-elle. Il devait savoir, au fond de son âme, qu'aucune autre femme au monde ne pourrait le satisfaire.

Chloé, quant à elle, ne se sentait pas pressée de prendre un partenaire. Elle voulait continuer d'apprendre aux côtés de ses frères d'armes et entraîner un Écuyer. Il lui importait peu de mettre des enfants au monde, surtout si elle ne pouvait passer beaucoup de temps avec eux. Le mariage s'avérait beaucoup plus facile pour ses compagnons, qui laisseraient leur progéniture aux bons soins de leurs épouses pendant qu'eux allaient se battre à l'autre bout du continent.

Mais elle ne regrettait pas d'être une femme dans un ordre de chevalerie qui comptait surtout des hommes. Elle savait qu'elle apportait à l'équipe un point de vue différent, une approche plus douce.

Elle chevaucha entre les labyrinthes de pics rocheux, attentive à ce que lui rapportaient tous ses sens. Les créatures maléfiques n'étaient pas venues ici et personne n'exerçait de guet. Il y avait trop longtemps qu'Enkidiev vivait dans la paix et ses habitants négligeaient les règles les plus élémentaires de sécurité.

La formation rocheuse se termina abruptement et Chloé se retrouva dans un immense champ de fleurs géantes. Elle arrêta son cheval et inspecta les alentours avec étonnement. Même les brins d'herbe de chaque côté d'elle atteignaient la taille d'une épée. Elle tendit la main et toucha les pétales d'une rose aussi grosse qu'un bouclier. Le parfum exquis qui s'en dégagea l'enivra. Par quel miracle avait-elle pu ignorer l'existence d'un endroit pareil ? Elle avança lentement, incapable de détacher ses yeux de toutes ces merveilles. Tout autour d'elle était gigantesque et vivement coloré. Était-ce ainsi que se défendaient les habitants du Royaume des Fées ? En émerveillant l'ennemi ? Cet endroit existait-il vraiment ou bien était-ce une illusion créée par ses habitants pour dérouter les voyageurs ?

Elle poursuivit sa route entre les fleurs qui se courbaient parfois au-dessus de sa tête comme des parasols et aboutit dans une grande forêt d'arbres encore plus étranges. Leurs troncs et leurs branches étaient faits de cristal à travers lequel on voyait circuler la sève. Chloé emprunta un sentier de sable blanc zigzaguant entre ces arbres qui captaient les rayons du soleil et l'aveuglaient. Elle entendit le murmure d'un ruisseau et se demanda s'il était tout aussi bizarre que le reste du paysage. Elle s'arrêta alors devant un pont arrondi qui traversait les eaux turquoise, si limpides qu'on pouvait y voir toute la vie qu'elles recelaient. Des poissons multicolores se pourchassaient entre des algues roses et violettes et des grenouilles lumineuses sautèrent dans les petites vagues à l'approche de son cheval. Quel monde curieux...

Chloé franchit le pont malgré les réticences de sa monture. Le vent était doux et effleurait sa peau comme une caresse. Tout en évoluant dans ce décor magnifique, elle se mit à penser aux ravages que pourraient faire les dragons et leurs maîtres sanguinaires s'ils venaient à s'arrêter à la hauteur de ce royaume. Le continent ne pouvait pas se permettre de perdre un tel joyau.

Soudain, elle arriva devant un profond vallon et vit un vol de hérons se déplaçant le long d'une large rivière. Mais où donc vivaient les Fées ? Elle regarda tout autour et ne vit aucun château, aucun village. Pourtant, le Roi Tilly et la Reine Calva gouvernaient ce royaume. À l'occasion d'un cours d'histoire du continent, elle avait entendu parler de ces jeunes monarques issus d'une longue lignée de personnages magiques. La seule Fée qu'elle connaissait, la petite Ariane, faisait partie du groupe des plus jeunes élèves d'Émeraude et n'avait rien de particulier sauf sa très grande timidité.

Chloé descendit la pente douce jusqu'au fond du vallon. Les animaux sortaient des fourrés les uns après les autres, sans aucune crainte apparente, et la regardaient passer. Il était évident que les Fées ne les avaient jamais chassés pour s'en nourrir, sinon ils auraient fui. Elle suivit la rivière Mardall où les poissons sautaient hors de l'eau en effectuant des vrilles et les hérons marchaient paresseusement au milieu des roseaux.

– On se croirait dans un rêve, murmura Chloé, observant avec émerveillement des centaines d'oiseaux aux couleurs éclatantes.

– Vous avez bien raison, fit une petite voix aiguë derrière elle.

Le Chevalier fit exécuter une brusque volte-face à son cheval en tirant son épée du fourreau, se préparant à combattre. Mais en apercevant la minuscule créature, elle rengaina son arme. Cette petite personne, parée d'innombrables voiles diaphanes qui frémissaient dans la brise, ne touchait pas le sol. Deux grandes ailes transparentes comme celles des libellules battaient rapidement l'air dans son dos, la maintenant en suspension. Il s'agissait d'une adolescente dont le visage très doux ressemblait à celui des poupées de porcelaine avec lesquelles jouaient les enfants. Ses longs cheveux blonds tombaient en une cascade de boucles jusqu'à sa taille et ses yeux bleus espiègles s'ouvraient de façon démesurée.

– Je suis le Chevalier Chloé d'Émeraude, se présenta-t-elle.

– Et moi, Altra. Soyez la bienvenue au Royaume des Fées, Chevalier.

– Pouvez-vous me conduire au Roi Tilly ?

– Bien sûr. Suivez-moi.

Et la jeune Fée se mit à décrire des arabesques aériennes avec la grâce d'un papillon. Elles parcoururent ainsi une grande distance et s'arrêtèrent au pied d'une colline couverte d'un tapis de fleurs.

– Nous y voilà ! annonça joyeusement Altra.

Mais il n'y avait ni habitations ni Fées dans cet endroit. Chloé se tourna en tous sens sur sa selle et fit appel à ses facultés aiguisées sans rencontrer une seule pensée consciente autour d'elle, ce qui sembla désoler son jeune guide.

– Donnez-leur le temps de vous faire confiance, lui conseilla-t-elle.

Les Fées se réfugiaient-elles dans les arbres ou dans des terriers comme les Elfes lorsqu'elles se sentaient menacées ? Si oui, pourquoi ne détectait-elle pas leur présence ? « Parce qu'elles sont magiques », se rappela Chloé. Elles avaient forcément la faculté de disparaître à volonté.

– Je suis venue vous parler au nom des Chevaliers d'Émeraude, annonça-t-elle alors à son auditoire invisible.

Elle perçut un léger frémissement autour d'elle, un peu comme l'air qui devient presque palpable à l'approche d'un orage, et des silhouettes commencèrent à se dessiner par centaines sous ses yeux, se solidifiant lentement. Un très bel homme ailé se matérialisa soudain devant elle, rendant le cheval très nerveux. Chloé caressa son encolure et le rassura d'un ton calme.

– Tu cherches le Roi Tilly ? lui demanda l'homme ailé d'une voix aussi douce que la brise.

Il était beaucoup plus grand que la Fée Altra et certainement plus âgé à en juger les traits marqués de son visage, mais il n'avait pas le physique d'un homme de guerre. Svelte et délicat, ses longs membres semblaient aussi fragiles que du verre. Ses cheveux presque transparents touchaient ses épaules et ses yeux dorés brillaient au soleil. Sa tunique bleue était, tout comme celle des autres Fées, composée d'une multitude de voiles superposés.

– Je le cherche au nom de mes compagnons, expliqua Chloé en se redressant sur sa selle.

C'était sa première intervention au nom de l'Ordre et elle en retirait une grande fierté. Un sourire aimable étira alors les lèvres de l'homme-Fée.

– Je suis le Roi Tilly, affirma-t-il, et voici mon royaume.

– Mais où est votre palais, Majesté ? s'étonna Chloé.

– Il est invisible aux yeux des humains.

« L'est-il également aux yeux des monstres qui viennent d'un autre continent ? » se demanda le Chevalier.

– Quelle est cette grande inquiétude que je lis en toi, Chevalier ? demanda le roi.

– Le Royaume de Shola a été détruit par une race de créatures maléfiques qui chevauchent des dragons, le renseigna tristement Chloé.

La nouvelle sema la consternation parmi les centaines de Fées qui voletaient derrière le roi et il dut intervenir pour faire cesser leur bourdonnement. Il posa ensuite les pieds sur le sol et referma ses grandes ailes transparentes. Debout, il était presque aussi grand que Wellan. S'il était inquiet, il n'en laissa rien paraître. Chloé mit pied à terre et tint fermement les rênes de son cheval, que la présence de tous ces êtres aux vêtements colorés rendait méfiant.

– Les Chevaliers d'Émeraude contactent en ce moment même tous les monarques établis sur la côte pour les prévenir du danger d'une invasion, poursuivit Chloé.

– Nous sommes vraiment désolés pour les Sholiens, assura l'homme-Fée en baissant les yeux.

Une jeune femme blonde se matérialisa alors aux côtés du roi et glissa une main dans la sienne, une larme roulant sur son visage de porcelaine.

– La Reine de Shola était une lointaine parente de mon épouse que voici, expliqua-t-il en serrant la main de Calva pour la réconforter.

– Je crains qu'elle n'ait péri, Majesté, déplora Chloé, mais sa fille est en sécurité au Royaume d'Émeraude.

– Ce n'est pas la première fois que cet ennemi tente de s'emparer du continent, déclara le roi en choisissant de ne pas parler de la princesse de Shola, une parente de Calva elle aussi. Il a échoué par le passé et il en sera de même aujourd'hui.

– Je me dois quand même d'insister pour que vous établissiez le plan de défense de votre merveilleux royaume, Majesté.

– Si nous allions discuter de tout cela chez moi, Chevalier ? fit Tilly qui lui parut soudain très las.

Chloé accepta l'invitation en s'inclinant respectueusement comme Élund le leur avait enseigné. Le roi lui recommanda de laisser son cheval dans la vallée, assurant que les Fées s'en occuperaient. Un Chevalier répugnait toujours à se séparer de sa monture, surtout dans un pays aussi étrange, mais que faire d'autre en pareille situation ? Chloé le laissa donc paître l'herbe grasse sur les berges de la rivière Mardall et suivit le roi en direction de la colline. Sans qu'elle comprît comment, elle se retrouva dans un hall aux dimensions démesurées et dont les murs transparents filtraient la lumière du jour, la réfléchissant en un kaléidoscope de couleurs. Elle pivota sur elle-même, captivée par cette pièce magnifique où une multitude de petites Fées battaient des ailes, formant un plafond mouvant.

On la conduisit à travers de nombreuses pièces désertes aux murs de verre et elle aboutit dans une immense salle à manger inondée de soleil, presque entièrement occupée par une longue table à l'intérieur de laquelle couraient des arcs-en-ciel lumineux. Chloé constata avec stupéfaction que la table flottait dans les airs.

– Il faut sans cesse la prendre en chasse, expliqua le roi. On ne sait jamais dans quelle pièce elle va se déplacer.

Curieuse, Chloé se pencha pour regarder sous le meuble et ne vit aucun socle qui aurait pu la retenir. La cour, composée de Fées aux robes pastel, se massa autour de la table, observant le comportement étrange de la femme humaine.

Le roi convia Chloé à prendre place et fit apparaître des mets de tous les coins du monde ainsi que des gobelets remplis de boissons variées. Elle s'assit prudemment sur la chaise, reposant elle aussi dans le vide et recouverte d'un volumineux coussin de velours bleu, en se demandant si tout ce qu'elle voyait était bien réel. L'étonnement devait se lire sur son visage car l'homme-Fée et sa cour échangèrent des sourires amusés.

– Tu es originaire du Royaume de Diamant, n'est-ce pas ? demanda le roi en posant son regard doré sur le jeune Chevalier.

– J'y suis née et j'y ai passé les premières années de ma vie, Majesté, répondit Chloé en se redressant, mais j'ai grandi au Royaume d'Émeraude.

Il matérialisa devant elle des mets particuliers à son pays d'enfance et l'encouragea à se restaurer pendant qu'ils discutaient des affaires du continent. L'arôme de la nourriture était pourtant bien réel. Chloé tira à elle une assiette de céramique dans laquelle fumaient de délicats feuilletés de légumes qu'on servait à la cour du Roi de Diamant. Une jolie fourchette dorée apparut soudainement entre ses doigts, lui arrachant un cri de surprise. Les Fées chuchotèrent entre elles, amusées, et Chloé se joignit à leur hilarité. Devant le regard insistant du Roi Tilly, elle prit une bouchée dont la saveur la replongea dans les premières années de sa vie. Elle entendit le rire de sa mère et sentit la douce caresse de la main de son père sur sa tête.

– Vous ne devez pas avoir beaucoup d'ennemis si vous les traitez tous aussi bien, déclara-t-elle en posant un regard stupéfait sur le roi.

La cour éclata de rire dans un bel ensemble. Seule la Reine Calva affichait toujours une expression de tristesse.

– Nous n'avons pas besoin de nous défendre contre qui que ce soit, expliqua le Roi Tilly dans un sourire. Le Royaume des Fées est invisible et notre essence ne peut être perçue par les autres créatures de l'univers que si nous le voulons bien. Nous sommes en sécurité chez nous.

– Mais votre belle vallée ne l'est pas, répliqua Chloé.

– C'est vrai, mais nous ne laissons personne y pénétrer lorsque nous nous sentons menacés. Nous déplaçons les rochers de façon à ce qu'ils forment une barrière infranchissable sur la côte.

– Est-ce ainsi que vous avez défendu votre royaume lors de la dernière attaque de ces monstres ignobles ?

– Je n'étais pas le Roi des Fées à l'époque, mais je sais que mon prédécesseur a soustrait ses terres à la convoitise de l'ennemi en usant de ses pouvoirs magiques.

– Vos pouvoirs sont-ils assez grands pour dissimuler tout Enkidiev à leurs yeux ? s'enquit Chloé avec curiosité.

– C'est un exploit au-dessus de mes forces. Toutefois, les Chevaliers d'Émeraude ne doivent pas craindre que mon royaume soit anéanti par cet envahisseur ou qu'il devienne sa voie d'accès aux Royaumes de Diamant et d'Émeraude. Je ne les laisserai pas passer.

– Ma mission consiste à vous inciter à la plus grande prudence, Majesté. Je vous en prie, postez des sentinelles sur la côte.

– Nous n'avons nul besoin de sentinelles, assura le roi. Nous pouvons ressentir quiconque s'approche de notre territoire.

– Avez-vous aussi le pouvoir de prévenir vos voisins du danger ?

– Ce serait bien inutile. Les Elfes ont également la faculté de ressentir la présence d'étrangers. Quant aux habitants du Royaume d'Argent, ils ne désirent pas entretenir de contacts avec nous.

Chloé savait que cette contrée avait été durement éprouvée par la disgrâce de Draka mais elle n'insista pas pour que les Fées leur tendent la main. Elle remercia l'homme-Fée pour ce délicieux repas et demanda à se retirer, car elle devait rentrer sans tarder au Royaume d'Émeraude, y rejoindre ses compagnons.

– Avant de partir, dis-moi comment progresse notre petite Ariane, la retint le Roi Tilly, le visage souriant.

S'il se souciait réellement du sort de sa plus jeune fille, il ne le montrait guère. Chloé lui expliqua que les Chevaliers ne partageaient aucune activité avec les élèves avant qu'ils deviennent Écuyers. Mais elle était certaine que ses progrès étaient remarquables, sinon le magicien l'aurait déjà renvoyée chez elle.

– Si je puis me permettre, Altesse, une chose m'étonne..., commença Chloé, hésitante.

– Tu veux savoir pourquoi elle n'a pas d'ailes, s'amusa le roi. Eh bien, elles ne leur viennent qu'à l'adolescence, fort heureusement pour nous, les parents.

Ariane finirait donc par ressembler à tous ces magnifiques êtres libellules. Mais ses belles ailes ne risquaient-elles pas de nuire à son entraînement ? Un coup d'épée mal calculé aurait tôt fait de les abîmer.

– Si elle choisit de joindre les rangs des Chevaliers d'Émeraude pour le reste de son existence terrestre, nous les lui enlèverons, lui dit le roi avec un léger hochement de tête.

« Ces gens sont-ils seulement conscients, dans leur sérénité, de la douleur que les autres habitants du continent ressentent ? » se demanda Chloé. Elle se leva et salua respectueusement Tilly. Puis, elle suivit une jeune Fée au pied d'un mur sans issue visible et, presque instantanément, elle se retrouva dans l'herbe haute, son cheval broutant à quelques pas d'elle. Il poussa un hennissement, surpris de la voir apparaître ainsi, et elle le rassura tout en jetant un coup d'œil au soleil pour s'orienter. En se dirigeant vers le sud-est, elle pourrait rentrer directement au Royaume d'Émeraude et y attendre les autres. Elle aurait préféré se rendre chez les Elfes et tenter de calmer Wellan, mais ses ordres étaient clairs et il serait furieux si elle lui désobéissait.

Elle mettait le pied à l'étrier et allait se hisser en selle lorsqu'une main se posa délicatement sur son épaule. Elle se retourna vivement, faisant sursauter la Reine Calva qui la regardait avec tristesse.

– Tilly est le roi, fit-elle d'une voix très douce. Il ne peut pas se permettre de montrer ses véritables sentiments à son peuple, mais il est aussi affligé que moi.

– Je suis un Chevalier, Majesté, je n'ai pas à juger les actes des rois.

– Votre ordre de chevalerie enseigne de bonnes valeurs. Vous me voyez heureuse que ma fille en fasse partie.

La reine hésita un moment avant d'aborder le sujet qui la tracassait.

– De quelle façon Fan est-elle morte ? demanda-t-elle finalement, les yeux remplis d'angoisse.

– Elle a été poignardée par ses agresseurs, de même que son époux. Quant aux habitants de Shola, ils ont été massacrés par des dragons qui leur ont arraché le cœur.

Calva cacha son beau visage dans ses mains et versa des larmes amères. Chloé posa aussitôt une main compatissante sur son épaule et l'implora silencieusement d'empêcher que de telles atrocités se produisent dans son royaume. Incapable de parler, la reine se dégagea doucement et disparut.

En remontant en selle, Chloé résolut de s'informer sur ce curieux pays dès son retour au Royaume d'Émeraude. Elle se dirigea vers le sud en souhaitant que ses compagnons aient récolté plus de succès dans leur démarche.

10

Des mains magiques

Les quatre compagnons de Chloé avaient poursuivi leur route sur la plage de galets jusqu'à ce qu'ils atteignent le Royaume d'Argent. Les Chevaliers Santo et Falcon quittèrent alors leurs frères d'armes pour se diriger vers la forteresse du Roi Cull, gardant l'un des chevaux qui transportaient les provisions. Les Chevaliers Dempsey et Bergeau continuèrent vers le sud pour s'acquitter de leur propre mission.

Santo et Falcon virent enfin les fortifications du Royaume d'Argent se détacher sur l'horizon et ils en furent plutôt étonnés. Le château se dressait sur une colline mais le pays tout entier semblait entouré d'une haute muraille de pierre. Les deux Chevaliers s'arrêtèrent un instant et l'observèrent. Jamais ils n'avaient entendu parler de ces fortifications dans leurs cours d'histoire du continent.

– C'est une construction récente, affirma Santo en effleurant la surface du mur.

– Elle sert sans doute à protéger le royaume des vents violents ou des vagues pendant les tempêtes, avança Falcon.

– Il n'y a qu'une façon de le savoir.

Ils longèrent la muraille pendant des heures sans y apercevoir d'entrée. La mer était désormais loin derrière eux et ils se trouvaient sur la frontière entre le Royaume d'Argent et le Royaume de Cristal, se dirigeant lentement mais sûrement vers le pays d'Émeraude Ier.

– C'est ridicule ! éclata finalement Falcon. Pourquoi un roi aurait-il bâti de telles fortifications sans prévoir d'issues ?

– Sans doute parce qu'elles se trouvent au nord ou plus près du château, répondit Santo qui refusait de se décourager.

Wellan leur avait confié cette mission et ils ne retourneraient vers lui que lorsqu'ils s'en seraient acquittés. Ils poussèrent vers l'est en se servant de leurs sens magiques pour repérer tout signe de vie. Rien. Ce n'est qu'à la tombée de la nuit qu'ils découvrirent enfin d'immenses portes d'acier, devant un chemin de terre qui conduisait au Royaume de Cristal. Falcon s'annonça avec beaucoup de courtoisie et une tête coiffée d'un heaume se profila dans les créneaux, au sommet du rempart. L'homme les examina un moment puis disparut sans dire un mot.

– Il me paraît ridicule de demander à un roi de se protéger contre une invasion tandis que son royaume est entouré d'une telle muraille, déclara Falcon à son compagnon.

– Il faut tout de même le prévenir, insista Santo.

Des dizaines d'hommes vêtus d'armures argentées s'agglutinèrent entre les blocs de pierre et se penchèrent pour les observer.

– Passez votre chemin, étrangers, fit l'un d'eux. Nous avons ordre de ne laisser entrer personne.

– Nous sommes des Chevaliers d'Émeraude, répliqua Falcon, sans cacher son étonnement devant leur manque de civilité.

– Telle est la volonté du Roi Cull d'Argent. Partez.

– Nous avons un message pour le roi, insista Santo en se redressant fièrement sur sa selle. Nous ne repartirons que lorsque nous le lui aurons livré.

Les gardes échangèrent des propos à voix basse et les Chevaliers sentirent naître une grande haine dans leur cœur. Ils savaient bien que les habitants du Royaume d'Argent avaient subi les conséquences de l'attaque de Draka mais ce n'était pas une raison pour traiter des visiteurs avec un tel irrespect.

– Notre seigneur n'a que faire d'un message en provenance du Royaume d'Émeraude, cracha l'un des hommes avec mépris.

– Dites au Roi Cull que les Chevaliers d'Émeraude ne sont pas seulement des hommes d'honneur et des guerriers de valeur, mais qu'ils sont aussi des magiciens, ajouta Santo en observant leur réaction.

Les soldats hésitèrent, puis l'un d'eux, d'un mouvement rapide comme l'éclair, lança une dague sur les cavaliers. Santo leva le bras et le poignard s'arrêta à quelques centimètres de sa main. Un murmure inquiet s'éleva des créneaux.

– À qui dois-je le rendre ? demanda moqueusement le Chevalier.

Les soldats plongèrent se mettre à l'abri. Agitant doucement les doigts, Santo attira l'arme jusque dans sa main et l'examina soigneusement.

– C'est une belle pièce, déclara-t-il à Falcon en hochant la tête.

– Si nous laissions les chevaux paître en attendant la réponse du roi ? suggéra l'autre.

Santo glissa le poignard à sa ceinture et mit pied à terre. Les deux Chevaliers menèrent les bêtes à l'écart.

À l'intérieur de l'enceinte fortifiée, les soldats avaient désigné l'un d'entre eux pour aller porter un urgent message au Roi Cull. Il n'y avait plus de magicien au Royaume d'Argent depuis le départ de Shill, le fils aîné de Draka, et ils savaient que le roi en cherchait un désespérément. Le coursier mena son cheval à bride abattue jusqu'au château en flanc de colline, les sabots de la bête claquant sur les dalles de la cour. S'arrêtant devant les magnifiques portes en argent de l'aile principale, l'homme sauta sur le sol, confia sa monture à l'un des gardes et se précipita à l'intérieur.

Grand édifice de pierre blanche, tout autant à l'intérieur qu'à l'extérieur, le palais d'Argent n'était pas un endroit accueillant. Les murs polis affichaient une décoration plutôt sobre et n'étaient éclairés que par quelques torches. Seule la salle du trésor contenait de belles œuvres d'art ainsi que l'armure et les effets personnels du Roi Hadrian, qui avait jadis dirigé les premiers Chevaliers d'Émeraude.

Les événements des dernières années avaient aigri les habitants d'Argent et il régnait un silence de mort dans le château. Même le Roi Cull était sombre. Il n'accordait plus d'audience à ses sujets, car il était trop occupé à jongler avec les maigres ressources de son peuple.

Sans échanges commerciaux ou culturels, le Royaume d'Argent devait se suffire à lui-même, produire suffisamment de nourriture pour tout son monde et tenter d'éduquer les enfants qui se faisaient de moins en moins nombreux. Mais ce qui manquait cruellement au roi, c'était un magicien ou un grand guérisseur, car son jeune fils était gravement malade et rien ne semblait vouloir lui redonner la santé. La Reine Olivi et lui avaient déjà perdu deux enfants en bas âge et ils craignaient, au fil des jours, que le troisième ne subisse le même sort.

Lorsque le gardien de ses appartements vint lui dire qu'un soldat voulait le voir, Cull fut tenté de le renvoyer à son poste sans l'écouter. Il était littéralement épuisé, ayant passé plusieurs nuits au chevet du prince malade sans pouvoir le soulager. Il poussa un profond soupir et, d'un mouvement de la tête, lui indiqua de le laisser entrer. Puis, il se cala dans son fauteuil en faisant de gros efforts pour garder les yeux ouverts. Le soldat poussiéreux posa un genou en terre et salua son monarque.

– Il y a deux étrangers à la porte sud, sire, annonça-t-il.

– Mes ordres à ce sujet sont pourtant clairs, soldat, répliqua Cull avec agacement.

– L'un d'eux est magicien, Majesté.

Le roi se redressa dans son fauteuil. Était-ce là la réponse aux prières qu'il avait adressées aux dieux de la mer que son peuple vénérait ?

– Vous ont-ils dit qui ils étaient ? demanda-t-il.

– Des Chevaliers d'Émeraude.

Comment était-ce possible ? Ces guerriers étaient disparus plusieurs centaines d'années auparavant, leur cupidité ayant précipité leur perte.

– Ils vous apportent un message, ajouta le soldat.

– Dans ce cas, conduisez-les à la tour sud. Soyez courtois, mais ne les laissez pas entrer en contact avec qui que ce soit.

– J'y cours de ce pas, sire.

Cull se rendit dans la grande pièce où il conservait ses costumes d'apparat et appela ses serviteurs. Il allait recevoir ces visiteurs comme un homme de son rang devait le faire, même si sa famille avait été rejetée par le reste du continent.

✧ ✧
✧

Pendant ce temps, les deux Chevaliers avaient allumé un feu en bordure de la route, dans un espace dégagé d'un côté par d'étranges menhirs. Santo prépara du thé pendant que Falcon s'occupait des chevaux. Il faisait très sombre et le Chevalier superstitieux n'aimait pas se trouver dans un endroit aussi découvert. Il revint s'asseoir près de Santo et accepta avec reconnaissance le gobelet de thé qu'il lui tendait.

– Tu n'as rien à craindre, mon frère. J'ai sondé la région et il n'y a personne sauf nos amis les soldats et nous.

– Crois-tu que nos pouvoirs nous permettraient de sentir la présence de dragons ou d'hommes-insectes ? demanda Falcon en frissonnant.

– S'ils sont vivants, oui, je le crois.

– Et si leur sang était différent du nôtre ?

– Falcon, je t'en prie ! Nous avons été entraînés à reconnaître tout ce qui nous entoure et je te jure qu'il n'y a aucun danger ici. Calme-toi et sonde aussi cet endroit pour te rassurer.

Falcon déposa le gobelet et ralentit sa respiration, ce qui n'était pas chose aisée pour lui, tandis que l'obscurité s'étendait sur Enkidiev. Il ferma ses yeux bleu turquoise et laissa entrer en lui toutes les vibrations de la terre et du ciel. Une apaisante chaleur parcourut tout son corps. Il écouta intensément ce qui s'y passait, mais Santo avait raison. Il ne sentit aucun danger... jusqu'à ce qu'un coup sourd lui fasse subitement ouvrir les yeux. Les grandes portes de métal pivotaient lentement sur leurs gonds. Santo, déjà debout, plissait le front de concentration.

– Je ne ressens aucune intention hostile, affirma-t-il.

Une dizaine de soldats vêtus d'armures argentées s'avancèrent, la main sur la garde de leurs épées, mais Santo était persuadé que ce n'était qu'une précaution. Il se doutait bien qu'ils n'étaient pas sortis de leur forteresse pour les chasser. Les hommes s'arrêtèrent devant eux et les Chevaliers sentirent leur réticence, mais ils avaient reçu des ordres.

– Sa Majesté le Roi Cull d'Argent a été informée de votre présence et désire s'entretenir avec vous, fit l'un d'eux en regardant au-dessus de leurs têtes.

Pendant que Santo s'inclinait légèrement devant le soldat pour marquer sa soumission, Falcon sonda leurs cœurs. Ces hommes n'étaient que des enfants lorsque le Roi Draka s'était réfugié à Shola et ils s'en sentaient toujours profondément humiliés.

Santo et Falcon rassemblèrent leurs affaires, récupérèrent leurs montures, puis suivirent les hommes d'Argent de l'autre côté de la muraille. D'autres soldats à cheval les attendaient, torches en main pour éclairer leur route.

Les Chevaliers observèrent discrètement ce qui les entourait. Le royaume tout entier s'étendait entre les remparts comme à l'intérieur d'une grosse coquille. En chevauchant vers le palais, ils virent des milliers de petits points lumineux au loin, indiquant que les habitants vivaient en grappe, jusqu'au bord de la mer, en petits villages serrés.

La forteresse apparut alors devant eux. Pas aussi élevée que celle du Royaume d'Émeraude, elle couvrait cependant plus de surface. Il n'y avait pas de pont-levis, mais plutôt d'énormes portes en argent. Des serviteurs s'avancèrent pour s'occuper de leurs chevaux et d'autres soldats prirent le relais pour les conduire à la tour du roi.

Falcon ne put s'empêcher de noter la réaction hostile de ceux qu'ils croisaient lorsqu'ils apercevaient leur cuirasse verte sertie de pierres précieuses, rappel cuisant de la défaite du Roi Draka. À ses côtés, Santo gardait la tête haute, pourtant, il devait ressentir exactement la même chose. Les soldats s'arrêtèrent devant une porte, l'ouvrirent et se rangèrent de chaque côté pour laisser passer les étrangers.

Les deux Chevaliers entrèrent dans une grande pièce circulaire, au centre de laquelle se dressait un trône en argent massif occupé par un homme aux traits tirés. Il était vêtu d'une tunique immaculée et ne portait qu'une ceinture d'argent et une couronne toute simple coulée dans le même métal précieux. Les Chevaliers s'inclinèrent devant lui.

– Je suis le Roi Cull du Royaume d'Argent, déclara-t-il avec la voix rauque d'un homme très fatigué. Mon messager me dit que vous êtes des Chevaliers d'Émeraude.

– C'est exact, Majesté, répondit Santo.

– Pourtant, ces Chevaliers ont disparu il y a fort longtemps.

– Il y a de cela quinze ans, le Roi Émeraude Ier a décidé de faire revivre cet ordre de chevalerie en formant les enfants du continent qui manifestaient des talents exceptionnels. Nous figurons parmi les premiers à avoir été adoubés.

Cull les regarda un long moment et les Chevaliers ressentirent sa profonde tristesse, car il avait été tenu à l'écart des décisions du continent depuis le début de son règne.

– Je suis le Chevalier Santo d'Émeraude et voici le Chevalier Falcon d'Émeraude, poursuivit le jeune guerrier pour l'empêcher de sombrer davantage dans la mélancolie.

– Pourquoi êtes-vous venus vers moi ?

Les deux Chevaliers échangèrent un regard et convinrent par télépathie que Santo parlerait en leur nom. D'une voix empreinte de compassion, il lui révéla ce qu'ils avaient vu au pays de Shola.

– Avez-vous trouvé le corps de mon frère, le Roi Shill ? voulut savoir Cull dont le visage avait considérablement pâli.

– Oui, Majesté, affirma Santo en baissant les yeux. Il a été poignardé par l'ennemi.

Cull avait du mal à croire qu'un magicien aussi habile que Shill n'ait pu se défendre contre de pareils monstres. Il demeura silencieux un long moment, à tenter d'imaginer les dernières minutes de la vie de son frère.

– Qu'est-il advenu de la Reine de Shola ? demanda-t-il enfin.

– Elle a également péri, sire, fit Santo, mais elle avait déjà confié sa fille au Roi d'Émeraude.

– J'ignorais que mon frère avait une héritière, s'étonna Cull. Je croyais que...

Le roi ne termina pas sa phrase. Il se leva et marcha jusqu'à la meurtrière qui s'ouvrait sur l'océan au loin. Les Chevaliers ne comprirent pas l'émotion étrange qui envahit son cœur. Il aurait dû se réjouir d'apprendre qu'un héritier de son sang avait survécu au massacre, pourtant il était plutôt la proie d'une grande jalousie. Cull était amoureux de Fan et il fulminait à la seule pensée qu'elle ait donné un enfant à son frère. « La reine a dû l'ensorceler lui aussi », pensa Falcon. Santo envoya un discret coup de coude dans les côtes de son compagnon d'armes pour le rappeler à l'ordre.

– Est-ce que l'enfant doit rester au Royaume d'Émeraude ? demanda Cull en se tournant vers les jeunes guerriers.

– C'était la volonté de sa mère qu'elle devienne Chevalier, Majesté, répondit Santo.

– Est-ce qu'elle ressemble à Fan ? s'enquit le roi, se rapprochant d'eux, les yeux remplis de larmes qu'il contenait avec peine.

– D'une certaine façon, éluda le Chevalier, mal à l'aise.

Cull retourna s'asseoir et soupira avec une lassitude qui n'était pas feinte.

– Mes soldats me disent que l'un de vous est magicien, déclara-t-il en fronçant les sourcils.

– Tous les Chevaliers d'Émeraude le sont, Altesse, assura Santo.

– Ont-ils aussi le don de guérison ?

– Certains d'entre nous y excellent plus que d'autres.

– Mon fils est gravement malade et aucun des remèdes traditionnels ne semblent lui redonner la santé. Accepteriez-vous de le soigner ?

– Ce serait un honneur, sire.

Malgré sa grande fatigue, Cull bondit de son siège, franchit la porte de la tour et emprunta des couloirs étroits et des escaliers dérobés sans se soucier de ne pas être escorté par sa garde personnelle. Les Chevaliers lui emboîtèrent le pas en silence en comprenant enfin leur véritable rôle sur le continent. Ils étaient les protecteurs et les serviteurs de tous les habitants d'Enkidiev, même des jeunes princes malades.

Ils entrèrent dans une vaste pièce de marbre blanc, illuminée par une multitude de chandelles, très certainement la chambre royale. Sur le mur opposé, entre deux larges fenêtres, reposait un grand lit recouvert d'un dais. Les voiles opalescents qui le recouvraient flottaient doucement dans la brise du soir. Des armoires et des commodes luxueuses étaient adossées aux autres murs, ainsi qu'un miroir dans un superbe cadre d'argent en forme de goéland. La Reine Olivi était assise près d'un berceau d'argent qu'elle remuait avec douceur. C'était une femme douce et effacée, aux longs cheveux dorés, ses beaux traits marqués par de nombreuses nuits d'insomnie passées au chevet de son fils. Elle posa un regard éteint sur les deux étrangers qui accompagnaient son époux.

– Ce sont des Chevaliers d'Émeraude, lui annonça le roi, et ils sont magiciens.

Une lueur d'espoir anima les yeux fatigués de la reine. Ces hommes étaient là pour sauver son fils. Cull cueillit doucement l'enfant dans son berceau et l'approcha des Chevaliers. Le bébé était pâle comme la mort et la sueur plaquait son léger duvet noir sur sa petite tête. Âgé de quelques mois, il aurait dû être grouillant de vie, mais il demeurait inerte dans les bras de son père. Santo était celui des Chevaliers d'Émeraude qui affichait le plus de talent pour la guérison. Il tendit donc les mains et le Roi Cull lui confia le prince sans hésitation. Inquiète pour son enfant, la reine se pressa contre son époux afin d'observer le guérisseur. Le Chevalier coucha le nourrisson sur son bras gauche et passa lentement sa main droite au-dessus de son corps frêle.

Où pourrais je le déposer ? demanda t il au roi.

Cull se précipita vers une grande commode de bois clair et, d'un geste brusque, en débarrassa la surface de tout ce qui l'encombrait. Santo y allongea le prince et passa l'autre main au-dessus de lui.

– Pouvez-vous le sauver ? chuchota le roi d'une voix suppliante.

– Son mal est profond, Majesté, répondit Santo, cependant je crois pouvoir l'aider. Lorsque je lui aurai transmis ma force vitale, je sombrerai probablement dans l'inconscience, alors il faudra faire tout ce que le Chevalier Falcon vous demandera.

– Nous lui obéirons, assura Cull.

Santo tourna légèrement la tête vers Falcon et, pendant quelques secondes, leurs yeux échangèrent de l'information. Oui, ils étaient de véritables mages, comprit le couple royal en sentant passer une curieuse force froide et invisible entre eux. Santo se concentra ensuite sur l'enfant malade. Il leva les mains au-dessus de lui et s'exprima dans une langue inconnue. Soudain, ses paumes s'illuminèrent et la reine Olivi porta la main à sa bouche, étouffant un cri de surprise. Le jeune homme à la cuirasse verte posa ensuite ses mains lumineuses sur la poitrine de l'enfant, puis sur sa tête. Au bout d'un moment, le Chevalier se mit à trembler de façon incontrôlable et la lumière disparut de ses paumes. Il vacilla et Falcon le retint par un bras.

– Où peut-il se reposer loin des regards ? demanda-t-il au roi en dissimulant l'inquiétude que lui inspirait la défaillance de son compagnon.

La reine lui indiqua aussitôt un lit dans une alcôve. Falcon transporta Santo jusqu'à la couchette et l'étendit sur les couvertures. Il passa rapidement la main au-dessus de son corps et constata que sa force vitale était très faible.

– Tu sais quoi faire, murmura Santo, les yeux à demi ouverts.

Falcon hocha vivement la tête et lui serra l'avant-bras à la façon des Chevaliers, puis recula. Le corps de Santo s'entoura alors d'un cocon de lumière blanche et Falcon s'apprêta à monter la garde près de lui. La récupération de l'énergie, après une guérison aussi profonde, constituait un moment d'extrême vulnérabilité pour un Chevalier. Un de ses frères d'armes devait absolument demeurer près de lui afin que personne ne le touche.

Sur la commode, l'enfant s'anima sous le regard incrédule de ses parents. Jamais, depuis sa naissance, il n'avait manifesté autant de vitalité. Ses petits bras s'agitèrent dans tous les sens et, finalement, il se mit à pleurer.

– Il a réussi... Il a réussi, mon époux, murmura Olivi qui avait du mal à le croire.

Elle prit tendrement son fils dans ses bras et le serra sur son sein avec bonheur. En les observant tous les deux, Cull savoura ce revirement de fortune. Le destin réservait parfois de telles surprises aux hommes. Il embrassa la joue de la reine et la tête du bébé et se rendit dans l'alcôve où Falcon veillait.

– Comment est-il ? s'inquiéta Cull.

– Il refait ses forces, Altesse, répondit le Chevalier. Il reviendra à lui dans quelques heures.

– Je vais vous faire préparer une chambre plus adéquate pour que vous vous reposiez tous les deux.

– Je crains que mon compagnon ne puisse être déplacé tant que la lumière le nourrit.

– Dans ce cas, je vais mettre des domestiques à votre disposition. N'hésitez pas à leur demander tout ce dont vous avez besoin.

Falcon le remercia et le roi se retira en compagnie de sa femme et de son fils. Le Chevalier tira un siège au chevet de Santo et s'y installa pour le veiller. Il ne devait pas s'endormir avant que son frère d'armes soit hors de danger et personne ne devait toucher à la lumière blanche qui entourait son corps. Les instructions d'Élund avaient été très claires à ce sujet. Il surveilla donc son visage paisible en espérant que la guérison du prince héritier leur permettrait de convaincre le Royaume d'Argent de reprendre ses relations avec le reste du continent.

Santo émergea de son inconscience quelques heures avant l'aube. Les énergies du ciel et de la terre avaient complètement rétabli ses forces et il céda aussitôt sa place à son compagnon afin que celui-ci puisse prendre un peu de repos avant le lever du soleil. Il alla boire de l'eau et installa sa chaise près de la fenêtre. Originaire du Royaume de Fal, en bordure du Désert, et ayant grandi au Royaume d'Émeraude, en plein centre d'Enkidiev, Santo ne connaissait pas vraiment l'océan. Il demeura donc appuyé à la fenêtre à admirer son immensité et à regarder les premiers rayons du soleil colorer le ciel de rose et de gris. Il savait qu'il y avait d'autres terres quelque part à l'ouest, de l'autre côté de la mer, mais elles étaient si éloignées qu'on ne pouvait pas les voir, même du sommet de la Montagne de Cristal. Et sur ces terres lointaines, vivaient des dragons qui dévoraient le cœur des êtres à sang chaud...

Falcon se réveilla au moment où un messager du roi venait les convier à sa table pour le premier repas de la journée. Les deux Chevaliers firent une toilette rapide, consacrèrent quelques minutes à la méditation et suivirent les serviteurs. Ils arrivèrent finalement dans une immense salle de marbre blanc ornée de tapisseries brodées de bleu et d'argent représentant des créatures marines inconnues d'eux. L'une d'elles était un immense poisson au dos tout noir et au ventre blanc, avec une rangée de dents acérées. L'autre était encore plus étrange : elle avait une tête ronde, fichée d'un seul œil, et une multitude de longues pattes. Wellan aurait certes pu les identifier, lui qui avait lu tous les bouquins de la bibliothèque d'Émeraude, mais pour Santo et Falcon, c'était des bêtes tout aussi effrayantes que les dragons mangeurs d'hommes.

Les deux hommes prirent place à la table du roi. Cull et son épouse affichaient tous deux une mine radieuse.

– Vous avez sauvé la vie de mon fils, Chevaliers, déclara le roi avec un large sourire. Demandez-moi ce que vous voulez, vous l'obtiendrez.

– Dans ce cas, promettez-moi, si l'un de vos enfants démontre du talent pour la magie, de lui permettre de devenir un Chevalier d'Émeraude, répondit Santo.

– Je vous en donne ma parole, fit le monarque.

Les serviteurs déposèrent sur la table du pain, du miel, des œufs et des fruits, et les deux voyageurs mangèrent avec appétit.

– Ainsi, votre mission consistait à nous annoncer le tragique destin du royaume de mon frère ? demanda plus sérieusement le Roi Cull.

– Nous sommes venus vous demander de préparer votre peuple à une éventuelle invasion en provenance de la mer, l'informa Falcon, mais lorsque nous avons vu la muraille qui entoure votre royaume, nous avons compris que vous étiez déjà en sécurité.

– Nous voulions quand même vous rencontrer et vous faire savoir que les Chevaliers d'Émeraude sont de retour, ajouta Santo.

– Nouvelle rassurante, s'il en est une, acquiesça le souverain. Quant à la muraille, j'en ai ordonné l'érection au début de mon règne pour protéger mon peuple d'éventuelles représailles des autres royaumes après le départ de mon père.

– Ce qui, finalement, vous sauvera tous, remarqua Santo.

Le roi les observa en silence pendant un moment, tout comme Émeraude Ier le faisait lorsqu'il était sur le point de prendre une importante décision.

– Dites à votre souverain que nous abriterons tous ceux qui demanderont asile si cette guerre devait éclater, déclara-t-il finalement. Mais avant de rentrer chez vous, j'aimerais que vous assistiez au rituel funéraire que je ferai célébrer en mémoire de mon frère et de sa femme.

– Ce sera un honneur pour nous, assura Falcon.

Satisfaits de l'issue de leur première mission, les deux Chevaliers burent à la santé du Royaume d'Argent.

11

UN PEUPLE CORIACE

Les Chevaliers Dempsey et Bergeau se séparèrent sur la plage de galets aux portes du Royaume de Cristal. Le premier fila à l'intérieur des terres tandis que son compagnon poursuivait sa route, traînant à sa suite le cheval qui portait les provisions.

Dempsey savait seulement de ce royaume qu'il venait de passer aux mains d'un jeune roi qui avait à peine leur âge. Le Royaume de Cristal n'était en somme qu'une longue étendue de vallons où peu d'arbres poussaient et où de nombreux moutons paissaient en toute liberté. Fiers et combatifs, ses habitants s'étaient fort bien défendus lors de la première invasion des hommes-insectes. Bien qu'entourés de quatre royaumes différents, les hommes de Cristal n'avaient jamais tenté d'adopter les coutumes ou les mœurs de leurs voisins. Farouchement indépendants, ils n'aimaient pas que des étrangers franchissent leurs frontières sans raison. Dempsey s'attendait donc à une réaction rapide de leur part et il ne fut pas déçu.

Dès qu'il eût parcouru quelques kilomètres en direction de l'est, il ressentit le danger. La main sur la garde de son épée, il conserva la même allure, jusqu'à ce que les guetteurs veuillent bien se montrer. Il ignorait où se trouvait le château du roi sur ce grand territoire et leur aide lui serait utile. Ces maîtres du camouflage jaillirent de leur cachette au moment où Dempsey descendait vers la rivière Mardall, qui coupait le pays de la mer. Le Chevalier fut rapidement entouré d'une dizaine d'hommes armés de glaives, portant des tuniques dont les tons se confondaient avec la végétation environnante.

— Qui es-tu et que fais-tu sur les terres du Roi de Cristal ? demanda celui du groupe qui semblait le plus âgé.

— Je suis le Chevalier Dempsey d'Émeraude, déclara-t-il fièrement, et j'ai un message pour votre souverain.

Les hommes se consultèrent du regard et Dempsey capta leur confusion. Le Royaume de Cristal était un territoire dont les ressources naturelles étaient plutôt maigres et ses habitants passaient sans doute le plus clair de leur temps à assurer leur subsistance plutôt qu'à éplucher les livres d'histoire. Ils n'avaient aucune idée de ce qu'était un Chevalier d'Émeraude passé ou présent.

— Si tu es d'Émeraude, alors je ne pense pas qu'il y ait de problème à ce que tu parles au roi, fit l'homme, encore incertain.

Ils admiraient tous sa cuirasse verte sertie de pierres précieuses en forme de croix et le Chevalier comprit que les gemmes ne devaient pas faire partie de leur vie quotidienne. Ils prirent les devants, mais sans pour autant cesser de le surveiller. Dempsey sentait leur attention fixée sur lui et il se demanda même s'ils n'avaient pas décidé de l'éloigner du château lorsqu'ils se mirent à longer la rivière vers l'ouest. Le courant n'était pas très fort, mais elle était profonde. Le Chevalier entrevit, sur l'autre berge, des enfants qui pêchaient à la mouche. La plupart s'étaient retournés sur son passage. Était-ce à cause de son cheval ou des pierres précieuses de sa cuirasse qui brillaient au soleil ?

Ses guides s'arrêtèrent finalement au bord de l'eau et l'un d'eux souffla dans une grande corne noire afin de prévenir le reste des habitants qu'ils avaient un visiteur.

C'était une société bien organisée et le Chevalier ne douta pas un instant qu'elle se défendrait encore une fois de façon efficace contre l'envahisseur. Si Wellan avait raison, les dragons craignaient l'eau et le village se trouvait au-delà de la rivière. C'était une excellente protection naturelle contre ces monstres. Les hommes s'enfoncèrent dans l'eau jusqu'à la taille et Dempsey les suivit sur son cheval, en demeurant très vigilant.

Ils poursuivirent leur route entre les vallons semés de chaumières rassemblées en petits groupes, entre lesquelles gambadaient chèvres et enfants. Près des maisons de pierre, des femmes préparaient de la nourriture ou confection-naient des vêtements.

– Où sont les hommes ? voulut savoir Dempsey, étonné.

– Un peu partout, aux champs, au moulin, lui dit un des guides, en haussant les épaules. Ils s'occupent des ani-maux ou ils font le guet. Ils ne sont jamais bien loin de leurs familles.

Ils traversèrent plusieurs petits villages puis Dempsey vit une immense chaumière près d'un moulin à vent. Les hommes la désignèrent en précisant que c'était la demeure du Roi Cal et de la Reine Félicité. Il était curieux, pensa le Chevalier, que certains monarques aient décidé de vivre dans des endroits aussi exposés. Cette grande maison n'était pas fortifiée et n'importe qui aurait pu y pénétrer et y semer la destruction. Il n'était pas prudent de laisser ainsi sans protection les personnages les plus importants du royaume.

Dempsey descendit de cheval devant l'étrange palais dont le toit était couvert de chaume. Un des guides l'em-mena à l'intérieur pendant que les autres s'occupaient de son cheval. La rusticité de l'endroit étonna le Chevalier. Autour d'un grand hall, se succédaient de nombreuses petites pièces dont les murs étaient en réalité des peaux tendues sur les poutres qui supportaient le toit. Un énorme foyer de pierre occupait le centre de la maison.

À quelques pas du feu, un homme en tunique fauve faisait sauter un petit garçon sur ses genoux. Il avait de longs cheveux bruns et une chaînette dorée ceignait son front. Il arrêta le jeu en apercevant l'étranger qui approchait.

– Cal, cet homme veut te parler, fit le guide de Dempsey en désignant celui-ci du pouce.

Le Roi de Cristal déposa le gamin sur le sol et murmura quelque chose à son oreille. Le petit garçon déguerpit en riant et le souverain s'avança vers le guerrier vêtu de vert en lui tendant amicalement la main. Dempsey lui présenta la sienne et, à sa grande surprise, le roi lui serra l'avant-bras à la manière des Chevaliers. Les yeux gris de l'homme étaient remplis de sagesse et d'expérience, malgré son visage juvénile.

– Je suis le Roi Cal, déclara-t-il sans plus de façon.

– Et moi, le Chevalier Dempsey d'Émeraude, Majesté, se présenta-t-il, en s'inclinant.

– C'est bien ce que je pensais ! Je vous en prie, venez vous asseoir.

Il l'attira près de l'âtre et le fit asseoir dans un fauteuil de bois. Quand il comprit que le roi était en sécurité avec l'homme paré de pierres précieuses, le guide les laissa seuls pour retourner à son poste de guet. En détaillant la décoration artisanale autour de lui, Dempsey comprit que ces hommes étaient différents de tous les autres. Installés sur la côte, ils étaient les voisins du Royaume de Zénor, où s'était déroulée la bataille décisive contre l'envahisseur des centaines d'années plus tôt et, pourtant, ils n'avaient subi que très peu de pertes.

– J'avais bien hâte de rencontrer un véritable Chevalier d'Émeraude, avoua candidement le roi. Un de nos enfants étudie présentement avec le magicien Élund. Ce costume lui ira bien.

– Nous avons choisi de nous vêtir comme les Chevaliers d'antan, Majesté, mais nos valeurs sont plus nobles.

– Vous n'êtes certainement pas le seul à avoir été adoubé jusqu'à présent, n'est-ce pas ? Où sont les autres ?

– Nous nous sommes séparés afin d'aller prévenir les royaumes côtiers du danger qui nous guette tous. Je crains que l'ennemi repoussé par nos ancêtres ne soit de retour. Il a déjà ravagé le Royaume de Shola, ne laissant aucun survivant.

– Aucun ? s'étonna le roi. Un peuple entier a été anéanti ?

– En une seule nuit, Altesse.

Le roi se mit à arpenter la grande pièce, le regard rivé au sol, puis il s'arrêta et posa un regard courageux sur le Chevalier.

– Où l'ennemi est-il rendu ? demanda-t-il, bombant le torse comme un dieu de la guerre.

– Il est reparti par la mer et nous ne savons pas où il débarquera la prochaine fois. C'est pour cette raison que nous prévenons tous les pays côtiers.

– Quelle stratégie les Chevaliers nous suggèrent-ils ?

– Vous ne devez pas affronter l'ennemi seul. Nous serons tous tués si nous agissons individuellement. Pour l'instant, nous préférerions que vous adoptiez une attitude défensive.

– Je suis d'accord. Si les légendes disent vrai, ces créatures sont très difficiles à éliminer. Nous nous plierons à vos exigences.

Dempsey voulut alors qu'il lui parle de ces légendes que seul Wellan semblait connaître parmi les Chevaliers. Le Roi Cal lui expliqua que le peuple de Cristal ne détenait aucun texte écrit, que les événements du passé étaient transmis de génération en génération par les conteurs. Ceux-ci étaient surtout choisis en fonction de leur grande mémoire et de leur éloquence. Dempsey se montra immédiatement inté-ressé à faire leur connaissance et à écouter ce qu'ils avaient à dire au sujet de cet adversaire occulte. Le roi promit de les rassembler pour le repas du soir et l'entraîna à l'extérieur.

Ils prirent place sur une grosse roche plate au bord d'un grand lac, à proximité du palais, et Cal répertoria les divers moyens de défense de son peuple pour le Chevalier d'Émeraude.

C'est seulement le soir venu, autour d'un grand feu crépitant, que Dempsey en apprit davantage sur les redoutables dragons. Les plus vieux conteurs avaient répondu à l'appel du roi et ils dressèrent un tableau plutôt inquiétant de l'envahisseur. L'un des orateurs aux cheveux blancs tourna vers le Chevalier ses yeux clairs comme un ciel d'été.

– Lorsque ces effroyables bêtes ont pour la première fois foulé le sol d'Enkidiev, elles ont traversé les terres désertiques du sud, car elles détestent l'eau.

L'assemblée d'hommes, de femmes et d'enfants se montrait silencieuse, car il était rare que les conteurs acceptent de parler de cette sombre période de leur histoire.

– Mais nous avons aperçu les pas de ces bêtes dans la neige ! protesta le Chevalier.

– Il existe sans doute une autre sorte de dragon, fit le roi, songeur, ce qui compliquera notre stratégie de défense puisque nous comptons sur nos lacs et nos rivières pour les ralentir.

– Il y a sûrement d'autres façons de les tuer, assura Dempsey. Dites-moi ce que vous savez des premiers dragons.

Tous les regards, curieux, observaient ce Chevalier aux cheveux blond très pâle, mais Dempsey ne s'en formalisait pas, car son attention était fixée sur le conteur.

– Ce sont des bêtes deux fois plus grosses qu'un cheval, poursuivit le vieil homme. Au lieu de sabots, leurs pattes se terminent par des doigts, comme ceux des lézards. Elles ont un long cou et une queue hérissée d'épines tranchantes. Leur tête est triangulaire et leur museau pointu s'ouvre sur une bouche armée de dents acérées.

– Est-ce qu'elles sont rapides ?

– Aussi rapides qu'un cheval, mais plus difficiles à mâter. Leurs cavaliers ne savaient pas toujours les maîtriser, ce qui a permis à notre peuple de les occire.

– De quelle façon ?

– En les attirant dans des trappes pour gros gibier, comme les peuplades sauvages des grandes forêts savent en creuser, puis en les y brûlant vives. Certaines se sont noyées dans les marais et les rivières, mais très peu.

Dempsey se perdit alors dans ses pensées. « Ces monstres ne semblent pas invincibles, mais comment être certain que ce sont les mêmes qui ont attaqué le Royaume de Shola ? » se demanda-t-il. Il n'y avait qu'une seule façon de le savoir, mais le Chevalier hésitait à poser la question au conteur en présence d'autant de jeunes oreilles innocentes.

– De quoi se nourrissent ces bêtes ? s'enquit-il finalement.

– Nous n'en savons rien, avoua le conteur.

Dempsey pensa que si elles avaient arraché le cœur de qui que ce soit dans le passé, quelqu'un s'en souviendrait. Il ne s'agissait donc pas du même animal. Le roi capta la déception du Chevalier et se pencha à son oreille pour lui demander ce qu'il désirait réellement savoir. Dempsey contempla tous les minois d'enfants autour de lui et se mordit la lèvre inférieure, hésitant. Le Roi Cal crut alors comprendre ce qui l'empêchait de parler. Ne laissant nullement paraître son inquiétude, il conserva un visage jovial lorsqu'il annonça qu'il était temps de mettre les petits au lit. Les femmes les rassemblèrent malgré leurs protestations et se dirigèrent vers les chaumières, torches à la main.

Le Chevalier attendit qu'il ne reste plus que les hommes et les gens plus âgés autour du feu avant de leur révéler l'horrible sort réservé aux habitants de Shola et cela leur causa à tous un grand choc. Les conteurs eux-mêmes n'avaient jamais entendu parler d'un dragon qui dévorait ainsi le cœur des gens.

– Il faudra donc se préparer à affronter des créatures différentes, soupira le monarque. Dites au Roi d'Émeraude que nous sommes prêts à nous joindre à ses Chevaliers pour défendre Enkidiev.

✧   ✧
✧

Dempsey passa la nuit dans la chaumière du roi et découvrit que plusieurs familles y logeaient avec le couple royal. Au matin, il fut réveillé par les rires de jeunes enfants qui se poursuivaient autour de sa couchette. Il se redressa sur ses coudes et en attrapa un qui éclata de rire.

Le Chevalier déjeuna avec l'entourage du roi. C'était des gens simples qui aimaient s'amuser et inventer des jeux d'esprit. Il les écouta parler de leurs préoccupations quoti-diennes et cela lui donna une meilleure compréhension du monde. Il laissa les enfants toucher les pierres précieuses de sa cuirasse puis monta en selle. Le Roi Cal lui serra ami-calement le bras et la Reine Félicité, une femme tout aussi simple que son époux, lui tendit un panier de provisions. Dempsey les remercia tous et leur recommanda de poster autant de sentinelles qu'ils le pourraient sur le bord de la mer. Puis, il se dirigea vers l'est, en direction du Royaume d'Émeraude.

12

UN SQUELETTE MENAÇANT

Désormais seul, le Chevalier Bergeau avait chevauché toute la journée et dormi sur la plage le soir venu. Au lever du soleil, il avait fait boire ses deux chevaux et poursuivi sa route en direction du Royaume de Zénor. De tous ceux dont on leur avait parlé dans leurs cours d'histoire du continent, c'était probablement le pays que les Chevaliers connaissaient le mieux, car c'était sur les plages de Zénor que s'étaient déroulés les derniers combats contre les hommes-insectes. En galopant sur la grève, Bergeau ne pouvait demeurer indifférent à ces événements déjà vieux de plusieurs centaines d'années. Comment réagirait le peuple de Zénor en apprenant que les créatures maléfiques, qui les avaient presque fait disparaître de la surface de la terre, étaient de retour ?

Il continuait de se demander pourquoi Wellan l'avait choisi pour accomplir cette délicate mission. Il n'avait certes pas l'habileté de Santo dans les relations humaines ou la douceur de Chloé. Comment pourrait-il prévenir ces pauvres gens du danger sans les terroriser ? Il réfléchissait à toutes les possibilités lorsqu'il vit le château à l'horizon ou, en fait, ce qui en restait. Curieusement, il avait été bâti sur une pointe rocheuse qui s'avançait dans la mer, donnant l'impression que ses fondations baignaient dans l'eau.

En s'approchant davantage, le Chevalier constata l'état de décrépitude de la forteresse. Il ne restait que trois de ses quatre tours, la dernière ayant été complètement rasée. Des blocs de pierre gisaient sur la plage et à proximité des remparts, témoins silencieux des terribles affrontements entre les magiciens et les sorciers. Elle ne ressemblait pas non plus au Château d'Émeraude. Son architecture était différente, plus dénudée, sans artifices. Beaucoup plus vieille que celle où il avait grandi, ses fondations étaient recouvertes de mousse.

Il ralentit l'allure de son cheval et fit le tour des murs. La pierre était fendue à plusieurs endroits. Mais quelle force supérieure avait bien pu causer ces dommages ? Les pouvoirs d'un sorcier ? Les griffes puissantes d'un dragon ? En contournant le château, Bergeau s'aperçut avec étonnement que le quatrième mur, celui qui prenait racine dans la terre ferme, s'était écroulé et que la grande cour était vide. Il arrêta sa monture et demeura un long moment à observer les pierres éparpillées sur le sol, tentant de reconstituer les événements du passé et d'assembler les pièces de ce casse-tête géant. Les Chevaliers d'Émeraude n'étaient pas que des guerriers, des magiciens et des guérisseurs, ils avaient aussi été entraînés dans plusieurs disciplines telles la politique, la stratégie, la résolution des conflits, l'architecture, l'histoire et l'anatomie.

Ses sens aiguisés l'avisèrent alors d'une présence un peu plus loin sur la plage. Il tourna la tête et aperçut cinq femmes transportant des paniers d'osier. Elles étaient parfaitement immobiles et le fixaient avec appréhension, réaction normale chez un peuple qui avait autant souffert. Bergeau s'approcha lentement d'elles, soucieux de ne pas les effrayer, mais il sentit la terreur naître dans leurs cœurs.

– Je suis le Chevalier Bergeau d'Émeraude, déclara-t-il d'une voix forte et rassurante. Je cherche votre roi.

La mention du pays ami sembla calmer leurs appréhensions. Bergeau parvint donc à les rejoindre sans qu'elles se sauvent à toutes jambes.

– Le roi ne vit plus dans le château, fit l'une des femmes en rougissant.

Elles étaient jeunes et ne voyaient probablement pas beaucoup d'étrangers dans ce coin reculé du continent. Bergeau leur demanda donc de lui indiquer la route du nouveau château, mais sa question parut les embarrasser.

– Il n'y a pas de nouveau château, répondit une autre des femmes. Le roi vit au village sur le plateau. C'est là que nous retournons.

Bergeau remarqua que leurs paniers étaient remplis d'étranges coquillages. Il suivit donc les femmes sur un sentier profondément creusé dans la terre, qui parcourait la plaine en direction de la falaise. Il s'attendait à voir apparaître le village à tout moment, mais ils arrivèrent devant la paroi rocheuse au bout d'une heure sans rencontrer âme qui vive.

Les paysannes semblaient habituées à ces longues marches, car aucune d'entre elles ne se plaignit de la chaleur ou de la fatigue. Elles transportaient bravement leur fardeau en regardant droit devant elles.

– Vous allez à la mer tous les jours ? demanda Bergeau.

– Non, pas tous les jours, répondit l'une d'elles sans même tourner la tête vers lui.

– Et que sont ces coquilles dans vos paniers ?

– Des huîtres, fit une autre. Elles vivent dans l'eau, au pied du château.

– Et vous les mangez ?

– Bien sûr ! répondit la plus jeune en risquant un œil dans sa direction.

Bergeau ressemblait aux hommes de son village avec ses cheveux bruns et ses yeux dorés, mais il était plus grand et plus musclé. Un bon parti pour une femme encore célibataire...

– Je suis Catania, lui dit-elle, s'attirant aussitôt les regards remplis de reproche de ses compagnes. Qu'est-ce qui vous amène à Zénor, Chevalier Bergeau ?

– Je viens voir votre souverain.

– Pour lui apporter de bonnes nouvelles ?

Cette fois, les autres femmes la firent taire et l'obligèrent à marcher en tête de la file pour l'éloigner de Bergeau. Elles empruntèrent un sentier qui serpentait entre les rochers et que le cheval de Bergeau eut du mal à négocier. Au sommet de la falaise, le Chevalier déboucha sur une plaine d'herbe verte qui s'étendait à perte de vue. De grandes forêts noircissaient l'horizon au sud, là où venaient mourir les bras de la rivière Mardall. Au loin, des montagnes violacées séparaient le royaume de ses voisins de Perle et de Fal. En plissant les yeux, Bergeau distingua de minces volutes de fumée signalant la présence de villages habités.

Les femmes poursuivirent leur route et ils n'arrivèrent devant les maisons de pierre qu'en mi-journée. Les rayons du soleil étaient de plus en plus insupportables et bien que Bergeau fût capable d'en soutenir l'ardeur, ayant passé sa petite enfance dans le Désert, ses chevaux, eux, commençaient à renâcler. Il mit pied à terre et demanda de l'eau pour ses bêtes. Des hommes plongèrent des seaux dans un puits et remplirent une auge pour les bêtes assoiffées. Ils caressèrent leur encolure avec admiration, ignorant complètement leur propriétaire qui se tenait quelques pas plus loin.

– Nous allons les mettre à l'ombre, annonça l'un d'eux en daignant finalement remarquer la présence de Bergeau.

– Je vous en remercie.

Il demanda alors à voir le roi et on lui apprit que Vail se trouvait probablement aux champs, à l'est du village, en bordure d'un des nombreux affluents de la rivière Mardall. Il marcha donc vers l'est, entre les chaumières où les habitants avaient cherché refuge contre la chaleur. Il s'arrêta net, la main sur la garde de son épée. Devant lui se dressait un monstre de trois mètres de haut planté sur quatre pattes, à la mâchoire pourvue de dents aiguisées, mais complètement immobile. Puis le Chevalier comprit que ce n'était qu'un squelette.

– Mais qu'est-ce que c'est que ça ? siffla-t-il entre ses dents.

– Un dragon, fit une voix aiguë.

Le Chevalier se retourna vivement et aperçut un petit garçon, vêtu d'une simple tunique, pieds nus, ses cheveux blonds balayant ses épaules et les yeux pétillant de curiosité.

– Tu en es sûr ? demanda Bergeau avec inquiétude.

– Plus que sûr.

L'enfant s'avança sous les pattes antérieures de l'animal. Il ne lui arrivait même pas au jarret ! Il caressa le vieil os desséché et jeta un coup d'œil amusé au Chevalier.

– Il n'y a que les étrangers qui ne savent pas ce que c'est.

– C'est vrai, je suis un étranger, alors instruis-moi.

– Mon père a trouvé ces ossements au pied de la falaise bien avant ma naissance. Il a décidé de les transporter ici et de les assembler pour que ses sujets et leurs descendants n'oublient jamais qu'ils n'ont pas souffert en vain. Je suis Zach, le fils du Roi Vail et de la Reine Jana.

– Je suis le Chevalier Bergeau d'Émeraude, répondit l'autre en s'inclinant devant le jeune prince.

– Un Chevalier d'Émeraude ! s'exclama l'enfant, fou de joie.

Il courut jusqu'à lui, un large sourire éclairant son petit visage tanné par le soleil, et posa la main sur la garde de son épée.

– J'ai rêvé toute ma vie de rencontrer un vrai Chevalier !

– Toute ta vie ? s'amusa Bergeau. Mais quel âge as-tu ?

– Huit ans ! Mais je n'ai pas été choisi pour étudier au Royaume d'Émeraude parce que je n'ai aucun pouvoir magique. Mon ami Curtis, lui, pouvait deviner la température et lire les pensées des autres, alors il a été accepté. Et Kevin l'a été avant lui. Il comprenait le langage des animaux et il leur faisait faire tout ce qu'il voulait.

– Que voilà un petit prince bavard ! se moqua Bergeau qui reconnaissait dans ses yeux l'admiration qu'il avait autrefois lui-même éprouvée lorsqu'on lui parlait des Chevaliers d'antan. Est-ce que ton père est quelque part par ici ? Il faut que je lui parle.

Le gamin se mit aussitôt à gambader devant lui en lui faisant signe de le suivre. Ils traversèrent des champs labourés et arrivèrent au bord de l'eau où un groupe d'hommes se désaltéraient. Le Chevalier ne vit aucun personnage se prélassant sous un dais ou un abri quelconque et pensa que le roi devait se trouver plus haut sur la rivière.

– Papa ! Regarde qui nous rend visite ! s'écria le prince.

L'homme ainsi interpellé pivota vers Bergeau et reconnut aussitôt le costume que les Anciens lui avaient si souvent décrit. Il laissa tomber son gobelet, faisant sursauter ses compagnons, et s'approcha du Chevalier en lui tendant la main.

– Je suis le Roi Vail, déclara-t-il d'une voix franche et amicale.

– Et moi, le Chevalier Bergeau d'Émeraude, répondit l'autre en serrant sa main.

Un examen rapide de son cœur révéla au Chevalier qu'il avait devant lui un homme honnête et bon pour son peuple, un roi qui n'hésitait pas à se salir les mains pour aider les siens. Vail lui annonça que, la chaleur ne leur permettant pas de poursuivre leur travail, ils s'apprêtaient à rentrer au village. Il le convia donc chez lui en attendant le repas du soir. Bergeau marcha à ses côtés, le gamin cabriolant devant eux avec l'insouciance propre aux enfants.

– Qu'il en profite pendant qu'il le peut, lui dit Vail. L'an prochain, il sera assez vieux pour travailler aux champs avec les autres.

– D'où je viens, les rois ne labourent pas la terre, lui avoua Bergeau pour qui cela relevait de la plus pure aberration.

– Zénor n'est pas un royaume aussi peuplé que celui d'Émeraude, Chevalier. Ici, la seule façon de survivre pendant la saison des pluies, c'est d'amasser de bonnes récoltes. Tout le monde doit participer à la culture du sol, sinon nous n'aurons pas suffisamment de nourriture. Nos voisins de Cristal nous envoient des chariots de provisions de temps en temps, mais nous ne voulons pas dépendre des autres.

Ils atteignirent une maison toute simple en bordure du village et, à la grande surprise de Bergeau, le roi y entra. Elle n'était pourtant pas plus vaste que celles qui l'entouraient et elle n'avait certes rien d'un palais. Le mobilier était rudimentaire, la décoration inexistante. Ils prirent place sur des chaises de bois de confection artisanale. Le roi s'épongea le front.

– Malheureusement, il fait plus chaud sur le plateau qu'au bord de la mer, déplora-t-il.

– Pourquoi ne pas vous y établir de nouveau ? s'étonna le Chevalier. Vous pourriez reconstruire le château et cultiver les terres avoisinantes comme le faisaient vos ancêtres.

– Nous le pourrions si ces terres n'étaient pas ensorcelées. Vous n'êtes certainement pas sans savoir que les derniers combats entre les créatures maléfiques et les soldats d'Enkidiev ont été livrés ici même, au pied de la falaise. Malgré la présence de guerriers des deux camps, ce fut un affrontement entre sorciers et magiciens qui décida de la victoire. De puissants sorts ont été jetés de part et d'autre autour du château. Plus rien ne pousse là où ces puissances se sont mesurées et le peuple ne veut plus retourner y vivre, de peur de voir revenir les dragons monstrueux.

– Je crains qu'il n'ait raison, Majesté, soupira Bergeau qui ne savait pas comment le dire autrement.

Le sourire amical du Roi Vail s'effaça et ses yeux gris se remplirent de terreur, la simple pensée de voir surgir à nouveau l'ennemi qui avait ravagé Zénor faisant naître en lui des images effroyables.

– L'ennemi a de nouveau frappé ? C'est pour cette raison que vous êtes ici ? demanda-t-il en retenant son souffle.

Bergeau se lança dans le récit de l'attaque subie par le Royaume de Shola. Vail ferma les yeux un instant, analysant la situation. Shola était complètement au nord, mais elle était accessible par la mer. Cette fois-ci, les hommes-insectes allaient certainement tenter de s'emparer des royaumes côtiers avant d'envahir l'intérieur du continent. Cinq cents ans plus tôt, les Chevaliers ayant coupé leur retraite sur toutes les frontières des Royaumes d'Émeraude, de Diamant, de Rubis et de Turquoise, les dragons et leurs maîtres n'avaient eu d'autre choix que de tenter une percée à travers les Royaumes de Perle, de Cristal et de Zénor.

– Nous ne survivrons pas à une seconde attaque de ces monstres, déclara finalement le roi en rouvrant les yeux. Nous ne sommes pas aussi nombreux qu'à l'époque de la première invasion.

– Nous ne vous demandons pas de les affronter, Majesté, assura Bergeau. Nous préférerions que vous usiez de tous les moyens de défense à votre portée pour protéger votre peuple jusqu'à ce que tous les royaumes se soient unis. Ce n'est qu'une précaution, car nous ignorons encore où ils frapperont.

✧　✧
✧

Ce soir-là, Bergeau mangea avec tout le village dans l'espace ouvert entre les chaumières, sous les regards de convoitise de la jeune Catania et les yeux remplis d'admiration du petit prince Zach. Les femmes avaient suspendu des marmites au-dessus d'un feu et faisaient cuire un appétissant ragoût de légumes et de viande. On lui offrit d'abord des huîtres qu'un jeune garçon ouvrait habilement pour lui. Bergeau, qui goûtait à tout, les avala avec plaisir et but de la bière que les sujets du roi fabriquaient à partir de céréales locales. « Un excellent repas », conclut-il, repu. Il observa les villageois qui mangeaient en groupe, racontant des histoires aux plus jeunes, et il comprit pourquoi les Chevaliers d'Émeraude avaient été ressuscités. Ils ne pouvaient laisser d'aussi bonnes gens se faire massacrer.

Il dormit dans la chaumière du roi, mais se réveilla plusieurs heures avant le lever du soleil. Il quitta silencieusement sa couchette et sortit de la maison. La lune éclairait toute la plaine d'une lumière irréelle. Au loin, dans les montagnes, il pouvait entendre les hurlements d'une meute de loups. Il fit quelques pas, se tourna vers le squelette géant du dragon et décida d'aller l'examiner de plus près. Sous les rayons de l'astre nocturne, il lui sembla encore plus menaçant. Sa gorge s'élevait à près de trois mètres du sol. C'était généralement la partie la plus vulnérable d'un animal, là où il fallait frapper pour le tuer rapidement.

Bergeau dégaina son épée et tendit le bras. Seule la pointe de la lame touchait ce point prétendument faible. Elle ne pourrait certes pas causer beaucoup de dommages. Il était donc préférable de la planter dans le cœur, entre les pattes de devant, si c'était bien là qu'il se trouvait. Mais, pour cela, il fallait pouvoir s'approcher de l'animal. Le Chevalier inspecta soigneusement ses dents recourbées et acérées et le long cou qu'il pouvait bouger dans tous les sens. Il se pencha et examina ses pattes. Les trois orteils de chacune d'elles se terminaient par des griffes puissantes. De quelle façon les dragons avaient-ils arraché les cœurs des Sholiens ? Avec leurs dents ou leurs griffes ? Bergeau avait déjà observé de grands prédateurs occupés à chasser dans le Désert. Ils utilisaient habituellement leurs pattes de devant pour écraser leur victime au sol et leurs dents pour la déchiqueter. Il ferma les yeux et tenta d'imaginer la terreur qu'avaient dû éprouver ces gens. Ces dragons devaient être exterminés jusqu'au dernier.

Soudain, il entendit des pas derrière lui et il se retourna vivement, l'épée à la main. Le Roi Vail approchait, éclairé par les rayons argentés de la lune. Bergeau baissa aussitôt son arme.

– Impressionnant, n'est-ce pas ? fit le roi en levant les yeux vers la tête triangulaire du dragon.

– Terrifiant plutôt, frissonna le Chevalier. Avez-vous aussi trouvé les restes des hommes qui chevauchaient ces bêtes ?

– Seulement quelques ossements que les enfants ont sortis de terre. Ils ont une tête, deux bras et deux jambes mais on ne sait pas à quoi ils ressemblent vraiment.

– Mais pourquoi ont-ils attaqué notre continent ? murmura Bergeau, songeur.

– Nous n'en savons rien. Apparemment, personne n'a jamais réussi à tirer un seul mot humain de ces êtres. Je suis désolé de ne pas pouvoir vous aider davantage, mais les informations que nous possédons proviennent d'un temps lointain.

Debout près du roi, Bergeau leva une fois de plus les yeux sur l'horrible squelette. Il aurait beaucoup de choses à raconter à ses compagnons lorsqu'il rentrerait au Château d'Émeraude.

13

LA COLÈRE DE WELLAN

Lorsque ses compagnons l'eurent quitté, Wellan pénétra dans le Royaume des Elfes. Il était difficile d'avancer rapidement dans cette forêt dense semée d'embûches, mais il n'était pas pressé. Le magicien Élund leur avait enseigné que la colère et la vengeance ne devaient jamais s'emparer du cœur d'un Chevalier d'Émeraude. Mais Wellan avait toujours eu beaucoup de mal à maîtriser sa fureur lorsqu'une terrible injustice avait été commise et c'est exactement ce qui s'était produit à Shola. Les Elfes avaient ressenti l'approche des créatures maléfiques et ils s'étaient cachés plutôt que de prévenir le peuple voisin. Et en raison de leur inaction, la Reine Fan avait perdu la vie. Cette seule pensée lui brisait le cœur.

Il ne comprenait pas l'amour qu'il éprouvait pour cette femme magnifique, qu'il n'avait connue qu'un instant, mais il ne pouvait pas non plus le nier. Son cœur avait succombé à un élan qu'il n'avait pu combler et il ignorait de quelle façon il pourrait, un jour, apaiser cette blessure cruelle. Il ne voulait pas céder à la violence, mais il devait faire comprendre au Roi Hamil qu'Enkidiev ne survivrait pas si tous ses habitants décidaient de grimper aux arbres au premier signe de danger.

Il suivit donc la rivière Mardall en tentant de recouvrer son calme. Il voulait seulement secouer le Roi des Elfes, pas le tuer. S'il se laissait gagner par la colère, il risquait de détruire en quelques secondes à peine la réputation des nouveaux Chevaliers d'Émeraude. Rencontrer Hamil serait donc sa première véritable épreuve de maîtrise personnelle.

Tandis que son cheval évitait prudemment les racines qui émergeaient du sol, Wellan sentit les regards des Elfes sur lui. Même si le feuillage touffu les dissimulait à sa vue, il savait qu'ils l'épiaient pour le compte de leur roi. Et puisqu'ils avaient eux aussi la faculté de ressentir les émotions des autres, ils le préviendraient certainement de ses intentions hostiles.

Il atteignit le village à la tombée du jour. Des feux brûlaient à l'intérieur des huttes, les nuits de ce royaume étant froides. Wellan aperçut les lueurs des flammes dans les petites ouvertures, mais personne ne vint à sa rencontre. Il mit pied à terre et fit quelques pas impatients, les mains sur ses hanches.

– Hamil ! S'il y a encore un peu de courage dans vos tripes, montrez-vous ! rugit le Chevalier.

Il capta un mouvement autour de lui, puis une vague d'inquiétude. Les Elfes ne savaient pas comment leur chef réagirait à cette intimidation. Pendant un moment, rien ne bougea dans le village, puis le Roi Hamil sortit de la plus grande hutte. Il n'avait plus rien de l'homme brisé qu'il avait surpris devant le feu, le jour du massacre. Évidemment, puisque l'attaque des créatures maléfiques était terminée... L'Elfe était parfaitement calme, mais inquiet de ce qu'il percevait dans le cœur du Chevalier.

– Nous n'avons rien pu faire, laissa-t-il tomber d'une voix neutre.

– Du sang d'Elfe coulait dans les veines de la Reine de Shola, Majesté, riposta Wellan sur un ton proche du mépris. Elle aurait capté un avertissement émanant de votre esprit si vous n'aviez opté pour la couardise !

– Personne n'a le droit d'insulter ainsi les rois d'Enkidiev, fit plus durement Hamil.

– Les habitants de Shola ont péri par votre faute.

– Les Elfes ne sont pas des guerriers.

– Les humains non plus, sire ! tonna Wellan. Mais lorsqu'ils sont confrontés à une légion de dragons sanguinaires capables d'éliminer tout un peuple en une seule nuit, ils n'abandonnent pas leurs voisins à leur sort.

– Je refuse de vous entendre porter de telles accusations. Vous ne connaissez rien au peuple des Elfes, Wellan d'Émeraude.

Hamil tourna les talons, dans l'intention visible de retourner dans sa hutte, mais Wellan n'entendait pas le laisser s'en tirer aussi facilement. Il leva la main et un éclair brillant s'en échappa, lequel enveloppa le roi dans un cocon de lumière blanche qui lui causa une grande douleur. Des centaines d'Elfes sortirent aussitôt de leurs chaumières, se portant au secours de leur monarque, mais ils s'immobilisèrent en voyant le visage du Chevalier déformé par la rage.

Lentement, Wellan manipula le rayon de lumière de façon à retourner Hamil face à lui. Les traits du roi étaient crispés par la souffrance.

– Avez-vous senti le poignard empoisonné qu'on a enfoncé dans le corps de la Reine de Shola pendant que vous vous terriez dans votre chaumière ? tonna le Chevalier, écarlate.

Cessez immédiatement cette agression, firent les voix des Elfes qui étaient de plus en plus nombreux autour de lui.

– Sinon quoi ? les défia Wellan, furieux. Vous avez su, en apercevant le feu dans le ciel, qu'une catastrophe allait s'abattre sur les Sholiens, mais vous n'avez rien fait ! Vous êtes aussi responsables de leur disparition que les dragons qui leur ont arraché le cœur tandis qu'ils respiraient encore ! Et n'allez pas penser que vous pourrez vous-mêmes échapper à cet ennemi redoutable ! Lorsque les dragons n'auront plus d'humains à dévorer, c'est dans vos belles forêts qu'ils viendront chercher leur pâture ! Peut-être, à ce moment-là, comprendrez-vous que toutes les formes de vie de ce continent sont reliées et que ce qui arrive à l'une d'elles touche les autres !

La colère de Wellan transforma subitement la lumière blanche qu'émettait sa main en une lumière rouge ardente qui fit tomber le Roi des Elfes sur ses genoux. Il porta les mains à sa tête en hurlant de douleur. Les Elfes resserrèrent leur cercle autour de Wellan qui fixait son adversaire avec courroux, puisant une étrange satisfaction dans sa souffrance.

– Wellan, relâche-le ! ordonna une voix derrière lui.

Le Chevalier Jasson mit pied à terre et se hâta auprès de son chef pour l'empêcher de commettre un acte qu'il regretterait amèrement.

– Les Chevaliers n'agressent pas les rois ! lui cria Jasson pour le tirer de cette transe malsaine.

Wellan se mit à trembler violemment. Il baissa la main et la lumière disparut, libérant Hamil que les siens entourèrent aussitôt. Le roi posa un regard compatissant sur celui qui avait bien failli le tuer. Jamais, dans toute l'histoire de son peuple, un humain n'avait eu autant d'emprise sur un Elfe. Ainsi, les Chevaliers d'Émeraude étaient aussi puissants qu'ils le prétendaient.

Des larmes abondantes coulaient sur les joues du géant vêtu de vert. Hamil sonda son cœur et l'image d'une belle reine mourant dans les bras d'un Chevalier lui apparut.

– Je suis sincèrement désolé, murmura-t-il.

En proie à un grand tourment, Wellan fit un pas vers lui, la main sur la garde de son épée, mais Jasson lui agrippa solidement le bras en soutenant son regard de glace.

– Wellan, non, fit-il en tentant de désamorcer sa colère.

Le grand Chevalier se dégagea et retourna à son cheval. Les Elfes s'écartèrent prestement sur son passage pendant que Jasson aidait le roi à se relever.

– Je vous prie d'accepter toutes les excuses de notre Ordre, Majesté, balbutia le jeune Chevalier, très mal à l'aise. Son cœur souffre terriblement et...

– Je sais, l'interrompit le roi. Allez vous occuper de lui.

Wellan était remonté en selle et s'éloignait déjà dans l'obscurité de la forêt. Jasson courut jusqu'à sa propre monture et sauta sur son dos avec la grâce d'un félin. Il suivit son chef, empruntant un sentier étroit qu'il avait peine à distinguer. Lorsqu'ils atteignirent une clairière en bordure de la rivière, Wellan lâcha les rênes et éclata en sanglots amers. Le grand Chevalier se recroquevilla sous l'intensité de la douleur et Jasson s'empressa à ses côtés. Il força son chef à descendre de cheval tout en sondant ses émotions. Incapable de tenir sur ses jambes, Wellan s'effondra à genoux.

– Heureux celui que l'amour d'une femme a touché à ce point..., murmura le plus jeune en l'enveloppant dans ses bras.

Wellan cacha son visage dans le cou de son compagnon et pleura. Les deux hommes ne s'entendaient pas toujours quant aux buts de l'Ordre ou au statut des Chevaliers, mais ils avaient grandi ensemble et ils avaient appris, sous l'égide d'Élund, à compter l'un sur l'autre. Jasson serra Wellan avec force et le laissa épancher sa peine. Lorsqu'il se fut calmé, le jeune Chevalier établit leur campement, recouvrit son frère d'armes d'une couverture et alluma un feu. Il s'occupa ensuite des chevaux et veilla sur le sommeil de son chef.

Au matin, Wellan se réveilla les yeux gonflés et la poitrine toujours oppressée. Jasson lui tendit du pain et des fruits séchés, qu'il repoussa, sans appétit. Il accepta toutefois du thé qu'il but lentement en réfléchissant à ses prochaines actions. Curieusement, il avait une fois de plus refermé son cœur, constata son compagnon. Peut-être ne l'ouvrirait-il plus jamais...

Jasson attendit patiemment qu'il reprenne contact avec le monde extérieur avant de lui parler. Il ne comprenait pas Wellan parce que ce dernier était un être beaucoup plus complexe que lui, un homme qui pouvait facilement passer de sa tête à son cœur et vice versa. S'il témoignait d'une profondeur qu'aucun autre Chevalier ne possédait, il exerçait bien peu de pouvoir sur sa colère. Mais n'avaient-ils pas tous une faiblesse à surmonter ?

– Nous rentrons au Château d'Émeraude, déclara finalement Wellan, sortant enfin de son mutisme.

Il se leva et alla seller son cheval. Jasson rassembla rapidement ses affaires, éteignit le feu et le rejoignit. Il s'occupa de son propre cheval en observant furtivement le visage tendu de son chef.

– Je vais bien, assura Wellan en serrant les sangles de la selle.

Il grimpa sur sa monture et inspira profondément, attendant que son jeune compagnon soit prêt à le suivre.

– Alors pourquoi me bloques-tu tes pensées, Wellan ?

– Parce que je ne veux pas que tu souffres toi aussi.

– Nous sommes tous frères, lui rappela Jasson. Nous avons prêté le serment de nous entraider et de nous soutenir quoi qu'il advienne.

– Il n'y a rien que tu puisses faire. Ce qui s'est passé à Shola exige que je fasse taire mon cœur sinon je détruirai toutes nos chances de ressusciter l'Ordre. Je m'en remettrai... avec le temps.

Sur ces mots, Wellan talonna son cheval et ils entreprirent le long trajet de retour à travers les Royaumes des Elfes et de Diamant. Jasson tenta plusieurs fois de distraire Wellan en lui parlant de tout et de rien, mais le grand Chevalier s'était retiré au plus profond de lui-même et il ne répondit à ses questions que par des hochements de tête.

Lorsqu'ils atteignirent enfin le Château d'Émeraude, tous les Chevaliers étaient rentrés sauf Bergeau. Ils vinrent au-devant de leurs deux compagnons et ils échangèrent des accolades fraternelles. Les soldats magiciens n'avaient jamais été séparés aussi longtemps et ils étaient heureux de se retrouver. Ce fut surtout Jasson qui leur parla, car Wellan était toujours sombre et silencieux. Il éluda leurs questions et se rendit aux bains pour être un peu seul.

La situation d'Enkidiev exigeait qu'il mette ses sentiments de côté et qu'il se concentre davantage sur leurs moyens de défense. Après ce qu'il avait vu à Shola, la négociation avec l'ennemi était hors de question. Ces bêtes sanguinaires devaient être bannies de leurs territoires ou anéanties à tout jamais et, pour y parvenir plus rapidement que leurs ancêtres, ils devaient se regrouper de façon intelligente.

Après avoir revêtu une tunique propre et noué ses cheveux sur sa nuque, Wellan alla raconter au roi ce qu'ils avaient vu à Shola. Il lui remit le cylindre doré qu'il n'avait pu livrer et lui annonça qu'il allait s'attaquer sans tarder à l'ébauche d'un plan de défense. Puis, il rejoignit ses compagnons dans leurs quartiers. Bergeau n'était toujours pas arrivé, mais tous les autres étaient assis autour de la table dans le hall et le regardaient approcher en silence. Ils avaient donc tous ressenti sa grande colère chez les Elfes.

Il prit place parmi eux et aperçut les jeunes visages des élèves entre les barreaux de la galerie. Les plus âgés commençaient à communiquer par le biais de leur esprit et à maîtriser la magie. Même s'il hésitait à prendre un enfant avec lui, des Écuyers pourraient sans doute leur être fort utiles.

– Nous n'avons vu l'ennemi nulle part, déclara alors Dempsey en le ramenant à la réalité.

– Les rois ont-ils accepté de vous écouter ? demanda Wellan en se tournant vers ses compagnons.

– Ils comprennent tous l'importance de se prémunir contre un ennemi aussi puissant, assura Chloé, mais apparemment pas tous de la même manière. Le Roi des Fées croit qu'il pourra soustraire son royaume à l'envahisseur grâce à ses pouvoirs. Il ne semble pas se rendre compte que les dragons pourraient y pénétrer par le nord et détruire les fleurs et les arbres qui rendent possible cette magie.

– Quant au Roi d'Argent, poursuivit Santo, son royaume est entouré d'une imposante muraille qui pourrait le protéger lors d'une attaque et il se dit prêt à accueillir les peuples voisins chez lui.

Wellan les écouta en silence en posant à tour de rôle ses yeux glacés sur celui qui parlait. Ils savaient qu'il emmagasinait ces informations pour les utiliser plus tard, à la façon d'un grand stratège militaire. Il se tourna vers Dempsey qui leur parla du courage et de la détermination des habitants du Royaume de Cristal. Bien dirigés, ces hommes pourraient faire toute la différence en cas de conflit armé. Il leur raconta aussi que ces champions de la résistance avaient réussi à tuer des dragons en les faisant tomber dans des trappes à gros gibier et en les brûlant. Les bêtes avaient également peur de l'eau, mais très peu s'étaient noyées dans les lacs et les rivières de leur pays.

Wellan demeura silencieux un long moment et ses compagnons attendirent qu'il veuille bien leur livrer ses pensées.

– Nous ne devons surtout pas perdre de temps, déclara-t-il finalement. L'ennemi a déjà frappé et il frappera encore. Il s'est assuré une porte de sortie en anéantissant Shola, alors il y a fort à parier qu'il mènera son invasion depuis le nord. Nous devrons nous rendre dans les Royaumes des Fées, de Diamant et d'Opale et leur apprendre à creuser ces pièges. Dempsey et Jasson, je veux que vous vous renseigniez à ce sujet. Tâchez de trouver des croquis dans la bibliothèque.

Les deux Chevaliers hochèrent vivement la tête pour montrer qu'ils acceptaient cette importante mission.

– Chloé, poursuivit Wellan sur son ton de commandement habituel, rejoins Élund ce soir quand il observera les étoiles. Je veux connaître les délais dont nous disposons pour sauver le continent.

– Compris, répondit-elle.

– Quant à vous deux, fit Wellan à Santo et Falcon, passez chez l'armurier et chez le dresseur de chevaux pour vous assurer que nous avons tout ce qu'il faut pour commencer à former des Écuyers.

Sur la galerie, les jeunes élèves étouffèrent un cri de joie qui arracha un sourire amusé à tous les Chevaliers sauf Wellan.

– Nous avons besoin de leur aide plus que jamais, ajouta celui-ci en levant les yeux vers les visages apparaissant entre les barreaux. J'irai donc m'enquérir auprès d'Élund de leurs progrès.

Il promena ensuite son regard bleu glacé sur ses compagnons d'armes qui ne semblaient pas vouloir s'opposer à sa décision.

– Nous avons très peu de temps pour les former au combat, je remets donc leur entraînement individuel entre vos mains.

Wellan n'était pas certain que le magicien accepterait de leur confier aussi facilement ses élèves, mais ils représentaient un atout supplémentaire sur lequel ils pourraient compter en cas de guerre.

Après un repas au cours duquel il n'avala presque rien, Wellan se dirigea vers la tour du magicien. Il ressentit l'agitation des enfants derrière les murs de pierre. Sans doute Élund était-il déjà au courant de ses projets... Lorsqu'il arriva devant sa porte, elle s'ouvrit d'elle-même et il entra pour trouver le magicien seul, assis sur sa chaise favorite. Un air de reproche assombrissait son visage et lorsque le Chevalier voulut percer ses pensées, il se heurta à un mur.

– Je t'ai pourtant demandé de ne jamais faire ça, reprocha Élund.

– Je suis désolé, c'est devenu une habitude, s'excusa Wellan.

Il s'arrêta devant le magicien et attendit qu'il parle le premier en le regardant droit dans les yeux.

– Dès les premiers jours qui ont suivi ton arrivée au Château d'Émeraude, j'ai su que tu nous donnerais du fil à retordre, soupira Élund. Tu n'es pas né pour servir mais pour gouverner. Peut-être avons-nous commis une erreur en t'arrachant à ton royaume. Mais nous savions que nos Chevaliers auraient besoin d'une main de fer pour les diriger. Par contre, j'étais loin d'imaginer que tu pousserais l'audace jusqu'à vouloir changer les règles de l'Ordre.

– Vous nous avez déjà dit que l'observance trop stricte d'un code avait mené un royaume d'antan à sa perte, répliqua calmement le Chevalier.

Un léger sourire flotta sur les lèvres du magicien. Ce beau jeune homme, grand, musclé et intelligent avait toujours eu une excellente mémoire.

– Nous faisons face à un ennemi terrible qui a anéanti toute la population de Shola en une seule nuit, maître Élund, poursuivit Wellan. Nous ne vivons plus dans un temps de paix où nous pouvons nous permettre de laisser les choses suivre librement leur cours. Nous avons besoin d'Écuyers pour nous seconder. Lorsque je dois recourir à un autre Chevalier pour porter un message à un roi, je gaspille son talent.

– Je ne crois pas que ce soit une meilleure idée de laisser un enfant se balader tout seul sur un territoire dangereux, Wellan.

– À moins que vous ayez changé vos méthodes d'enseignement, ils savent très bien passer inaperçus et distraire l'attention de possibles guetteurs. Ce ne sont pas des enfants comme les autres, vous êtes bien placé pour le savoir. Et nous en avons besoin de centaines comme eux. Il faudra accélérer le processus d'instruction et en admettre beaucoup plus à partir de maintenant.

– Tu veux aussi prendre les décisions en ce qui concerne mon enseignement ? cingla Élund en arquant un sourcil.

– S'il le faut. Malgré tout le respect que je vous dois, maître, notre code de chevalerie prévoit qu'en cas d'extrême urgence, un Chevalier peut le faire.

Pendant un long moment, le magicien fixa son élève le plus brillant et Wellan soutint fièrement son regard comme il le lui avait enseigné. En réalité, Élund n'avait pas le choix. L'approche des dragons rendait tous ces changements nécessaires et, même s'il n'aimait pas être bousculé, Élund serait obligé de se séparer de ses plus anciens élèves et de recruter un plus grand nombre d'enfants surdoués.

– Et ce serait une bonne idée de les prendre plus vieux et de condenser leurs cours afin qu'ils entrent au service des Chevaliers plus rapidement.

Piqué au vif, le magicien se leva. L'espace d'un court instant, Wellan crut qu'il allait le changer en couleuvre, mais Élund se reprit rapidement.

– La magie ne s'apprend pas en quelques jours, Chevalier.

Wellan ne répliqua pas. C'était parfaitement inutile.

– J'ai sept élèves de dix ans qui pourraient peut-être commencer à servir l'Ordre activement, cinq garçons et deux filles. Mais parmi les Chevaliers, il y a six hommes et une femme. Est-il prudent de remettre l'éducation guerrière d'une de ces jeunes filles entre les mains d'un homme de votre âge ?

– Dans ce cas, je la prendrai avec moi. Je comprends que la relation entre un Chevalier et son Écuyer en est une de maître à élève. Et je n'éprouve aucune attirance pour les fillettes de dix ans.

– En effet, tu réserves les élans de ton cœur aux reines inaccessibles.

Les épaules de Wellan s'affaissèrent comme si le magicien avait enfoncé un pieu dans sa poitrine. Élund l'avait vu frémir, mais cette mise au point s'imposait, car il ne voulait surtout pas confier les rênes de l'Ordre aux mains d'un homme qui ne dominait pas ses impulsions.

– J'ai ressenti ta colère, Wellan.

Le grand Chevalier baissa la tête, indiquant qu'il reconnaissait sa faute. Élund marcha lentement jusqu'à lui.

– Je ne comprends pas mon propre cœur en ce qui concerne la Reine de Shola, avoua Wellan, mais je suis persuadé qu'elle a été victime d'une grande injustice et...

– Tu as cru pouvoir changer son destin ?

– Oui, affirma-t-il durement en relevant la tête.

La colère recommençait à s'emparer de son cœur. Était-ce une attitude à craindre chez un chef ? Ou bien cette fureur allait-elle lui permettre de regarder les dragons et leurs maîtres en face lorsqu'ils les attaqueraient ?

– Tu me caches une terrible vérité, mon enfant, asséna le magicien comme s'il avait décidé d'achever le Chevalier.

Wellan aurait voulu se réfugier dans sa chambre, car il savait qu'Élund était suffisamment puissant pour lui arracher son secret sans son consentement.

– J'ai promis à la Reine de Shola de garder le silence, lâcha-t-il finalement.

– Si tu veux que je change ma façon d'enseigner, il va falloir que tu fasses aussi des compromis, Wellan.

Il hésita, revoyant dans son esprit le beau visage de la reine et ses lèvres qui l'imploraient de ne pas trahir son secret.

– Tu sais que je peux extraire moi-même cette information de ton cœur et que cela risque d'être extrêmement souffrant, le menaça le magicien.

– Mais cette vérité est si dangereuse, maître Élund, protesta le Chevalier, lié par son serment.

– Alors elle restera entre toi et moi.

Wellan inspira profondément, se résignant à rompre sa promesse, et espéra que l'esprit de la reine ne lui en garderait pas rancune.

– Kira n'est pas la fille du Roi Shill, murmura Wellan en baissant les yeux sur les carreaux.

Le magicien haussa les sourcils de surprise, car l'adultère était peu fréquent sur Enkidiev, surtout dans les familles royales. Wellan sentit sa gorge se serrer en entendant l'écho des paroles de Fan dans sa mémoire.

– Elle est la fille de l'Empereur Noir, poursuivit le Chevalier d'une voix étranglée. C'est en voulant la reprendre qu'il a rasé Shola.

– Je savais qu'elle était un démon ! s'exclama Élund, presque triomphant. Je me demande si un enfant mauve était également à la source de la première invasion. Je n'ai pourtant jamais rien lu à ce sujet.

Wellan fouilla rapidement sa mémoire. Il avait parcouru tous les récits des nombreuses batailles du passé, mais il n'avait jamais trouvé la raison de ces invasions. Y avait-il déjà eu un autre être aussi étrange que Kira de Shola ? Avait-il survécu ? Wellan se rappela soudain l'existence de très vieux documents empilés dans une armoire de la bibliothèque. Il les avait rapidement consultés quelques années auparavant sans y prêter beaucoup d'attention, car ils étaient surtout constitués de lettres échangées entre les monarques de l'époque. Son intuition lui recommandait d'y jeter maintenant un coup d'œil plus sérieux.

– La présence de cette enfant dans ces murs met l'existence des Chevaliers d'Émeraude en péril, déclara-t-il en se tournant vers Élund pour étudier sa réaction. Désirons-nous vraiment que cet empereur dévaste tout le continent pour la retrouver ? Le peuple n'a-t-il pas assez souffert ?

– Que devrions-nous faire de la petite alors ? La remettre à son père ?

– Pourquoi pas ?

Élund attendit patiemment que le Chevalier poursuive son raisonnement. Il sentait un tourbillon d'émotions dans son cœur et il voulait qu'il les démêle lui-même. Il était primordial que Wellan, personnage-clé dans la défense du continent, apprenne à maîtriser sa colère. C'était là sa plus grande faiblesse.

– Si cette offrande pouvait sauver des milliers de vies..., murmura Wellan, songeur.

– Est-ce là le vœu de la Reine de Shola ?

Un autre pieu dans son cœur. Il sentit ses genoux fléchir en se souvenant qu'elle lui avait demandé de veiller sur sa fille, pas de la livrer à son père naturel.

– Elle te l'a confiée, n'est-ce pas, Wellan ?

– Elle m'a fait promettre de la protéger, avoua-t-il d'une voix étranglée. Mais puisque le sort de tout un continent est en jeu, dois-je tenir cette promesse ?

– Je croyais t'avoir enseigné l'importance pour un Chevalier d'Émeraude de ne jamais donner sa parole à la légère.

– Pourtant, vous venez de m'obliger à briser ma promesse faite à la reine, lui reprocha le grand chef.

– Ce n'est pas la même chose. Je suis le magicien d'Émeraude, le point central de notre Ordre. C'est à moi que les Chevaliers doivent se confier lorsque leur cœur est trop lourd, mais on dirait que tu aimes souffrir en silence, Wellan.

– C'est faux, se défendit-il sur un ton âpre.

Ne désirant pas être sondé, Wellan tourna les talons en direction de la porte restée ouverte. Elle claqua sèchement sous son nez, l'empêchant de quitter la tour, et il dut s'immobiliser, le dos tourné à Élund.

– Je vous ai pourtant enseigné la courtoisie, fit le magicien.

– Je ne veux pas que vous regardiez ce qui se passe en moi, murmura le Chevalier.

– Pourquoi, Wellan ?

L'ancien élève se mit à trembler, cherchant désespérément à maîtriser le flot d'émotions qui le submergeait. Élund marcha jusqu'à lui et posa une main affectueuse sur son épaule.

– L'amour n'est pas une émotion néfaste, assura-t-il. Il allège le cœur, fait naître des poèmes sur les lèvres d'un homme et le pousse à chérir une seule femme pour l'éternité.

– L'amour que je ressens est interdit, soupira Wellan, qui continuait de se débattre dans un océan de sentiments contradictoires.

– Le cœur ne perçoit pas les choses de la même façon que la tête, Wellan. Avant de poser les yeux sur la Reine de Shola, tu regardais le monde avec ton intellect. Ce sont les renseignements que te transmet maintenant ton cœur que tu as du mal à interpréter. Mais tu apprendras. Tu es encore jeune et tu connaîtras l'amour de nouveau.

– Jamais ! affirma le grand Chevalier.

– Demain matin, rassemble tes compagnons dans la grande cour du château, je vous assignerai des Écuyers, fit Élund pour changer de sujet. Je crois bien que cette expérience te forcera à écouter davantage ton cœur, car les enfants agissent très peu en fonction de leur raison. Il te faudra cultiver la confiance, la patience, la compassion et le pardon. Ce sera très bon pour toi.

Sur ce, la porte s'ouvrit et Wellan fonça dans le couloir. Il avait envie d'un coin tranquille où personne n'essaierait de le forcer à admettre sa faiblesse humaine. Il était un meneur d'hommes et il devrait maîtriser ces soudaines poussées d'émotions sinon la guerre était perdue d'avance.

Il se rappela alors l'armoire de la bibliothèque. Il tourna les talons et emprunta un corridor perpendiculaire qui conduisait à la grande pièce remplie de savoir.

En franchissant la porte, il aperçut Dempsey et Jasson qui déroulaient des parchemins sur une grande table, à la recherche des plans des trappes à gibier, et ne les dérangea pas. Il progressa plutôt en silence jusqu'au fond de la pièce où se dressait l'armoire en question. Il alluma magiquement les chandelles sur la table et s'empara des documents qui se trouvaient sur les premières tablettes. Il les lut un à un, reconstituant mentalement les événements qui s'étaient produits plusieurs centaines d'années auparavant. Il passa toute la nuit assis à cette table à parcourir des textes qui traduisaient surtout l'angoisse des monarques face à l'invasion d'un ennemi qui ne parlait aucune langue connue et qui tuait même ceux qui capitulaient.

Puis, sous une pile de parchemins, il dénicha une missive fort différente. Dès les premières lignes, il sut qu'il avait trouvé ce qu'il cherchait. Le Roi de Zénor suppliait le Roi d'Émeraude de lui remettre le garçon à la peau violacée qui, selon lui, était à la source de ce massacre inutile. Un autre enfant comme Kira... Ce n'était donc pas la première fois que l'Empereur Noir tentait de concevoir un fils mi-humain mi-insecte qui assurerait l'étendue de son pouvoir sur un nouveau territoire. Qu'était-il arrivé à cet héritier impérial ? Encouragé par sa découverte, Wellan retira tous les autres documents de l'armoire et les empila devant lui. Il les éplucha systématiquement un par un et ne découvrit l'information manquante que peu avant l'aube.

Devant l'ampleur de la tuerie, le Roi d'Émeraude avait lui-même amené le petit garçon sur le lieu des combats puis l'avait conduit sur une colline où tous pouvaient le voir. Les hommes-insectes avaient baissé leurs armes pour se tourner vers l'enfant. Le roi l'avait alors immolé sous leurs yeux globuleux, geste qui avait semé une panique instantanée dans leurs rangs. Ils s'étaient aussitôt précipités vers la mer en rasant tout sur leur passage.

Wellan s'adossa contre le mur en se demandant pourquoi on avait tu cette histoire aux générations subséquentes. Le sacrifice d'un enfant qui mettait en danger la vie de tout un continent avait-il été si mal perçu par le peuple que les rois avaient décidé de l'effacer de leur mémoire ? Pourquoi ces documents avaient-ils été enfermés dans cette armoire et aucun des élèves encouragé à les étudier ? Le Chevalier demeura un long moment à réfléchir à leur implication. S'ils étaient rendu publics maintenant, que se passerait-il ? Et s'il révélait le sort réservé autrefois à ce petit garçon mauve, ne trahirait-il pas la promesse qu'il avait faite à Fan de Shola de protéger sa fille, conçue elle aussi par l'ennemi ?

14

UN SPECTRE DANS LA NUIT

Dans son berceau de bois, Kira dormait à poings fermés, entourée de ses jouets préférés, lorsqu'un grand froid envahit sa chambre. Sa peau mauve frissonna et elle se réveilla. Elle chercha à tâtons la couverture qu'elle avait repoussée dans une phase de sommeil plus agitée, puis elle ressentit une présence familière. Elle s'immobilisa et se mit à l'écoute de tous ses jeunes sens.

– Mama ? murmura-t-elle en sentant une grande joie naître en elle.

La chambre fut alors envahie d'une éclatante lumière blanche et une forme humaine se matérialisa près du ber. Étonnée, Kira se leva. Personne ne s'était encore jamais présenté à elle de cette façon, mais elle n'avait pas peur. La silhouette devint de plus en plus dense et l'enfant reconnut les traits de sa mère. Le corps de Fan se solidifia et ses beaux yeux argentés se posèrent avec tendresse sur l'étrange créature qu'elle avait mise au monde. Elle caressa les cheveux violets de l'enfant qui lui tendait les bras en trépignant. La reine la souleva doucement et la serra contre elle avec bonheur.

– *Je suis contente que tu sois saine et sauve, mon bel amour.*

Kira se blottit comme un petit chat dans son cou, mais elle ne trouva aucune chaleur dans les bras de sa mère. Fan frotta gentiment le bout de son nez contre l'oreille pointue de sa fille et la petite se mit à ronronner de contentement.

– *Je ne pourrai pas rester longtemps, Kira,* fit la douce voix de la reine à son oreille. *Je veux que tu écoutes ce que je vais te dire.*

Elle embrassa la fillette sur le front et la déposa sur sa couche. Kira commença par résister, puis obtempéra en interceptant le regard sérieux de sa mère. Fan continua de caresser sa tête violette tout en lui parlant.

– *Je dois repartir là où je vis désormais, Kira, et tu devras rester ici avec le roi et le magicien.*

– Non..., geignit l'enfant. Kira avec mama...

– *Le temps n'est pas encore venu pour toi de me rejoindre, mon enfant. Tu as une longue vie devant toi et tellement de grandes choses à accomplir. Là où je suis, je peux voir tout ce que tu fais, aussi je veux que tu me rendes fière de toi.*

Misérable, la fillette baissa la tête, mais la reine la lui releva d'une légère pression du doigt sous le menton et planta son regard dans le sien.

– *Je veux que tu te comportes dignement avec tes gardiens, Kira, surtout avec Wellan. C'est le Chevalier le plus valeureux que ce royaume ait jamais connu. Il m'a promis de veiller sur toi. Accorde-lui ta confiance et aucun mal ne te sera fait.*

Sentant que Fan était sur le point de partir, la petite se mit à pleurnicher, mais la reine la réprimanda de sa voix mélodieuse.

– *Ce comportement n'est pas celui d'une princesse, Kira de Shola. Je veux que tu te montres brave et que tu ne pleures plus. Apprends tout ce qu'on voudra bien t'enseigner et accepte ton destin. Tu comprends ce que je te demande ?*

La fillette hocha doucement la tête. Fan promit de lui rendre visite aussi souvent qu'elle le pourrait, puis elle l'embrassa sur le front. Elle recula de quelques pas et son corps disparut sous les yeux étonnés de l'enfant. L'obscurité retomba de nouveau sur la pièce et Kira s'assit dans son berceau. Elle avait envie de pleurer, mais sa mère lui avait demandé de ne plus le faire. Luttant contre ses larmes, elle agrippa sa petite poupée qu'elle serra contre sa poitrine comme la reine venait de le faire avec elle.

✧　✧
✧

Dans la bibliothèque du château, Wellan était assis devant une table jonchée de documents anciens, le dos appuyé contre le mur, à réfléchir à tout ce qu'il venait d'assimiler. Il soupira et rangea les parchemins dans l'armoire qu'il referma pour effacer toute trace de son passage. Il souffla ce qui restait des chandelles et quitta la pièce. Le château baignait dans la lueur grisâtre qui précède le lever du soleil.

Grâce à sa lecture des dernières heures, Wellan avait compris qu'il avait le pouvoir d'étouffer cette guerre avant même qu'elle n'éclate. Il se rendit donc dans les appartements du roi et pénétra en silence dans la chambre qu'Émeraude Ier avait donnée à sa jeune pupille. Il n'avait pas son épée sur lui, mais son poignard pendait à sa ceinture. Il s'approcha du berceau et entendit le rire cristallin de la fillette qui faisait voler des jouets au-dessus d'elle. Comment pouvait-elle ainsi manipuler ces objets alors qu'elle n'était qu'un bébé et qu'elle n'avait suivi aucun entraînement magique ? Était-ce en raison de sa puissance que son père voulait la reprendre ?

Kira aperçut le Chevalier immobile au pied de son lit et les jouets retombèrent sur les couvertures. Un sourire apparut sur son maigre visage mauve, découvrant ses dents pointues. Elle sauta prestement sur ses pieds et se dandina jusqu'à lui.

– Wellan !

Mais le Chevalier ne manifestait aucun plaisir à se trouver ainsi devant elle, sachant ce qu'il allait lui faire. La fillette reconnut alors la chaînette qu'il portait et pointa un petit doigt griffu vers son cou.

– Mama...

Wellan se rappela soudain qu'il portait toujours le bijou que lui avait donné Fan et il serra doucement le pendentif entre son pouce et son index, rempli de honte à l'idée de la trahison qu'il s'apprêtait à commettre. Mais Fan de Shola faisait partie de la caste des dirigeants du continent. Elle comprendrait sûrement, si elle apprenait son geste dans l'au-delà, qu'il était contraint de tuer son enfant. Il devait à tout prix débarrasser le monde de ce monstre en puissance, même s'il passait le reste de sa vie au cachot à expier son crime. Il lui suffisait d'exécuter l'enfant et d'aller déposer sa dépouille sur la plage glacée de Shola, où les hommes-insectes la trouveraient et la ramèneraient à l'Empereur Noir.

Tandis que la fillette, fascinée, fixait le bijou de ses étranges yeux violets, Wellan replia le bras et retira doucement le poignard de sa gaine. Il ne voulait surtout pas que Kira voie l'arme et alerte le château. Il referma les doigts sur le manche de nacre et ramena sa main dans le dos de l'enfant. Mais, le prenant de vitesse, Kira pivota sur elle-même et l'agrippa par le poignet.

– Mama dit ? demanda-t-elle en levant une fois de plus son regard animal sur lui.

Wellan était si surpris par la célérité de son geste qu'il ne répondit pas, se contentant de la fixer avec étonnement. Kira rapprocha alors la lame effilée de sa poitrine comme si elle avait voulu la planter elle-même dans son cœur.

– Mama dit ? répéta-t-elle en sondant le Chevalier.

En sentant l'esprit de la petite s'insinuer dans le sien, Wellan se détacha d'elle brutalement et recula de quelques pas. Un horrible sentiment de culpabilité s'empara de lui.

– Mama dit ? s'impatienta Kira devant son silence.

– Non... Non, bredouilla Wellan, la gorge serrée, elle ne m'a jamais demandé ça...

Il recula encore de quelques pas, tourna les talons et quitta la pièce à la hâte. Kira cria son nom, en vain. Wellan traversa le château en courant jusqu'à sa chambre. Il lança le poignard sur le sol et se jeta sur son lit en sanglotant. Dans sa lâcheté, il avait condamné à mort tout un continent.

Une main se posa sur son épaule et il se retourna vivement, prêt à combattre. Fan de Shola se tenait devant lui, rayonnant d'une étrange lumière dorée. « Un fantôme », pensa-t-il.

– *Je vous en prie, ne pleurez pas*, fit-elle d'une voix très douce.

– J'ai failli tuer votre fille, répliqua le Chevalier, la voix étranglée, et vous me consolez ?

– *Je savais que vous ne pourriez pas le faire. Au fond de vous, vous comprenez l'importance de Kira dans la suite des événements.*

– Non... Non, je ne comprends rien du tout...

La reine se solidifia et sa lumière intérieure disparut. Elle prit place au bord de la couchette en posant ses grands yeux argentés sur le Chevalier. D'une main aimante, elle sécha les larmes de cet homme qui alliait une volonté de fer à un cœur infiniment sensible.

– Mais c'est impossible, fit Wellan qui avait ressenti cet effleurement. Je vous ai déposée moi-même dans un tombeau de pierre. Vous ne pouvez pas être ici... Vous ne pouvez exister que dans mes rêves...

Elle effleura ses lèvres de ses doigts pour le faire taire et détailla ses traits, comme si elle le voyait pour la première fois.

– *Ce n'est pas un rêve*, assura-t-elle.

Il cueillit ses doigts et les serra tendrement dans sa main. Ils étaient froids, mais bien réels. Comment cela était-il possible ? Pris de panique, il fouilla tous les recoins de sa mémoire en quête d'une explication.

– Il n'y a que les maîtres magiciens et les Immortels qui peuvent franchir à volonté la frontière entre le monde des morts et celui des vivants, murmura-t-il finalement.

Un aimable sourire se dessina sur le beau visage de Fan. Wellan avait donc sous-estimé les pouvoirs de la Reine de Shola.

– *Mon père était un Immortel*, déclara-t-elle. *Et comme notre royaume a été ignoré par le reste du continent, plutôt que d'apprendre les usages de la cour, j'ai étudié la magie. Il n'y avait rien d'autre à faire à Shola.*

– Voilà pourquoi la petite est si douée, comprit le Chevalier.

– *Kira a le potentiel de devenir une grande magicienne elle aussi, si elle est bien guidée. C'est pour cette raison que je l'ai cachée au Royaume d'Émeraude. Si votre mage ne veut pas s'occuper d'elle, je la confierai au Magicien de Cristal. Je vous en prie, Wellan, donnez-lui la chance de vous montrer ce qu'elle peut faire.*

– Mais l'Empereur Noir va chercher à la reprendre.

– *Et elle vous en débarrassera une fois pour toutes*, assura la reine.

– Mais ce n'est qu'un bébé ! Et l'ennemi frappe déjà à notre porte.

– *N'oubliez pas que l'Empereur Noir n'est pas humain. Son cerveau ne fonctionne pas aussi rapidement que le nôtre et la notion de temps lui échappe totalement. Lorsqu'il aura enfin compris pourquoi sa fille ne se trouvait pas à Shola, il organisera une nouvelle expédition, ce qui pourrait prendre des mois, voire des années. Ainsi, Kira aura le temps de grandir et de développer ses pouvoirs.*

– Qu'en est-il de nous ? Attendrons-nous, comme des agneaux, que le loup attaque la bergerie ?

– *Non, Wellan. De par ma position avantageuse, je peux vous tenir au courant de ses déplacements. Vous ne serez pas pris au dépourvu.*

– Vous reviendrez donc vers moi ? fit-il, plein d'espoir.

– *Aussi souvent que je le pourrai.*

Avant qu'il puisse répliquer, Fan se pencha sur lui et déposa un baiser sur ses lèvres. Wellan crut que le temps lui-même s'était arrêté. Le contact de cette femme merveilleuse fit naître en lui des sentiments qu'il avait cru perdus à jamais. Fan détacha ses lèvres des siennes et ils se contemplèrent un long moment. Comment pouvait-il résister à un visage aussi parfait, à la femme qui avait réussi à faire fondre la prison de glace dans laquelle son cœur avait été enfermé toute sa vie ? Il oublia même qu'elle n'appartenait plus à son monde.

– Je vous aime, souffla-t-il. Je vous aime depuis la première fois où j'ai posé les yeux sur vous.

Il embrassa la main froide qu'il tenait toujours dans la sienne et des larmes de joie se mirent à rouler sur ses joues. Un Chevalier d'Émeraude avait-il le droit d'être amoureux d'un maître magicien, mort de surcroît ? Fan frotta doucement son nez sur son oreille, éveillant un tourbillon de sensations délicieuses dans tout son corps.

– J'aurais voulu vous connaître avant que vous unissiez votre vie à celle du Roi Shill, chuchota-t-il dans ses longs cheveux argentés.

– *Notre destin aurait été encore plus tragique, Wellan,* répliqua-t-elle en l'embrassant dans le cou.

Il referma les bras sur elle, même s'il craignait qu'elle ne s'évapore, mais il frôla l'étoffe soyeuse de sa robe blanche et sut qu'elle était bien réelle. Les baisers de Fan devinrent de plus en plus insistants et le Chevalier cessa de se torturer. Il les lui rendit avec une ardeur dont il ne se serait pas cru capable. Enivré, ses sens en ébullition, il fit l'amour à un fantôme sans même se soucier des éventuelles conséquences de sa passion.

Lorsque Fan disparut, il ne subsistait plus aucun doute dans l'esprit de Wellan : jamais il ne pourrait aimer une autre femme. Son cœur appartenait à la défunte Reine de Shola.

15

De précieux collaborateurs

Dès que les premiers rayons du soleil s'infiltrèrent dans sa chambre, Wellan enfila sa tunique verte et se rendit dans le hall des Chevaliers. En le voyant arriver, les serviteurs s'empressèrent de lui donner du pain chaud, du fromage, des fruits et de l'eau. Incapable de chasser le visage de Fan de ses pensées, il rompit le pain et le mâcha distraitement en fixant le vide. Pourquoi la reine s'était-elle ainsi donnée à lui ? Parce qu'elle partageait ses sentiments ou parce qu'elle voulait s'assurer qu'il protégerait sa fille ? La raison de sa visite importait-elle vraiment ?

Une porte claqua durement contre un mur et fit sursauter Wellan. Il porta la main à sa ceinture et constata qu'il n'était pas armé. Il repoussa doucement sa chaise, écoutant des pas pressés résonner sur les pierres du plancher, des pas venant vers lui. Bergeau déboula dans le hall et tous les muscles de Wellan se détendirent.

Le Chevalier retardataire marcha jusqu'à son chef et lui serra les avant-bras avec affection. Il attira Wellan contre lui et lui asséna de grandes tapes amicales dans le dos. Il s'assit ensuite près de lui et se mit à manger avec appétit. Il avait dû chevaucher sans arrêt pour rejoindre ses compagnons le plus rapidement possible. Wellan le laissa donc avaler la moitié de ce qui se trouvait devant lui puis le questionna sur sa mission.

– J'ai vu un dragon ! s'exclama Bergeau en frappant du poing sur la table.

Wellan arrêta de respirer un instant, craignant que l'invasion des hommes-insectes se soit déjà produite. Mais son frère d'armes le rassura aussitôt en lui expliquant qu'il s'agissait d'un squelette reconstitué par le Roi de Zénor.

– Ce peuple a beaucoup souffert, Wellan. Non seulement les dragons ont tué une grande partie de la population et presque tout détruit sur leur passage, mais ils ont instauré une terrible peur qui subsiste depuis des centaines d'années.

– Je connais l'histoire de Zénor, le coupa brusquement Wellan. Parle-moi plutôt de ce dragon...

Bergeau ne se fit pas prier deux fois et se lança dans une description détaillée.

– C'est une bête gigantesque. Son cou s'apparente à celui d'un serpent et on ne peut pas lui trancher la gorge à partir du sol. Mais le dragon, lui, en tendant son cou droit devant lui, pourrait infliger des blessures mortelles à nos chevaux avant même que nous ayons pu nous en approcher.

– Ainsi, c'est le Royaume de Cristal qui propose la meilleure solution.

Il expliqua à son compagnon comment le peuple de Cristal avait réussi à tuer un grand nombre de ces monstres en creusant des pièges et en les y brûlant vifs.

– Je pense moi aussi que c'est la seule façon de les abattre, acquiesça Bergeau, mais il va falloir creuser des fosses très profondes, parce que ces bêtes ont de puissantes griffes qu'elles pourraient utiliser pour en ressortir.

– Et encore faut-il que ces créatures soient les mêmes que celles qui ont attaqué Shola, soupira Wellan. Ce pourrait tout aussi bien être une nouvelle race de dragon.

– Tant qu'ils ne sont pas pourvus d'ailes, on peut les capturer dans des trappes à gibier, assura Bergeau. Mais où as-tu l'intention de les faire creuser ?

– À la frontière des Royaumes des Fées, de Diamant et d'Opale. Nous irons prévenir leurs rois du danger pour qu'ils se mettent rapidement à l'ouvrage. Et, dès aujourd'hui, nous pourrons compter sur le soutien de nos premiers Écuyers. Élund a accepté de remettre entre nos mains ses élèves les plus âgés. Ils n'ont pas encore appris à manier les armes, mais ils maîtrisent bien leurs pouvoirs magiques.

La nouvelle plut énormément à Bergeau qui voyait ainsi leur nombre et, très sûrement, leur efficacité augmenter. Il continua de manger avec appétit, puis remarqua que Wellan ne touchait pas à la nourriture appétissante. Il posa une main amicale sur le bras de son chef et ressentit les émotions étranges qui l'habitaient.

– C'est encore ta reine, vrai ? fit le Chevalier sans détour.

– Oui, avoua Wellan en soupirant. Les choses se sont compliquées depuis ton départ pour Zénor, mon frère.

– Tu peux tout me dire, je n'en parlerai à personne, assura Bergeau le plus sincèrement du monde.

Un sourire amusé joua brièvement sur les lèvres de Wellan qui savait que, de tous ses compagnons, cet enfant du Désert était précisément celui qui risquait de vendre la mèche.

– De toute façon, les autres finiront bien par le lire en moi, se résigna le grand chef en faisant sauter une pomme dans sa main.

– Lire quoi ? demanda Jasson qui venait d'entrer dans le grand hall suivi des autres Chevaliers.

Wellan les regarda s'installer autour de la grande table et leva les yeux sur la galerie, soulagé de constater qu'elle était toujours déserte. Il voulait bien confier son secret à ses frères, mais pas nécessairement aux jeunes oreilles des élèves d'Élund.

– Alors, tu vas nous laisser percer nous-mêmes ton secret ? se moqua Falcon.

– Jamais de la vie ! riposta Wellan en haussant des sourcils cyniques. Je ne survivrais jamais à une attaque aussi massive...

– Eh bien, parle ! insista Santo.

– Je veux d'abord vous dire qu'Élund nous assignera nos premiers Écuyers ce matin, fit Wellan en installant une barrière invisible autour de lui.

– Non, ce n'est pas ça ton secret, insista Jasson, tenace.

– Il semble aussi que la Reine de Shola était un maître magicien, déclara le grand Chevalier avec une timidité qui ne lui était pas coutumière.

– Ça ne l'a pourtant pas empêchée de se faire tuer comme tous les autres Sholiens, lança Bergeau sans aucun tact.

– Si tu te souvenais de tes leçons, mon frère, répliqua Dempsey, tu saurais que les maîtres magiciens ne connaissent pas la mort. Ils peuvent circuler à loisir entre notre monde et celui des morts.

Croyant enfin comprendre comment leur chef avait appris cette vérité, les Chevaliers se tournèrent d'un bloc vers Wellan, d'autres questions se bousculant sur leurs lèvres.

– Elle m'a rendu visite la nuit dernière, avoua-t-il avec une certaine gêne.

Pour la première fois depuis qu'ils vivaient ensemble, ses frères d'armes le virent rougir et Jasson fut le premier à deviner pourquoi.

– Tu as fait l'amour à un fantôme ? se réjouit-il dans un large sourire.

– Elle n'est pas vraiment un fantôme, se défendit maladroitement Wellan.

– Tu l'as fait ?

Jamais Wellan n'aurait cru que ces hommes avec qui il avait grandi puissent un jour l'intimider autant. Plutôt que de s'exposer à leurs plaisanteries et à leur indélicatesse, il se leva brusquement et se dirigea vers la sortie du grand hall.

Chloé bondit derrière lui et coupa sa retraite. Wellan posa un regard infiniment malheureux sur elle, mais ne chercha pas à l'écarter de sa route.

– Je me moque de ce que vous avez fait tous les deux, Wellan, assura la jeune femme. Dis-moi seulement pourquoi elle a choisi de venir à toi depuis l'au-delà.

– Elle veut s'assurer que nous protégeons sa fille, murmura le grand Chevalier qui ne pouvait lui révéler toute la vérité.

– J'espère que tu lui as dit que c'était notre devoir.

Wellan hocha doucement la tête et referma suffisamment son cœur afin qu'elle ne cède pas à la tentation de le sonder.

– Elle m'a aussi dit qu'elle nous tiendrait au courant des déplacements de l'ennemi.

– Voilà une excellente nouvelle.

– En effet, approuva le grand Chevalier, distrait, ne pensant qu'à l'instant où il pourrait de nouveau tenir Fan dans ses bras.

– À propos de ce que tu m'as demandé hier, j'ai rencontré Élund au moment où il consultait les astres. L'ennemi reviendra d'ici quelques semaines. Nous disposons donc de très peu de temps pour organiser notre défense.

– C'est ce que je craignais.

Chloé voulut le ramener parmi ses compagnons, mais il s'excusa, prétextant qu'il devait se préparer à rencontrer son futur Écuyer, et il leur demanda d'en faire autant. Chloé n'insista pas et retourna s'asseoir avec les garçons qui discutaient de l'expérience étrange vécue par leur chef.

– Décidément, il ne fait rien comme tout le monde ! s'exclama Jasson en croquant dans un fruit.

– Vous ne devriez pas vous moquer d'un aussi grand amour, leur reprocha Chloé.

– On ne se moque pas de lui, la détrompa Bergeau. Au contraire, on pense qu'il a une sacrée veine ! Tu connais beaucoup d'hommes qui ont eu la chance de faire l'amour à un fantôme ?

– À un maître magicien, le corrigea-t-elle.

– Bergeau a raison, l'appuya Falcon. Il n'y a qu'un grand Chevalier comme Wellan qui puisse se trouver mêlé à des événements aussi invraisemblables.

– Et si vous voulez mon avis, ajouta Dempsey, il n'a pas fini de nous étonner.

– Profitez-en pour vider la question, les avertit leur sœur d'armes, parce que ce n'est pas un sujet dont nous devrons discuter devant nos apprentis.

Ils ne revirent Wellan que dans la grande cour où le magicien avait préparé en vitesse la cérémonie d'attribution des apprentis. Cela ne lui plaisait guère, mais Wellan avait raison : l'imminence de la guerre le pressait de les mettre au service de l'Ordre. Il avait donc soigneusement étudié les forces et les faiblesses de chaque enfant et de chaque Chevalier afin de bien les apparier.

Le tailleur, l'armurier et le dresseur de chevaux avaient eux aussi rassemblé tout ce dont les Écuyers auraient besoin : un bon cheval, une épée, un poignard, une nouvelle tunique et une ceinture de cuir vert sertie de pierres précieuses qui les identifieraient comme étant des Écuyers d'Émeraude. Replié sur lui-même, Wellan regarda défiler tout ce beau monde, effaré de constater que les enfants étaient encore plus jeunes qu'il le pensait. Mais, après tout, ils étaient entrés dans l'Ordre pour servir le bien commun, pas pour grandir comme des enfants normaux.

Sous le regard satisfait du Roi d'Émeraude, Élund commença à répartir les apprentis. Wimme, un beau garçon à la peau brune et aux yeux bleus, fut confié à Falcon. Avec beaucoup de révérence, le Chevalier boucla la ceinture autour de sa taille et lui remit sa monture et ses armes. Kerns devint l'Écuyer de Santo, Buchanan celui de Bergeau, Nogait celui de Jasson et Kevin celui de Dempsey. Il restait les deux filles. Lorsque Élund assigna Wanda à Chloé, la jeune Bridgess dut réprimer un cri de joie, car c'était le rêve de tous les élèves de devenir l'apprenti de Wellan. Elle le laissa passer la ceinture à sa taille et soutint bravement son regard tandis qu'il lui remettait ses armes.

« Élund a fait un bon choix », pensa le grand Chevalier en observant l'enfant. Il émanait d'elle beaucoup de force et il détectait même un certain entêtement qui rappelait le sien. Décidément, ce serait une expérience intéressante.

Wellan avait décidé de laisser ses compagnons faire plus ample connaissance avec les enfants et de les envoyer ensuite en mission. Mais ce jour-là, ils grimpèrent en selle tous ensemble et, flanqués de leurs apprentis, ils paradèrent dans les villages avoisinants. Tandis qu'ils chevauchaient côte à côte, Wellan observa la jeune Bridgess. Elle se tenait fièrement en selle et, bien qu'elle n'ait jamais utilisé d'épée auparavant, elle l'avait instinctivement placée de façon à pouvoir la brandir rapidement. « Pas mal du tout », songea Wellan.

Aussitôt de retour au château, les Chevaliers entreprirent d'enseigner le maniement des armes à leurs apprentis. L'armurier avait pris le soin de forger pour eux des épées plus petites et plus légères que celles de leurs maîtres. Tout comme Wellan, Bridgess ne souriait pas facilement et elle faisait montre d'une concentration à toute épreuve. Ses bras n'étaient pas encore très musclés, mais ses coups étaient précis. Le Chevalier trouva l'exercice plaisant et instructif. Cette enfant était désormais sous sa responsabilité. C'était comme devenir père, en fait. En tant que Chevalier, il avait prêté le serment de former son Écuyer au meilleur de sa connaissance et de la protéger contre tout danger. Si la guerre ne s'était pas trouvée à leur porte, c'eut été une mission fort simple, mais avec les combats qui se préparaient, il se demanda s'il pourrait tenir cette promesse.

De leur côté, les Écuyers avaient juré de servir leur maître de leur mieux, de ne jamais lui mentir et de toujours le regarder avec franchise. Wellan ne prévoyait pas d'ennuis de ce côté avec Bridgess. Elle soutenait son regard glacé sans sourciller et ne cherchait d'aucune façon à échapper à ses incursions dans son esprit. Élund n'aurait pas pu lui choisir un meilleur apprenti. Il prit plaisir à lui enseigner à dégainer son épée et à adopter d'instinct une position défensive, peu importe le genre d'attaque choisie par l'ennemi. « Cette petite fille apprend très rapidement », constata-t-il avec satisfaction.

– Demain, je te montrerai à faire la même chose à cheval, décida le Chevalier.

Un messager arriva alors en courant et Bridgess brandit sa lame sous son nez, le forçant à s'arrêter en vitesse. Wellan éclata de rire, ce qu'il n'avait pas fait depuis fort longtemps, puis il constata que son jeune Écuyer prenait son nouveau rôle très au sérieux. Il posa aussitôt sa large main sur son épaule et Bridgess baissa son arme.

– C'est moi que tu cherches ? demanda Wellan au messager.

Le garçon leva les yeux sur le géant en tunique verte, vivement impressionné par le chef de tous les Chevaliers.

– Le roi désire vous voir, sire Wellan, déclara-t-il en se ressaisissant. Sur-le-champ.

– Dis-lui que j'arrive.

Le messager tourna les talons et courut vers le château. Wellan jeta un coup d'œil à Bridgess. Elle avait remis l'épée dans son fourreau et attendait patiemment ses instructions.

– Tu peux rester ici et t'exercer, lui dit-il sur un ton amical.

– Mais ma place est auprès de vous, maître.

Elle avait parfaitement raison. À partir de maintenant, elle faisait partie de sa vie quotidienne et avait le droit d'entendre tout ce qu'on lui dirait..., sauf en ce qui concernait la Reine de Shola. Il prit donc la direction du palais et Bridgess suivit ses grands pas en trottinant. Lorsqu'il arriva devant Émeraude Ier, le Chevalier ressentit aussitôt son agacement. Il posa un genou en terre, son apprentie l'imitant dans un même mouvement. Le roi promena son regard de l'un à l'autre en fronçant les sourcils.

– Vous pouvez parler devant mon Écuyer, Majesté, assura Wellan.

– Même s'il s'agit d'une remontrance ?

Le Chevalier hésita un instant, puis hocha lentement la tête en signe d'assentiment. Il aurait été malhonnête de laisser l'enfant croire qu'il était un homme parfait. Aussi bien qu'elle sache tout de suite qu'il savait se montrer têtu et que sa colère le faisait parfois passer outre aux règlements.

– Soit, soupira le roi. J'ai reçu une missive plutôt inquiétante du Roi des Elfes.

Wellan cilla au souvenir de sa conduite agressive. Le roi le remarqua et sut que le grand Chevalier avait mal agi.

– Il me dit que non seulement tu l'as menacé, poursuivit-il, mais que tu l'as agressé.

Bridgess lança un regard inquiet à son maître, mais ne passa aucun jugement qu'il put ressentir.

– Que s'est-il passé, Wellan ?

– Ma colère est devenue incontrôlable, Altesse, déclara-t-il. Un tel comportement n'était pas digne d'un Chevalier d'Émeraude. Aussi, j'accepterai votre châtiment.

Comment le roi pouvait-il châtier le chef de ses Chevaliers, celui sur lequel reposait la défense du continent tout entier ? Émeraude Ier soupira de lassitude.

– Explique-moi les raisons de ta colère, exigea-t-il.

– Les Elfes ont décidé d'ignorer la catastrophe qui allait s'abattre sur Shola. À cause de leur lâcheté, tout un peuple a péri.

– Voilà de bien graves accusations, Chevalier.

– Mes compagnons attesteront de leur véracité, Majesté, assura Wellan. Mais, pour bien comprendre l'étendue de ma fureur, il aurait fallu que vous jetiez les yeux sur les milliers de cadavres qui gisaient dans la neige, les traits figés par une terreur indicible, le cœur arraché.

Le roi l'observa un moment en se demandant ce que lui aurait fait dans de telles circonstances. Il aurait sans doute été aussi furieux que Wellan, mais il n'appartenait pas à un Chevalier de punir un roi pour son inaction.

– Je comprends ce que tu as ressenti et, d'une certaine façon, je comprends aussi ta réaction, fit Émeraude Ier, mais nous avons décidé, il y a fort longtemps, que les écarts de conduite des rois seraient jugés et punis par d'autres rois, non pas par des soldats.

Wellan baissa de nouveau les yeux et garda le silence. Il aurait été parfaitement inutile de répliquer.

– Tu es le fils d'un roi, toutes les fibres de ton corps sont celles d'un meneur d'hommes, mais tu as choisi de devenir Chevalier plutôt que de succéder à ton père. Tu es un simple serviteur de l'Ordre, ce qui limite ton rôle.

– Je reconnais mon erreur, sire.

– J'écrirai au Roi des Elfes pour lui dire que je t'ai jeté au cachot sans nourriture pendant quelques jours.

Bridgess eut un mouvement d'indignation, mais Wellan lui envoya aussitôt une vague d'apaisement, comme devait le faire un maître.

– Évidemment, puisque je ne peux pas me passer de toi, tu conserveras ta liberté mais je veux que tu me promettes, si pareille situation devait se reproduire, que tu respecteras le protocole.

– Vous avez ma parole, Majesté.

– Cela me suffit. Retourne maintenant à tes occupations, Chevalier. La défense d'Enkidiev repose désormais entre tes mains.

Wellan s'inclina respectueusement et se retira, Bridgess sur ses talons. S'abîmant dans une intense réflexion, le grand Chevalier admit qu'Émeraude avait raison. Il était de sang royal, il devait donc faire de plus grands efforts pour maîtriser ses impulsions de justicier.

– Qu'avez-vous fait au Roi des Elfes, maître ? demanda de sa petite voix aiguë Bridgess, qui devait presque courir pour ne pas se laisser distancer.

Wellan l'avait momentanément oubliée. Il lui lança un coup d'œil agacé et l'enfant baissa aussitôt la tête, se renfrognant.

– Ne sais-tu pas que tu dois regarder ton maître dans les yeux ? lui rappela le Chevalier.

La fillette blonde releva aussitôt la tête sans pour autant le défier. Tout comme lui, elle avait été engendrée par un roi et une reine et elle avait déjà la prestance d'une princesse.

– On m'a aussi demandé de ne pas importuner mon maître et d'attendre qu'il s'adresse à moi. Je suis désolée. Je crois que ma curiosité a été plus forte que mon respect.

– Je serais un bien piètre maître si je t'encourageais ouvertement à suivre tes impulsions, mais sache que je les comprends. Comme tu l'as vu il y a un instant, les miennes ne sont pas toujours mon meilleur guide...

– Maître, si je puis me permettre, j'aurais fait la même chose que vous. Le Roi des Elfes n'avait pas le droit d'abandonner les Sholiens à leur sort.

Wellan poursuivit sa route dans le dédale de couloirs, mais plutôt que de retourner dans la grande cour pour y reprendre les exercices, il s'arrêta dans un jardin intérieur et s'installa sur un banc de pierre, face à une fontaine scintillante. Bridgess regarda autour d'elle avec curiosité et Wellan devina qu'elle enregistrait tout : les reflets iridescents qui jouaient sur l'eau, les feuilles qui bruissaient paresseusement dans le vent, les fleurs aux couleurs vives et éclatantes, gorgées de nectar, le mur de pierre enseveli sous le lierre qui ceignait cette oasis de calme, en faisant un véritable cocon d'intimité.

– Tu peux parler librement, assura le Chevalier. Ici, nous ne risquons pas de donner le mauvais exemple.

Elle prit place à ses côtés et posa ses yeux bleus sur ceux de son maître en y décelant déjà beaucoup d'affection pour elle.

– Je tiens d'abord à vous dire que c'est un grand honneur pour moi de vous avoir pour maître.

– Même si j'ai failli étriper un roi ? s'amusa Wellan.

– Surtout pour ça. Vous n'avez pas eu peur de servir la justice même contre un monarque.

– Mais Sa Majesté a tout de même raison, Bridgess. Il ne m'appartenait pas de le punir. J'aurais dû revenir ici et laisser la caste supérieure débattre de son cas.

La jeune fille hocha doucement la tête, signifiant qu'elle avait compris et qu'elle acceptait la leçon.

– Il n'y a plus personne à Shola ? demanda-t-elle, très inquiète.

– Plus personne, confirma Wellan, la douleur crispant fugitivement ses traits.

– Qui donc a tué tous ces gens ? Les habitants du Royaume des Ombres ? Ceux du Royaume des Esprits ?

– Je crains que non, murmura le Chevalier. Est-ce que tu aimes lire ? ajouta-t-il plus gaiement, la désarçonnant par ce brusque changement d'humeur.

– Oui, beaucoup.

– Est-ce que tu as lu les parchemins qui racontent l'histoire de la terrible guerre qui nous a jadis opposés à un ennemi provenant d'un autre continent ?

– Oh ! Ce sont ces monstres que nous devrons affronter ? demanda-t-elle.

– Je préférerais dire que nous les arrêterons avant qu'il y ait affrontement. Nous allons bientôt partir pour mettre des systèmes de défense au point avec les rois du nord.

– Je vais voyager avec vous ? s'égaya l'enfant.

– Tu ne pourras te débarrasser de moi que lorsque tu seras devenue Chevalier ! Allez, viens, il te reste des tas de choses à apprendre avant notre départ.

Bridgess lui emboîta le pas avec joie, heureuse de servir le meilleur Chevalier de l'univers.

16

UNE LEÇON D'HUMILITÉ

Ce matin-là, lorsque Armène voulut donner un bain à Kira dans un grand baquet, la petite fille mauve mit une fois de plus le palais en émoi. Hurlant de terreur, elle s'accrocha aux vêtements de la servante qui continuait de vouloir la faire entrer dans l'eau chaude.

– Il faisait peut-être trop froid à Shola, mais dans ce château, les gens se lavent, Kira.

L'enfant se débattit de plus belle, criant des mots dans une langue incompréhensible. Tous les serviteurs s'étaient agglutinés dans la porte de la cuisine et assistaient au spectacle avec stupeur. Dans un geste désespéré, Kira sauta des bras d'Armène sur le mur de pierre qu'elle escalada à l'aide de ses griffes et alla se réfugier au-dessus des armoires. Aucune cajolerie ne put la faire redescendre et elle demeura blottie contre le mur, tremblant de tous ses membres.

On appela donc le roi à la rescousse, puis le magicien. On tenta de nouveau de négocier avec l'enfant, en vain. Des échelles furent apportées, mais Kira se tassa dans un coin et montra les dents de façon menaçante. En dernier recours, Émeraude Ier dépêcha un messager auprès de Wellan. Sa vive intelligence et son esprit de stratège lui permettraient certainement de régler ce contrariant problème domestique.

Agacé à l'idée de devoir intervenir dans cette affaire qui concernait les femmes, le grand Chevalier commença par calmer son irritation puis se dirigea vers les cuisines. On s'écarta sur son passage et le silence tomba sur la petite assemblée. Bridgess s'arrêta derrière lui et observa la situation. Wellan promena son regard sur le bassin d'eau qui refroidissait, la minuscule tunique sur la table et le petit corps qui tremblait sur le dessus des armoires.

– Kira ! appela-t-il de façon autoritaire.

À la grande surprise de tous, la fillette releva la tête, reconnaissant la voix du Chevalier. Elle s'approcha de l'échelle et le fixa silencieusement. Wellan lui tendit les bras et, sans hésitation, l'enfant sauta. Elle s'accrocha à lui, mais continua à trembler. « Pas étonnant qu'elle ait peur de l'eau, pensa-t-il. Après tout, les dragons aussi la craignent et une partie du sang qui circule dans les veines de Kira provient de la même souche. » Wellan s'approcha de la cuve et l'enfant se mit à gémir dans sa langue étrange.

– Il n'y a aucun danger, la cajola le Chevalier. Regarde.

Il plongea la main dans l'eau tiède et les traits de la fillette se figèrent d'horreur, comme si un monstre allait la dévorer. Wellan retira alors sa main et la présenta à l'enfant qui la flaira comme un animal. Il observa son profil et remarqua qu'il ressemblait beaucoup à celui de Fan. Lentement mais fermement, il se défit des griffes de Kira et, à bout de bras, la descendit dans l'eau. Kira poussa un cri déchirant.

– Assez ! fit-il sévèrement.

Elle abandonna toute résistance et ses petits pieds touchèrent l'eau. Son corps se raidit, mais elle ne se débattit plus et le Chevalier parvint à la déposer dans la cuve.

– Tu vois bien que ce n'est pas dangereux, fit-il d'une voix radoucie. Maintenant, laisse Armène s'occuper de toi.

– Mène, répéta Kira, étouffant un sanglot.

La servante prit aussitôt le relais, profitant de l'effet magique qu'exerçait Wellan sur l'enfant. Le Chevalier s'éloigna, inquiet du vif attachement que semblait lui porter la fille de la Reine de Shola.

✧　✧
✧

Wellan ne revit ses compagnons qu'au repas du soir. Il y avait désormais beaucoup de monde attablé dans le hall et cela lui réchauffa le cœur. Bridgess s'assit près de lui et attendit qu'il se serve avant de remplir sa propre assiette. Les Chevaliers discutaient avec leurs protégés et le climat respirait la camaraderie, jusqu'à ce qu'il leur expose ses plans.

– Dans deux jours, nous formerons trois groupes et nous prendrons la route en direction des Royaumes des Fées, de Diamant et d'Opale pour superviser l'installation des pièges.

– Est-ce qu'il faudra aussi donner le bain aux enfants ? se moqua Jasson.

Ils ressentirent tous la cuisante colère qui enflamma Wellan et un silence pesant plana sur le grand hall. Les yeux glacés du grand Chevalier se dardèrent sur son jeune frère d'armes et il devint évident pour chacun d'eux qu'il faisait de gros efforts pour se maîtriser avant de lui répondre.

– Tu iras au Royaume de Diamant avec Falcon et Bergeau, lâcha Wellan sur un ton sévère. Chloé, puisque tu connais déjà le Roi des Fées, tu lui rendras visite en compagnie de Dempsey. Santo et moi irons chez le Roi d'Opale.

– Et le Roi des Elfes ? demanda Jasson, visiblement déterminé à le faire sortir de ses gonds. Son royaume se trouve aussi à la frontière du point d'entrée de l'ennemi.

– Si tu as du temps à perdre, alors vas-y et tâche de le persuader de creuser des trappes qui pourraient empêcher les dragons de dévorer ses voisins ! persifla Wellan.

– Est-ce qu'on ne nous a pas appris, lors de notre adoubement, que c'était *tout* le continent ainsi que *tous* ses habitants que nous devions protéger ? lui rappela le jeune Chevalier.

Avant de poser un geste qu'il regretterait amèrement, Wellan quitta brusquement la table. Bridgess voulut le suivre, mais Santo l'en dissuada.

– Restez là et mangez, ordonna-t-il à son Écuyer et à la fillette.

Les deux enfants obéirent et Santo s'élança derrière leur chef.

– On sait que tu as raison, fit Bergeau à l'intention de Jasson, mais il aurait été préférable que tu attendes d'être seul avec lui pour lui parler des Elfes.

– Les problèmes du continent nous concernent tous, Bergeau, riposta le jeune Chevalier. Et nous avons juré de nous rappeler à l'ordre si nous devions errer. Wellan n'a pas le droit d'abandonner les Elfes à leur sort même si le Roi Hamil a soulevé sa colère.

– Je suis d'accord avec toi, s'interposa Chloé, mais la remarque à propos du bain était méchante et gratuite.

– Ce n'était qu'une plaisanterie ! se défendit Jasson.

– De mauvais goût..., lui reprocha Falcon. Tu sais bien que Wellan n'est pas d'humeur à s'amuser depuis notre expédition à Shola.

– Il faudra bien qu'il s'en remette, rouspéta Jasson.

– Il ne sert à rien d'en discuter maintenant, trancha Dempsey. Nous devrions plutôt préparer nos Écuyers à notre future mission et, surtout, ne pas les laisser dans l'idée que de telles querelles opposent souvent leurs maîtres.

Et Dempsey se lança dans un long discours sur le rôle des Chevaliers et l'esprit fraternel qui devait régner entre eux.

Au même moment, Santo rattrapait Wellan dans la cour. Le grand Chevalier se tenait devant la porte, les bras le long du corps, les poings serrés, aspirant l'air frais à pleins poumons.

– Wellan, ce n'était qu'une remarque innocente, assura son frère d'armes.

– Je n'aime pas qu'on remette mes décisions en cause devant tout le monde, fulmina le grand Chevalier sans se retourner.

– Tu as raison, il aurait dû attendre d'être seul avec toi pour te parler du Roi des Elfes, mais tu connais Jasson...

Un rapide coup d'œil dans le cœur de Wellan fit comprendre à Santo que sa colère n'était toujours pas tombée. Il posa une main amicale et apaisante sur son épaule.

– Je suis bien content que tu m'aies choisi pour t'accompagner au Royaume d'Opale, ajouta-t-il.

Wellan tourna légèrement la tête vers lui et le regarda dans les yeux un moment, puis il soupira en se départant de sa fureur.

– Ta diplomatie me sera d'un grand secours, Santo, déclara-t-il finalement. Tu sais que je ne suis pas le plus patient des hommes... et le Roi Nathan n'est pas encore convaincu de la nécessité de ressusciter notre ordre de chevalerie. Opale et Argent sont les seuls royaumes qui n'ont envoyé aucun de leurs enfants en apprentissage.

Wellan laisserait Santo parler en leur nom, ce dernier étant un bien meilleur négociateur.

– Est-ce que ta reine reviendra vers toi ? lui demanda son frère d'armes, tentant de comprendre sa tristesse.

– Elle a dit que si, répondit Wellan en fuyant son regard, mais je ne sais quand.

– Tu es un homme comblé.

– Ça, je l'ignore, mon frère, hésita le grand Chevalier. Il est bien difficile d'être vraiment heureux quand on ne peut partager tous les jours de sa vie avec celle qu'on aime.

– Peut-être, mais tu es aimé...

« Il a bien raison », pensa Wellan. Fan lui avait prouvé hors de tout doute, et par-delà la mort, qu'elle partageait ses sentiments.

Il remercia Santo pour son écoute attentive et obliqua vers sa chambre, laissant à son compagnon le soin de s'assurer que son Écuyer se rassasie. Bridgess le rejoignit tout de même peu après et le trouva assis sur son lit.

– Tu as bien mangé ? lui demanda Wellan, en fronçant les sourcils.

– Moi, oui, répondit l'enfant tout en lui tendant une assiette contenant une miche de pain chaud, des légumes crus, du fromage ainsi qu'une poignée de dattes.

– Je n'ai lu nulle part que les Écuyers avaient l'obligation de nourrir leurs maîtres, la taquina Wellan dans un demi-sourire.

– Évidemment, puisque c'est une règle que je viens juste d'inventer.

– Je pense que nous allons bien nous entendre, toi et moi, fit-il en hochant doucement la tête.

Elle s'assit sur le sol, les jambes croisées, et le regarda manger en silence. En fouillant ses grands yeux curieux, Wellan ressentit un élan de fierté. Il se demanda si c'était ce qu'éprouvait un père devant ses enfants. Lorsqu'il eut terminé son repas, Bridgess se joignit à lui pour une séance de méditation.

Comme tous les autres Écuyers, elle devait dormir dans un petit lit situé à proximité de celui de son maître. Mais puisqu'elle était du sexe opposé, les serviteurs avaient suspendu un rideau de velours entre leurs deux couchettes, créant ainsi un espace d'intimité. Cette nuit-là, un orage terrible secoua tout le château, tirant Wellan du sommeil. Il sentit la terreur qui paralysait son apprentie et murmura son nom. L'enfant repoussa aussitôt le rideau pour sauter dans son lit et se blottit dans son dos.

– Tu n'as rien à craindre, assura-t-il. L'orage est provoqué par la rencontre de vents froids et de vents chauds.

– Je sais, mais la foudre met quand même le feu à tout ce qu'elle touche...

– Parfois, mais pas toujours, et elle n'incendie certainement pas les châteaux de pierre.

– Mais qu'arrivera-t-il lorsque nous partirons en mission et que nous serons à découvert dans les champs ?

– Nous trouverons toujours un abri où la foudre ne pourra pas nous atteindre. Je t'en fais la promesse.

Il n'eut pas le courage de la renvoyer dans son lit tant que gronda le tonnerre au-dessus de la forteresse et ne ferma l'œil que lorsqu'elle se fut endormie. Bien sûr, il lui faudrait vaincre sa peur des orages avant qu'elle devienne Chevalier, mais chaque chose en son temps.

✧　　✧
✧

Au matin, Wellan trouva Bridgess debout devant la fenêtre, les yeux fermés, à laisser le soleil lui chauffer le visage. Il l'observa un instant puis l'appela par télépathie. Elle pivota aussitôt vers lui.

– Comme tu le sais probablement déjà, les Chevaliers prennent leur bain tous les matins afin de purifier leur corps et leur esprit, mais par respect, les femmes Chevaliers y vont en premier. À cette heure-ci, tu y trouveras sûrement Chloé et sa jeune apprentie. Va les rejoindre. Je te reverrai au repas du matin.

Elle se courba devant lui et quitta prestement la chambre. Wellan s'étira sur son lit en s'étonnant du réconfort que lui apportait une telle présence à chaque instant de sa vie.

Lorsqu'il se rendit lui-même aux bains, il y trouva ses frères en compagnie de leurs Écuyers. Wellan choisit le coin opposé à celui où se prélassait Jasson et entra dans l'eau chaude. Comme chaque matin, il pria silencieusement Theandras et la remercia de lui procurer une vie remplie d'autant de bienfaits. Puis, il se laissa sécher et masser par les serviteurs et noua ses cheveux sur sa nuque. Il rejoignit Bridgess dans le grand hall et remarqua avec amusement qu'elle avait attaché ses cheveux de la même manière.

– Vous ne parlerez pas de l'orage aux autres, n'est-ce pas, maître ? chuchota-t-elle en s'assurant que Chloé et Wanda ne pouvaient l'entendre.

– Quel orage ? fit Wellan avec un clin d'œil.

Le reste du groupe arriva en riant d'une plaisanterie de Bergeau et le chef ressentit beaucoup de satisfaction devant leur unité. Mais, à son grand désarroi, Jasson vint s'asseoir près de lui. Wellan posa aussitôt un regard de glace sur son jeune frère d'armes.

– Je n'ai pas envie de me quereller avec toi, ce matin, le mit en garde le grand Chevalier.

– Moi non plus. Je veux juste que tu saches que nos divergences d'opinion ne m'empêchent pas de te vouer le plus grand respect.

Wellan croisa alors le regard curieux de Nogait, son jeune Écuyer, et il apprécia que Jasson pose ce geste de réconciliation qui servirait d'exemple au gamin.

– Je comprends tes sentiments envers le Roi des Elfes, reprit Jasson, et dans ta situation, peut-être aurais-je agi de la même façon. Mais, malgré tout, mon cœur m'oblige à tenter de le convaincre de poser des pièges.

– Et s'il refuse ? demanda effrontément Bridgess.

– On ne s'adresse pas à un Chevalier sur ce ton, fillette, la réprimanda sèchement Wellan.

Tous les autres enfants se tournèrent vers elle en guettant sa réaction, mais elle soutint le regard de son maître.

– Je vous demande pardon, Chevalier Jasson, murmura-t-elle finalement. Je me suis laissée emporter.

– Je veux bien excuser ta conduite, puisque tu n'es devenue apprentie qu'hier, mais la prochaine fois, je devrai sévir.

– Je vous suis reconnaissante de votre clémence, Chevalier Jasson.

Elle chipota dans son assiette, la tête basse. « Il faut bien qu'ils apprennent le respect un jour ou l'autre », pensa Wellan. Jasson se pencha alors à l'oreille de l'enfant blonde.

– Si le Roi des Elfes refuse, je devrai alors le dénoncer aux autres monarques, chuchota-t-il.

– C'est la seule chose à faire, Chevalier ! laissa-t-elle fuser, même s'il aurait mieux valu qu'elle se taise.

Jasson éclata de rire et administra une claque amicale dans le dos de Wellan.

– Vous vous méritez bien tous les deux !

17

LE ROYAUME DE DIAMANT

Au matin, Wellan dut réveiller Bridgess, qui dormait à poings fermés, et la pousser vers les bains. Il la regarda traîner les pieds dans le couloir en se demandant dans quel état elle se trouverait à la fin d'une journée entière passée sur la route. Après le repas, les Chevaliers et leurs apprentis se réunirent dans la grande cour. Les palefreniers avaient sellé les chevaux et les servantes avaient entassé des provisions dans leurs sacoches de cuir. Une fois en selle, ils avancèrent sous le grand balcon où Émeraude Ier leur fit son sermon habituel sur leur code d'honneur et la fierté qu'il éprouvait à les voir partir ainsi en mission.

Les Chevaliers vêtus de leurs cuirasses vertes quittèrent ensuite l'enceinte du château suivis de leurs Écuyers. Ils chevauchèrent en formation jusqu'à la frontière du Royaume de Diamant où ils se séparèrent. Chloé et Dempsey filèrent vers l'ouest, Jasson, Falcon et Bergeau continuèrent vers le nord, tandis que Wellan et Santo poussaient vers l'est.

✧   ✧
✧

Pendant ce temps, au palais, Kira n'avait pas cessé de réclamer Wellan. Patiemment, Armène lui avait expliqué qu'il était parti avec ses compagnons. Pour la distraire, elle avait demandé à Hawke, le seul des élèves âgés de dix ans qui n'était pas devenu Écuyer, parce qu'Élund souhaitait en faire son apprenti, de lui enseigner leur langue. Kira aimait bien le jeune Elfe et elle accepta de s'asseoir avec lui devant une montagne de vieux livres qu'il lui lisait en lui faisant répéter les mots.

✧   ✧
✧

Falcon et Bergeau furent les premiers Chevaliers à atteindre leur objectif, le Royaume de Diamant, qui se trouvait juste derrière la Montagne de Cristal. Ayant autrefois appartenu au Royaume d'Émeraude, ce vaste territoire avait été scindé en parties égales par le souverain de l'époque, père de deux héritiers mâles, afin que ses enfants puissent tous deux régner. Bien que leurs noms fussent différents, ces royaumes étaient presque identiques.

La forteresse était juchée sur un pic rocheux, en plein centre d'une vallée cultivée par les paysans. Le château était bien protégé, mais la presque totalité des habitants vivaient sans défense en terrain découvert. Le nord-est était bordé par la partie occidentale du Royaume d'Opale. C'était la frontière nord-ouest du Royaume de Diamant qu'il leur faudrait renforcer, là où les terres de Diamant chevauchaient celles des Elfes.

Les deux Chevaliers et leurs apprentis, Wimme et Buchanan, n'atteignirent la forteresse qu'en fin de journée, au moment où le soleil couchant colorait le ciel de longues bandes rouges et orangées.

Falcon surveillait le jeune Wimme de près depuis leur arrivée dans ce royaume, l'enfant y ayant vu le jour une dizaine d'années plus tôt, mais il ne démontrait aucun enthousiasme à revoir sa terre natale. Il se concentrait plutôt sur les émotions de son maître et sur ses propres jambes qui le faisaient souffrir de plus en plus.

Le Roi Pally montra de l'empressement à rencontrer les Chevaliers et les fit aussitôt conduire dans le hall où il s'apprêtait à manger avec sa famille. La pièce était agencée comme celle du Château d'Émeraude, mais le bleu prédominait, plutôt que le vert. Même le Roi de Diamant, un jeune cousin d'Émeraude Ier, ressemblait beaucoup à celui-ci. Ses cheveux noirs commençaient à grisonner et il avait pris de l'embonpoint au cours des dernières années. Ses yeux reflétaient la bonté et la sagesse et ses manières étaient des plus raffinées, mais lorsqu'il constata que sa fille Chloé ne se trouvait pas parmi eux, le Roi Pally ne cacha pas sa déception.

– Elle a été dépêchée auprès du Roi des Fées puisqu'elle le connaissait déjà, s'excusa Falcon.

– Mais elle nous connaît aussi ! protesta le roi.

– Vous me voyez désolé, Majesté, poursuivit Falcon, mais nous devons obéir aux ordres. Peut-être Chloé sera-t-elle un jour envoyée en mission dans votre très beau pays.

Pally les fit asseoir à sa table et les présenta à son épouse, Ella, une belle femme aux cheveux de miel et au sourire aimable, sa fille, Bela, et son fils, Kraus, plus âgés que Chloé. La princesse, plus timide que son frère, préférait ne pas regarder directement les Chevaliers. Kraus, par contre, se montra fasciné par les nouveaux représentants de l'Ordre légendaire. C'était un jeune homme courageux et combatif, prêt à bien des sacrifices pour sauver son peuple.

Les Chevaliers acceptèrent la nourriture qu'on leur offrait et attendirent la fin du repas avant de parler au roi des malheureux événements survenus à Shola et des trappes qu'ils voulaient faire creuser à la frontière de son royaume. Comme la plupart des rois d'Enkidiev, le monarque de Diamant avait entendu parler des dragons et des ravages qu'ils avaient causés dans le passé. Il prêta donc une oreille attentive aux recommandations des Chevaliers puis resta songeur un long moment. Même sa famille n'osa pas interrompre le cours de ses pensées. Bergeau sortit les plans du cylindre qui pendait à sa ceinture. Le roi leur jeta un coup d'œil puis demanda aux Chevaliers qu'ils les lui laissent jusqu'au matin afin qu'il les étudie. Il leur fit donner des appartements et se retira pour la nuit.

Une fois dans leur chambre, Falcon observa son jeune Écuyer tandis que celui-ci examinait soigneusement son lit au pied du sien.

– Vous vous inquiétez pour rien, maître, déclara finalement Wimme en constatant que le Chevalier continuait de sonder son cœur. Je ne suis plus un enfant de ce pays. J'appartiens désormais au Royaume d'Émeraude et à ses guerriers. Même si vous m'y obligiez, je ne voudrais pas rester ici.

– Mais tu risques de croiser des membres de ta famille lorsque les paysans viendront nous aider à creuser les trappes.

– Dans ce cas, je serai poli avec eux, mais je garderai les distances qu'un Chevalier doit conserver avec le peuple.

– Tu parles bien, Wimme, sourit Falcon. Je suis content de toi.

Le visage de l'Écuyer rayonna de bonheur.

✦   ✦

✦

Au matin, après un bain sommaire dans les installations du château, les Chevaliers et les Écuyers retrouvèrent le Roi Pally dans la grande salle où il aimait recevoir ses invités importants. Il les attendait avec les plans de Bergeau dans les mains.

– Je veux à tout prix vous aider à empêcher ces monstres de ravager mon royaume, et si ce doit être au moyen de ces trappes, alors soit. Je vous fournirai toute l'aide nécessaire.

Les Chevaliers et leurs apprentis s'inclinèrent, soulagés que le monarque se soit rangé aussi rapidement à leur point de vue.

– Avant de partir, dites-moi si ma fille est un bon Chevalier.

– Chloé est la meilleure d'entre nous, Majesté, répondit Bergeau avec sa sincérité désarmante. Elle réfléchit toujours longuement avant d'agir et elle n'utilise sa magie qu'en cas d'absolue nécessité. Tous nos Écuyers devraient modeler leur comportement sur le sien.

Heureux de l'entendre, le Roi Pally les convia au repas du matin en leur faisant la liste de toutes les ressources qu'il mettait à leur disposition.

18

UNE ILLUSION CONVAINCANTE

Le même jour, Chloé, Dempsey et leurs Écuyers entraient dans le Royaume des Fées et parcouraient son magnifique paysage de fleurs géantes et d'arbres de cristal. Dempsey, qui avait connu les terres rocailleuses de Béryl et le climat tempéré du Royaume d'Émeraude, n'en finissait plus de s'émerveiller. Enchanté, il regarda un vol d'oiseaux multicolores traverser le ciel sans nuage et un banc de poissons fluorescents nager dans la rivière Mardall. Les deux enfants étaient pétrifiés d'admiration.

– On ne nous a jamais parlé de *ça* ! s'exclama enfin Dempsey, ébloui.

– Les habitants de ce royaume veulent garder le secret, expliqua Chloé.

– Mais des arbres *ne peuvent pas* être transparents et des fleurs *ne peuvent pas* atteindre cette taille, protesta-t-il.

– Tu as raison, mais les Fées ont le pouvoir d'altérer la substance de leur environnement.

– Si j'étais une Fée, je voudrais aussi protéger tout ceci, murmura Kevin.

– Espérons que leur roi sera d'accord avec toi, souhaita Chloé.

Elle se tourna ensuite vers son frère d'armes, ses yeux pâles parcourant toujours le paysage.

– Le bord de mer est protégé par un labyrinthe de pics acérés entre lesquels un cheval peut à peine passer, le renseigna Chloé, alors je ne crois pas qu'il soit nécessaire d'y creuser des pièges.

– Et si les dragons avaient des ailes ? souleva-t-il.

– Si c'est le cas, nous sommes tous morts, parce que rien ne saura les arrêter.

Les deux apprentis avalèrent de travers et Chloé s'empressa de les envelopper dans une vague d'apaisement, se reprochant sa légèreté.

– Il faudra convaincre le Roi Tilly de défendre la frontière nord de ses terres, là où son royaume touche celui des Elfes, fit-elle en talonnant sa monture.

Ils descendirent vers la vallée et Dempsey s'étonna de ne voir ni constructions ni habitants. Chloé lui expliqua que les Fées avaient la faculté de soustraire leur royaume aux regards des étrangers.

– Voilà qui nous serait fort utile ! plaisanta Dempsey en faisant sourire leurs apprentis.

– Mais les humains ne sont pas suffisamment sages pour utiliser ce pouvoir à bon escient, claironna une voix derrière eux.

Avant même que Chloé ait pu le prévenir qu'il s'agissait du Roi Tilly, Dempsey s'était retourné sur son cheval en brandissant son épée, les Écuyers l'imitant aussitôt. Ils aperçurent un homme ailé qui ne touchait pas le sol et baissèrent leurs armes.

– Majesté, voici le Chevalier Dempsey d'Émeraude ainsi que nos Écuyers Wanda et Kevin, les présenta Chloé. Nous sommes venus vous parler de stratégie, afin de protéger Enkidiev contre une invasion.

– En quoi cela nous concerne-t-il ? demanda le roi d'une voix chantante.

– Votre royaume est situé en bordure de l'océan, ce qui en fait la voie d'accès idéale pour l'ennemi, expliqua Dempsey.

– Mon territoire est protégé par des rochers. Je l'ai déjà expliqué à Chloé.

– L'ennemi pourrait aussi envahir le Royaume des Elfes et descendre vers le sud.

D'autres Fées avaient commencé à entourer le roi. Leurs ailes bourdonnaient, comme celles des insectes, mais les créatures enchanteresses ne prirent pas part à la conversation, se contentant d'écouter.

– Je doute qu'ils passeraient à travers mon royaume, s'entêta le roi. Et si cela devait se produire, nous arriverions à les chasser sans problème de notre vallée.

Une larme roula sur la joue de la reine qui voletait aux côtés de son époux. Elle tendit la main devant elle et un rugissement terrible secoua la forêt environnante. Dempsey fit tourner son cheval sur lui-même en cherchant la source du danger. Comprenant ce que la reine tentait de faire, Chloé recommanda aux Écuyers de ne pas avoir peur et de retenir fermement leurs montures.

Les Fées encerclant la reine avaient commencé à s'agiter, et avec raison. Une bête énorme surgit de la forêt en abattant les arbres, soulevant sur son passage une fine poussière de cristal. Les chevaux se cabrèrent, saisis de panique, et les Chevaliers eurent beaucoup de mal à les maîtriser. Le monstre tout noir ressemblait à un lézard géant. Ses pattes de devant étaient arquées et son long cou se terminait par une tête triangulaire percée de deux gigantesques yeux rouge feu. Des crocs acérés ornaient ses mâchoires puissantes. La bête ouvrit alors la gueule en poussant un rugissement féroce et chargea les Chevaliers à vive allure.

Dempsey semblait prêt à l'affronter, bien qu'il eût beaucoup de mal à maîtriser son cheval. Chloé retenait également sa monture de son mieux. Elle n'avait pas dégainé son épée, car elle avait compris que le dragon était une illusion créée par la Reine Calva. Mais pour Kevin, c'était comme si le squelette trônant sur la place de son village natal avait soudainement pris vie. Il tenait solidement les rênes de son cheval, mais ses yeux exprimaient la terreur. C'était des monstres semblables à celui-ci qui avaient failli exterminer ses ancêtres de Zénor.

Le dragon franchit la distance le séparant des humains et des Fées en quelques secondes seulement, mais il disparut avant de les atteindre. Le roi garda le silence un moment puis contempla gravement le visage baigné de larmes de son épouse.

– Ce sont des bêtes comme celle-là qui ont attaqué Shola, pleura-t-elle. Fan m'est apparue en songe la nuit dernière et elle me les a montrées.

– Si elles détruisent cette vallée, où irez-vous vous installer, Majesté ? demanda Chloé avec tristesse.

Tilly avait compris la leçon. Il accepta dès lors d'écouter leur plan et convint que les trappes semblaient être la seule façon de se débarrasser des dragons. Il serait facile pour son peuple de les creuser en utilisant sa magie. Des sentinelles seraient également postées à proximité des pièges pour s'assurer que des humains ou des Elfes n'y tombent pas par inadvertance. Les Chevaliers promirent donc de rester avec eux jusqu'à ce que tout soit en place.

Ayant accompli le plus dur de leur mission, Chloé s'intéressa enfin aux deux apprentis. Wanda était rassurée maintenant qu'elle savait que cette horrible bête n'avait été qu'une illusion, mais le jeune Kevin était encore en proie au choc. Elle posa donc un regard suppliant sur Dempsey, mais il avait déjà compris que c'était son devoir de maître d'intervenir auprès du jeune garçon de Zénor. Chloé les regarda s'éloigner et mit pied à terre pour reposer son cheval. En bon Écuyer, Wanda fit aussitôt de même.

19

Les remords d'un grand roi

De son côté, Jasson n'atteignit le Royaume des Elfes que le lendemain. Son jeune Écuyer le suivait en silence depuis le début de la journée. Le Chevalier sentit que de nombreuses questions peuplaient son esprit, mais il décida d'attendre qu'ils se soient arrêtés avant d'y répondre. Lorsqu'ils parvinrent enfin au village des Elfes, dans la clairière, ils le trouvèrent désert. Jasson tira lentement son épée de son fourreau et le jeune Nogait l'imita. La dernière fois que les Elfes s'étaient ainsi cachés, un grand malheur s'était abattu sur leurs voisins du nord. Tout en demeurant en selle, Jasson parcourut le village, ses sens aux aguets. Son apprenti, fort nerveux, le suivait de près.

Un petit garçon descendit alors d'un arbre à leurs pieds. Jasson reconnut Djen, le jeune Elfe qui les avait conduits au Roi Hamil à leur première visite.

– Pourquoi ton peuple s'est-il caché, cette fois-ci ? s'enquit Jasson.

– Il ne fait plus confiance aux hommes qui portent la cuirasse verte, répondit l'enfant en gardant ses distances.

– Dis à ton roi que le Chevalier Jasson d'Émeraude demande à s'entretenir avec lui. Je l'attendrai ici.

L'enfant hésita un moment, détailla les deux humains d'un regard méfiant, puis détala prestement entre les arbres.

– Maître ? appela alors Nogait, d'une voix inquiète. Ressentez-vous du danger ?

– Non, le rassura Jasson, revenant près de lui et rengainant son épée. Je suis seulement prudent. En général, lorsque tout un village est désert, il faut se méfier. Mais les Elfes sont des êtres craintifs. Nous allons devoir leur donner du temps pour qu'ils acceptent de nous rencontrer.

– Ils n'ont plus confiance en nous à cause du Chevalier Wellan, n'est-ce pas ?

– Disons que notre grand chef s'est montré plutôt agressif à notre premier passage. Il avait raison d'être en colère contre le Roi des Elfes, mais il n'avait pas le droit de le châtier lui-même. Cela va à l'encontre de notre code.

– Alors pourquoi l'a-t-il fait ?

– Chacun de nous a une faiblesse à surmonter, Nogait. Pour Wellan, c'est la colère. Moi, c'est mon insouciance.

– Nous avons nous aussi des faiblesses ? demanda le gamin en parlant des Écuyers.

– Certainement. C'est un des devoirs de vos maîtres de les dépister le plus rapidement possible et de les éliminer.

Sur ce, plusieurs Elfes sortirent de la forêt. Jasson reconnut le Roi Hamil au premier rang. Il descendit aussitôt de cheval et s'inclina devant lui. Nogait s'empressa d'imiter son maître.

– Pourquoi revenez-vous ici, Chevalier ? demanda le roi, méfiant.

– Les Chevaliers d'Émeraude ont de bonnes raisons de croire que l'ennemi est sur le point d'attaquer Enkidiev et qu'il descendra vers le sud, probablement à travers votre royaume.

– Et ils n'ont envoyé qu'un seul d'entre vous pour nous protéger ? s'étonna le roi.

– Nous ne sommes pas suffisamment nombreux pour assurer la protection du continent, fit Jasson. Nous avons plutôt opté pour un système de défense naturel.

Pendant que Jasson lui expliquait comment ils comptaient procéder, Hamil l'observa pensivement, puis il lui dit qu'il devait d'abord consulter son peuple. Le Chevalier se plia de bonne grâce à cette requête et le Roi des Elfes disparut dans la forêt. Il allait bientôt faire nuit et le Chevalier se souvint qu'elles étaient froides dans ce coin du continent. Il ramassa donc du bois avec son Écuyer et ils allumèrent un bon feu dans le cercle de pierre qui se trouvait au centre du village. Ils s'occupèrent ensuite de leurs chevaux, les firent manger et boire, puis s'installèrent eux-mêmes auprès du feu pour se nourrir et se réchauffer. Jasson fut surpris de voir revenir le Roi des Elfes au milieu de la soirée. Le visage marqué par une intense réflexion, Hamil s'assit près de lui sans plus de façon. Il était seul, mais Jasson sentait qu'une centaine de regards invisibles étaient posés sur eux.

– Nos forêts sont denses, déclara le roi en tournant la tête vers Jasson.

– Je ne crois pas que cela empêchera ces bêtes de traverser votre territoire, Altesse, avança le Chevalier.

– Maître, puis-je parler ? demanda alors Nogait.

Le Roi des Elfes posa un regard intéressé sur le gamin aux cheveux bruns et aux grands yeux bleus assis près du Chevalier, une couverture sur les épaules.

– Bien sûr, répondit Jasson.

– Majesté, j'ai lu dans la bibliothèque du Château d'Émeraude que les Elfes pouvaient non seulement capter la terreur des autres, mais également voir la cause de cette terreur.

Jasson ressentit une grande tension s'emparer du roi. Le gamin avait-il visé juste ? Avant qu'il puisse s'interposer, Nogait poursuivait.

– Un de vos sujets a certainement vu les dragons pendant les quelques minutes qui ont précédé le massacre des Sholiens. Cette personne pourrait transmettre cette image aux autres Elfes pour leur faire saisir l'ampleur de l'invasion qui nous menace.

– Pourquoi voudrions-nous revivre cette nuit d'horreur ? murmura Hamil en détournant le regard vers les flammes.

– Pour que votre peuple comprenne que les dragons doivent être détruits avant d'atteindre les régions habitées d'Enkidiev, insista l'enfant.

– Et pour qu'il soutienne votre décision de les arrêter à vos frontières, ajouta Jasson.

Le roi enfouit subitement son visage dans ses mains et sanglota. En proie au désarroi, Nogait se tourna vers Jasson, convaincu d'être la cause de ce chagrin. Le Chevalier posa une main apaisante sur son bras, l'assurant du contraire, et lui recommanda le silence.

Hamil pleura un long moment et Jasson sut que c'était lui qui avait assisté au massacre. En se branchant sur les pensées du monarque, le Chevalier aperçut alors, au milieu de la grande cour glacée de Shola, une immense bête recouverte d'écailles noires luisantes dont les yeux rouges brillaient dans l'obscurité. L'espace d'un instant, il crut distinguer un homme vêtu d'une sombre armure chevauchant la bête, mais le dragon tendit le cou à la vitesse d'un serpent. Jasson vit ses crocs immaculés fondre sur lui et ressentit une terrible douleur à la poitrine.

Le Chevalier sursauta en reprenant contact avec la réalité et constata qu'il tremblait de tous ses membres. La voix de son Écuyer lui parvint comme à travers un épais brouillard.

– Maître...

– Ça va, Nogait, je n'ai rien, le calma-t-il.

Le Roi des Elfes le regardait avec compassion. Il l'avait donc laissé sonder volontairement ses pensées pour lui faire mesurer son impuissance.

– J'ai vécu toutes ces morts sans arrêt le soir de l'attaque de Shola. Je n'avais certes pas besoin que le Chevalier Wellan vienne raviver ma douleur, déclara le roi.

– Ce que j'ai vu, murmura enfin Jasson, c'était un dragon ?

– Oui. Et les hommes-insectes en possèdent des centaines.

Jasson baissa le regard sur les flammes, tentant d'imaginer par quel miracle une poignée d'hommes, même animés de la meilleure volonté, allait pouvoir empêcher un tel massacre de se reproduire ailleurs sur le continent.

– Nous creuserons ces fosses là où vous nous l'indiquerez, laissa tomber le Roi Hamil avant de les quitter.

Nogait resserra la couverture sur les épaules de son maître, bien qu'il sût que ce n'était pas le froid qui le faisait trembler ainsi mais la vision projetée dans sa tête par le Roi des Elfes. Les Chevaliers étant tous reliés entre eux par leur esprit, ses frères avaient ressenti son malaise et ils lui envoyèrent, tous au même moment, une vague d'apaisement. Jasson s'écroula sur le dos et ferma les yeux de soulagement.

– Merci, murmura-t-il à l'intention de ses frères d'armes.

Avant de sombrer dans le sommeil, il croisa les yeux clairs du petit garçon qui était désormais son Écuyer. Sachant que Nogait veillerait sur lui, il se laissa emporter dans le néant.

.

20

RETROUVAILLES INATTENDUES

À des kilomètres de là, assis devant un feu à l'extrême frontière nord séparant le Royaume de Diamant et le Royaume d'Opale, Wellan et Santo avaient ressenti la terreur de Jasson. Pendant un instant, ils avaient craint qu'il ne soit tombé dans une embuscade, mais ils avaient vite compris que sa vision émanait d'un autre lieu et d'un autre temps. Wellan croisa les regards troublés de leurs jeunes Écuyers.

– C'était Jasson, murmura-t-il.

– Il a eu une affreuse vision et, puisque nous sommes reliés entre nous par l'esprit, nous l'avons ressentie, ajouta Santo. Mais c'est passé, vous n'avez aucune raison de vous inquiéter.

– Est-ce que nous serons aussi reliés avec vous lorsque nous serons devenus Chevaliers ? demanda Bridgess, pleine d'espoir.

– Je l'ignore, répondit Wellan. Nous n'avons pas été Écuyers comme vous, et nous n'avons jamais été séparés les uns des autres comme vous l'êtes présentement. C'est pour cette raison que le lien entre nous est si puissant. J'ignore s'il en sera de même pour vous.

Puis il conseilla aux apprentis de s'enrouler dans leurs couvertures et de dormir. Les deux Chevaliers firent de même et se couchèrent près du feu, leurs Écuyers bien en vue.

Au petit matin, les Chevaliers et leurs protégés se remirent en route. Wellan avait rapidement consulté les cartes du continent avant leur départ et il savait qu'ils devaient longer la rivière Amimilt, au centre du Royaume d'Opale, pour atteindre le château du Roi Nathan.

Ils chevauchèrent sans se presser, Wellan voulant mémoriser tous les détails du paysage, ce qui leur serait fort utile si jamais ils avaient à quitter les lieux en vitesse. C'était un pays boisé, constamment balayé par un vent frais. Le gibier y abondait, mais ils avaient suffisamment de provisions et n'auraient pas à chasser.

– Est-ce que ça va, Bridgess ? s'enquit Wellan en détectant sa soudaine lassitude.

– Je mentirais si je répondais que si, maître.

Wellan se retourna sur sa selle et sonda physiquement les deux enfants. Il sentit aussitôt que leurs jambes étaient douloureuses.

– Je pense que nous devrions marcher un peu, suggéra Santo.

Les Chevaliers mirent pied à terre et aidèrent les Écuyers à descendre de cheval. Ils se dégourdirent les jambes pendant un bon moment, leurs montures les suivant docilement, et la fillette sembla apprécier l'exercice.

– Tu vas devoir endurcir tes muscles, lui dit le Chevalier, sans reproche.

– J'y arriverai, maître, je vous le promets.

Il lui jeta un coup d'œil amusé. En dépit de son jeune âge, elle avait une volonté de fer et beaucoup de détermination. Il ne doutait pas qu'elle deviendrait un féroce guerrier avec les ans, peut-être même un grand chef, comme lui.

Au bout d'une heure, les Chevaliers firent remonter les enfants à cheval. Heureusement, le château n'était plus très loin. Ils pouvaient déjà apercevoir ses tours au-delà d'une épaisse forêt de conifères. C'était une forteresse toute blanche d'un style plus simple que celle d'Émeraude.

Ses hauts murs de pierre s'étendaient sur des kilomètres et seule sa façade principale n'était pas protégée par la sylve.

– Qu'est-ce que tu sais sur ce royaume ? demanda Santo à son chef.

– Le Royaume d'Opale est le plus indépendant de tous. Sa situation géographique l'a mis à l'abri lors de la dernière grande guerre. Les dragons n'ont pas réussi à remonter jusque-là parce qu'ils ont été arrêtés par les premiers Chevaliers avant d'atteindre le Royaume d'Émeraude. J'imagine qu'ils ne se croiront pas plus concernés par la nouvelle invasion. Il va donc falloir que tu te montres très persuasif, mon frère.

– Ce sont des voisins de ton ancien royaume, non ? poursuivit Santo en songeant déjà à sa stratégie.

– C'est exact. Les Royaumes d'Opale et de Rubis partagent des terrains de chasse sur leur frontière, mais s'il n'y a aucune rivalité entre les deux rois, aucun lien d'amitié ne les unit pour autant. Ils se respectent tout au plus.

– Parle-moi du Roi d'Opale.

– Le Roi Nathan a tout récemment hérité du trône à la mort de son père, le Roi Olum. On dit qu'il n'est pas très ouvert au progrès. Je ne sais pas qui est la reine.

Ils obliquèrent sur un chemin de terre qui semblait conduire directement au château et furent aussitôt interceptés par une troupe de soldats armés jusqu'aux dents. Ils portaient des cuirasses métalliques ornées d'un aigle aux ailes ouvertes sur des tuniques et des chausses noires et montaient de fiers destriers.

– Qui êtes-vous ? Que faites-vous sur les terres du Roi Nathan d'Opale ? aboya le chef des soldats sur un ton agressif.

– Nous sommes des Chevaliers d'Émeraude et nous désirons que le roi nous accorde une audience, répondit Wellan en sondant leurs véritables intentions.

Il savait que Santo faisait la même chose. Ces hommes étaient des durs à cuire. On ne leur avait inculqué aucune notion de respect ou de civilité et leur roi devait se chauffer du même bois.

– Nous avons reçu l'ordre de ne laisser passer personne, déclara le soldat.

– Ce que nous avons à dire au Roi Nathan relève de la plus haute importance, répliqua calmement Wellan.

Certains des hommes éclatèrent de rire. Les Chevaliers sentirent que leurs jeunes protégés se raidissaient devant leur insolence et leur transmirent une vague d'apaisement. Ce n'était guère le moment de provoquer ces hommes.

– Accepterez-vous de lui porter un message de notre part ? insista le grand Chevalier qui ne mordait pas à leurs affronts.

– Nous sommes des soldats, pas des messagers.

– Dans ce cas, vous comprendrez que votre roi doit sans plus tarder être mis au courant de la guerre qui se prépare, intervint Santo. Mais comme vous semblez capables de repérer l'ennemi vous-mêmes et avant qu'il ne soit trop tard...

Wellan et Santo échangèrent un regard complice et intimèrent silencieusement à leurs Écuyers de calquer leur attitude sur la leur.

– Dites tout de même à votre roi que ses voisins de Diamant nous ont réservé un bien meilleur accueil et que nous y retournons de ce pas, fit Wellan en relevant fièrement la tête. S'il désire en apprendre davantage au sujet de l'ennemi qui cherche à s'emparer d'Enkidiev, ce sera à lui de venir à nous.

Les Chevaliers rebroussèrent chemin, plantant là les soldats en proie à l'étonnement le plus complet. Les Écuyers ne comprenaient pas la réaction que cherchaient à provoquer leurs maîtres, mais ils leur emboîtèrent le pas sans discuter. Wellan et Santo utilisèrent leurs facultés magiques pour guetter la réaction des soldats, mais ils ne perçurent que leur confusion. Leur chef galopa à leur poursuite, mais les Chevaliers ne ralentirent d'aucune façon la course de leurs montures. Pas question de leur faciliter la tâche après cet accueil belliqueux.

– Nous sommes des soldats d'Opale, lança le chef en chevauchant près de Wellan. Si vous détenez des renseignements d'importance, c'est à nous que vous devez les donner.

– Les Chevaliers d'Émeraude ne parlent qu'aux rois, rétorqua Wellan sur un ton glacial.

Le soldat poussa son cheval et le fit pirouetter en travers de la route. Il n'avait apparemment pas apprécié le ton du Chevalier.

– Le roi n'accorde audience qu'aux guerriers de valeur, non aux mauviettes qui aiment parader en cuirasses décorées de pierres précieuses.

– Nous n'avons rien à prouver à qui que ce soit, s'impatienta Santo.

– Dans ce royaume, seuls les vrais hommes ont droit de parole, persifla le soldat. Si vous voulez voir le roi, il faudra que l'un de vous m'affronte en combat singulier. Alors là, je déciderai si je vous conduis ou non au château.

– Dans ce cas, ce sera moi, décréta Wellan avec un sourire moqueur qui glaça le sang des soldats.

En général, les étrangers qui osaient emprunter cette route prenaient leurs jambes à leur cou, mais ce Chevalier en cuirasse verte n'affichait aucune peur. Pire, il semblait plutôt ravi d'avoir l'occasion de se battre.

Silencieux, les soldats d'Opale formèrent un grand cercle autour d'eux. Le combat aurait donc lieu sur la route même. En se servant de son esprit, Santo demanda ses instructions à Wellan, lequel lui répondit par la même voie. *Si les choses devaient mal tourner, ramène les apprentis au Royaume d'Émeraude et continue d'organiser la défense du continent à ma place. Mais je ne prévois pas avoir d'ennuis.*

Il intercepta alors le regard inquiet de Bridgess et lui fit un clin d'œil en mettant pied à terre. Il lui tendit les rênes de son cheval, puis il s'adressa à son frère d'armes et aux deux enfants. *Quoi qu'il advienne, n'intervenez pas.* Il s'avança ensuite vers le soldat qui battait la poussière d'impatience. Si les hommes d'Opale étaient tous aussi désireux de se battre que celui-là, Wellan comprenait pourquoi Élund voulait les voir joindre leurs rangs.

– Montrez-moi ce que vous avez dans les tripes, Chevalier d'Émeraude ! le défia le soldat en brandissant son épée.

Il ne sembla pas impressionné par la stature imposante de Wellan ni par sa large main qui s'était refermée sur la garde de son épée pour la tirer de son fourreau. Il ne devait sûrement pas connaître l'histoire des Chevaliers d'Émeraude et leurs pouvoirs magiques.

Le soldat chargea le premier et, pendant quelques minutes, Wellan se contenta de parer ses coups tout en mesurant la force de son bras. Même s'il ne voulait pas vraiment l'humilier devant ses hommes, il devait lui faire comprendre que les Chevaliers d'Émeraude étaient une race de guerriers à part.

Voyant que l'homme répétait le même schéma d'attaque, soit des coups directs, sans finesse, et des parades instinctives, Wellan décida de lui faire plaisir et de lui montrer *ce qu'il avait dans les tripes*. Ses bras musclés maniaient la lourde épée avec aisance et il la fit tourner au-dessus de sa tête avant d'attaquer son adversaire de toutes parts. L'homme recula sous les coups répétés en ouvrant des yeux surpris. Jamais il n'avait combattu un ennemi à la fois aussi puissant et rapide. Wellan rassembla toute son énergie et asséna sur sa lame un coup qui déséquilibra le soldat. Un second coup porté à une vitesse fulgurante le désarma. Wellan décocha un violent coup de pied à son adversaire, en pleine poitrine, et il bascula vers l'arrière, s'écrasant durement sur le dos. Le Chevalier pointa aussitôt sa lame sur sa gorge et lui servit son sourire le plus sadique.

– Je suis le Chevalier Wellan d'Émeraude ! rugit-il en vainqueur.

Les soldats qui les encerclaient tirèrent aussitôt leurs épées, mais Wellan leva sa main libre et une force invisible leur arracha leurs armes, qui s'empilèrent sur le sol devant le Chevalier.

– C'est un sorcier ! s'exclama l'un des soldats.

– Avant de défier un Chevalier d'Émeraude, vous auriez dû vous informer, soldats d'Opale ! les admonesta Wellan. Nous ne sommes pas seulement les plus puissants guerriers du continent, mais aussi de grands magiciens !

Wellan recula et glissa son épée dans son fourreau. Son adversaire se redressa sur ses coudes, un respect tout neuf se lisant sur son visage. Le Chevalier, conscient qu'il avait l'attention de la galerie, leva les deux bras vers le ciel et les épées s'élevèrent dans les airs sous les regards pétrifiés des soldats. Réprimant un sourire de satisfaction, Wellan baissa vivement les bras et les lames d'acier allèrent se planter dans les arbres qui bordaient la route. Le vaincu se releva et posa un genou en terre devant le Chevalier aux pouvoirs redoutables.

– Je suis Kardey d'Opale, chef des soldats de Sa Majesté le Roi Nathan. Je vous conduirai jusqu'à lui.

Wellan le salua d'une légère inclinaison de la tête et retourna vers son cheval. Bridgess le regardait avec une admiration renouvelée. Il n'était plus seulement son maître, il était aussi devenu son héros.

– Tu donnes un bon spectacle, murmura Santo avec un sourire amusé.

– Merci, répondit Wellan en grimpant en selle, plutôt fier de lui-même.

Après avoir dégagé leurs lames, les soldats, soudainement dociles, les escortèrent jusqu'au château. Ce n'est qu'en pénétrant dans son enceinte que Wellan comprit pourquoi la forteresse était si étendue. Les paysans ne vivaient pas à l'extérieur de ses murs, mais à l'intérieur. De petites maisons et des jardins s'alignaient de chaque côté d'une allée bordée de peupliers qui menait au palais de pierre couleur de sable, lequel s'élevait sur deux étages. Des balcons ornaient sa façade, des fanions noirs brodés d'animaux argentés décorant les balustrades. À l'ouest du principal corps de logis, de grandes étendues de terre étaient cultivées par les paysans d'Opale et, plus au nord, d'immenses enclos servaient de pâturage aux bêtes.

Des palefreniers s'empressèrent de s'occuper des chevaux tandis que le chef des soldats entraînait les visiteurs dans une grande pièce où brûlait un bon feu. Des serviteurs leur offrirent à boire en les dévisageant. Il était évident qu'ils ne voyaient pas souvent d'étrangers dans ce royaume.

Bridgess but le vin chaud sans parvenir à détacher son regard de Wellan. Lorsqu'il s'en rendit compte, le grand Chevalier alla s'asseoir près d'elle. Santo était devant le feu et répondait aux questions de son propre Écuyer.

– Pourquoi me regardes-tu comme si tu craignais que je disparaisse ? demanda Wellan à son apprentie.

– Oh non, maître, le détrompa l'enfant, je suis certaine que vous ne disparaîtrez jamais.

Wellan sourit. Avec affection, il posa la main sur son bras.

– Personne n'est éternel, fillette.

– Mais vous êtes bien trop fort pour être facilement vaincu.

– Je ne suis pas fort, Bridgess, répliqua Wellan, je suis surtout rusé. Je connais mes forces et mes faiblesses et je sais comment m'en servir pour obtenir le meilleur résultat possible. Je suis un bon escrimeur parce que mes bras sont solides, mais je n'ai pas beaucoup d'endurance. Il faut donc que je mette rapidement fin à mes combats si je veux les gagner. Quant aux trucs de magie que j'ai utilisés, tu aurais pu faire la même chose. Il faut seulement savoir bien utiliser son potentiel, c'est tout.

– Vous m'enseignerez à utiliser le mien ?

– C'est pour cette raison qu'on t'a confiée à moi.

✧　　✧
✧

Lorsque le Roi Nathan apprit que des Chevaliers, fussent-ils d'Émeraude, avaient réussi à déjouer ses meilleurs guerriers, il se montra fort impressionné. Kardey, le chef de sa garde, lui décrivit son combat contre Wellan avec force détails. Lorsqu'il lui parla de magie, Nathan se leva lentement de son trône. On lui avait laissé entendre que ces nouveaux soldats étaient supérieurs à ceux d'antan, parce qu'on les formait dès l'enfance, mais il avait cru que c'était simple vantardise de la part d'Émeraude Ier.

– Qu'on prépare un festin en leur honneur ! ordonna le roi à ses serviteurs.

✧　　✧
✧

Dans la grande pièce qu'on avait mise à leur disposition, Wellan s'allongea sur le sol, près du feu, détendit tous ses muscles et laissa sa conscience s'engourdir. Dans le cœur de chaque Chevalier se trouvait un endroit très calme où ils aimaient se réfugier de temps en temps pour se centrer. Il n'était pas nécessaire qu'ils y restent bien longtemps, mais ils devaient s'y rendre souvent. Le sanctuaire de Wellan était une grotte où il aimait aller, enfant, au Royaume de Rubis. Formation naturelle d'une grande beauté, il l'avait découverte par hasard avec son frère aîné, Stem. On ne pouvait accéder à cette caverne que par la rivière Sérida qui coulait non loin du château.

Wellan avait été très impressionné par les murs recouverts de cristaux qui scintillaient sous les rayons diffus du soleil. La lumière dorée plongeait dans les eaux de la rivière pour ricocher sur le plancher à demi submergé de la grotte. C'était un endroit irréel, comme dans les rêves, où on pouvait presque entendre le silence. Il avait donc choisi ce souvenir enfoui au fond de lui pour s'y retirer lorsqu'il avait besoin de refaire ses forces.

Lorsqu'il rouvrit les yeux, il faisait presque nuit. Bridgess veillait à ses côtés et l'observait avec attention.

– Le roi vient de nous faire appeler, déclara-t-elle.

Wellan fut sur pied en moins de deux. Les serviteurs les conduisirent jusqu'à la salle du festin où toute la cour s'était rassemblée. La rumeur de la défaite de Kardey aux mains d'un géant venu d'un pays étranger s'était répandue comme une traînée de poudre et tous mouraient d'envie de rencontrer le champion.

Un murmure parcourut l'assistance lorsqu'ils virent entrer le Chevalier vêtu de vert qui les dominait tous d'une tête. Conscient de l'effet qu'il provoquait, et rempli de fierté, Wellan se redressa davantage. Si le peuple d'Opale aimait les grands guerriers, alors il lui en donnerait pour son argent. Il s'arrêta devant Nathan d'Opale et s'inclina respectueusement, Santo et les Écuyers l'imitant.

– Je suis le Chevalier Wellan d'Émeraude. Voici mon compagnon d'armes, le Chevalier Santo d'Émeraude, ainsi que nos Écuyers, Bridgess et Kerns.

– Il y a des filles parmi vous ? s'étonna le roi.

– C'est exact, Altesse. Les Chevaliers peuvent être hommes ou femmes. C'est leur valeur qui leur assure ce privilège, pas leur sexe.

Wellan constata alors qu'il n'y avait que des hommes dans la grande salle, sauf une femme et une petite fille assises à l'autre bout de la table royale, sûrement la reine et une princesse. Le monarque leur présenta une cohorte de dignitaires, puis les convia à manger avec lui. Wellan laissa Santo prendre place près du roi pour qu'il use de son pouvoir de persuasion, et choisit de s'asseoir entre les deux apprentis. Il repéra Kardey à une autre table et le salua de la tête avec respect. Flatté, le soldat lui rendit son salut. Il était important pour un Chevalier de se faire des alliés partout où il allait, rappela Wellan aux enfants. Dommage qu'il n'ait pas suivi son propre conseil au Royaume des Elfes...

Lorsque Santo décrivit les dragons au roi, la salle devint silencieuse et l'écouta attentivement. Le Chevalier étant un bon orateur, il sut trouver les mots pour imprimer à tout jamais l'image du monstre dans leur mémoire. Il leur raconta ensuite les horreurs subies par les Sholiens. Pendant que Santo s'adressait avec éloquence à la cour d'Opale, Wellan observait la petite fille immobile près de la reine.

Comment t'appelles-tu ? lui demanda le Chevalier en utilisant ses pensées. *Swan*, répondit-elle sur-le-champ. Elle avait donc le potentiel de devenir un Chevalier d'Émeraude, comprit Wellan. *Je peux moi aussi faire bouger des épées dans les airs, mais ma mère me l'interdit. Elle dit que les femmes ne doivent jamais attirer l'attention sur elles.* Wellan continua de discuter avec l'enfant sans que personne s'en rende compte. Il lui expliqua que les choses se passaient différemment au Royaume d'Émeraude, où les filles étaient encouragées à devenir des Chevaliers. Il lui parla de Chloé et de Bridgess qui avaient des talents que les hommes ne possédaient pas.

La main de Bridgess se posa sur sa jambe et le ramena à la conversation se déroulant entre le roi et Santo. Wellan tourna la tête vers eux comme s'il n'en avait pas manqué un mot.

– Je crois que des trappes pourraient être une bonne solution pour stopper l'avance de ces créatures si vous êtes bien certains qu'elles ne peuvent pas être chassées et tuées comme du gros gibier ordinaire, déclara Nathan.

Santo dirigea vers Wellan un regard insistant et il donna à la cour des explications supplémentaires sur les dragons et les hommes-insectes qui les chevauchaient. Il ouvrit ensuite le cylindre accroché à sa ceinture et tendit les plans au roi qui les examina en plissant le front.

– Où aimeriez-vous creuser les trappes ? demanda-t-il finalement à Wellan.

– À la frontière entre votre royaume et celui des Elfes. Mes frères sont en route vers les autres royaumes afin de persuader leurs souverains d'en faire autant.

– C'est une tâche difficile que vous avez entreprise là, Chevaliers, murmura le roi en hochant doucement la tête.

– C'est notre devoir de protéger Enkidiev, Altesse, assura Wellan.

Un bourdonnement s'éleva dans la salle, les hommes discutant tous à la fois de l'éventualité d'un affrontement avec ces monstres sanguinaires ou de la meilleure façon de construire les pièges. Wellan profita de cette confusion pour s'approcher de la femme et de la fillette au bout de la table, Bridgess sur ses talons. Le grand Chevalier s'accroupit près de l'enfant.

– Je crains que nous n'ayons pas été présentés, fit-il, courtois, à l'intention de la jeune femme aux longs cheveux noirs. Je suis le Chevalier Wellan d'Émeraude et voici mon Écuyer, Bridgess.

– Je suis la Reine Ardère d'Opale et voici la princesse Swan, répondit la jeune femme dans un large sourire.

Le nom de la reine lui parut familier, mais il n'arriva pas à se souvenir où il l'avait déjà entendu. Il lui parla aussitôt des aptitudes particulières que présentait sa fille.

– Les Chevaliers peuvent voir des choses qui restent invisibles aux hommes ordinaires, commença-t-il d'une voix douce, pour ne pas l'effrayer. Je décèle chez la princesse un talent certain pour la magie. Elle pourrait devenir un atout pour le continent si vous deviez la confier au magicien Élund.

– Les femmes ne sont pas importantes dans ce royaume, sire Wellan, répondit tristement la reine.

– Mais elles le sont ailleurs, milady, affirma-t-il. Si elle n'a pas sa place dans ce royaume, elle en aura certainement une au Château d'Émeraude.

Le Chevalier et la reine s'observèrent longuement et ses yeux en amande aussi sombres que la nuit éveillèrent un faible écho en lui. Avant qu'il puisse lui poser la moindre question, le Roi Nathan l'agrippait par un bras et l'entraînait vers un groupe d'hommes qui voulaient discuter stratégie.

Wellan et Santo répondirent de leur mieux aux questions dont les bombarda l'entourage du roi. Leurs Écuyers les suivaient en silence en écoutant attentivement tout ce qui se disait autour d'eux. Lorsqu'ils se retirèrent enfin pour la nuit, les enfants étaient épuisés, mais les Chevaliers, satisfaits. Dès le lendemain, ils se rendraient à la frontière du royaume avec une armée de volontaires prêts à creuser les pièges. Santo superviserait le groupe qui travaillerait à proximité de la frontière du Royaume de Diamant et Wellan, celui qui creuserait les fosses en bordure du Royaume des Ombres.

✧   ✧
✧

Le lendemain matin, les Chevaliers durent réveiller leurs apprentis et les pousser vers les bains. Bridgess ne se plaignait pas, mais il était évident que ses jambes la faisaient souffrir. Leur toilette terminée, Wellan prit un petit flacon dans une de ses sacoches et frictionna les jambes de son Écuyer, soulageant sa douleur. Lorsqu'elle voulut savoir ce que contenait la bouteille, il lui répondit avec un clin d'œil que c'était son secret.

Bridgess le suivit dans le hall, où ils mangèrent en silence, puis ils se rendirent dans la cour où les attendaient leurs chevaux. Santo et Kerns partirent avec le premier groupe. Le Chevalier aux yeux noirs serra affectueusement l'avant-bras de Wellan et ce dernier lui promit de rester en contact avec lui. Il monta ensuite en selle, Bridgess s'empressant de l'imiter. Kardey lui-même les guida vers les terres du nord-ouest. Le roi leur avait fourni une centaine d'hommes pour creuser les fosses, un groupe de chasseurs pour leur procurer du gibier et des cuisiniers pour préparer les repas.

Ils chevauchèrent en observant les hauts plateaux du Royaume des Ombres et les immenses cascades qui s'y déversaient, formant des rivières aux eaux glaciales qui serpentaient sur le reste du continent. Kardey leur indiqua la frontière du royaume, à l'orée d'une forêt d'arbres géants, là où commençait le Royaume des Elfes. C'était une vaste plaine, où la végétation se faisait plus rare. Il leur faudrait donc creuser un nombre considérable de fosses pour stopper les dragons, s'ils réussissaient à traverser la forêt des Elfes, mais ils y arriveraient. Ils devaient y arriver s'ils voulaient survivre.

Wellan parcourut la frontière en compagnie du chef des soldats et ils plantèrent des piquets qui délimitaient l'emplacement des trois rangées de pièges. Les ouvriers se mirent immédiatement à creuser pour ne s'arrêter qu'au coucher du soleil. Rassemblés autour des feux, ils dévorèrent le repas du soir avec appétit. Pendant un moment, Wellan s'isola mentalement et contacta Santo. Il apprit que son groupe avait aussi commencé à creuser. Il communiqua également avec chacun de ses frères d'armes et se réjouit d'apprendre qu'ils avaient réussi à convaincre tous les monarques de participer aux mesures défensives du continent.

En sortant de sa transe, il entrevit les yeux inquiets de Bridgess tournés vers les falaises et posa une main rassurante sur son épaule en lui disant qu'elle n'avait rien à craindre. Elle dormit près de lui, enroulée dans sa couverture, mais son sommeil fut agité. Wellan étendit alors ses sens invisibles sur toute la région, mais ne trouva pas la cause de son malaise. Le lendemain matin, après qu'ils se soient lavés dans la rivière Amimilt, Wellan lui demanda ce qui avait perturbé son sommeil. Elle jeta un coup d'œil à la muraille rocheuse qui séparait le Royaume d'Opale de celui des Ombres.

– On raconte beaucoup de choses concernant cet endroit, chuchota-t-elle, espérant qu'il ne la gronderait pas, puisqu'il s'agissait surtout de superstitions.

– Qui les raconte ? demanda le Chevalier en marchant à ses côtés en direction des fosses.

– Les autres élèves... Ils parlent entre eux d'une race de gens étranges qui vivent au Royaume des Ombres et au Royaume des Esprits.

– Et que disent-ils à ce propos ?

– Que ce sont des squelettes, des âmes damnées qui n'ont pas de peau sur les os, et qui essaient d'attraper les voyageurs pour prendre la leur.

– Voilà donc pourquoi tu as si mal dormi, comprit le Chevalier. Tu avais peur qu'ils te ravissent la tienne.

– Je sais que ce sont probablement des racontars, maître, mais j'étais incapable de ne pas y penser.

– Dans ce cas, laisse-moi te rassurer pour que tu retrouves le sommeil, car nous resterons ici pendant plusieurs semaines encore.

Bridgess n'osa pas répliquer, mais Wellan la sentit se raidir à l'idée de passer tout ce temps à proximité du Royaume des Ombres. Le Chevalier se souvenait d'avoir lui aussi entendu ces histoires abracadabrantes au sujet de ces contrées éloignées, mais son insatiable curiosité l'avait poussé à se renseigner davantage sur ces pays du nord. Ainsi, il avait appris que c'était surtout des terres volcaniques emprisonnées sous une épaisse couche de glace où aucune créature ne pouvait survivre. Quant aux âmes des damnés, Wellan croyait fermement qu'elles se rendaient dans le monde des morts, comme toutes les autres, mais qu'elles y étaient traitées différemment.

– Personne n'habite sur ces plateaux, Bridgess, assura-t-il. Le climat et la composition du sol ne le permettent pas.

– Mais Shola se situe aussi là-haut et des gens y habitaient, protesta l'Écuyer.

– Shola ne fait pas partie de la chaîne de montagnes volcaniques qui s'étend vers l'est et son sous-sol est plus stable. De plus, elle est recouverte de neige, pas de glace en perpétuel mouvement. Tu peux me croire, j'ai vérifié moi-même tout ce que j'avance.

– Ça me rassure, murmura l'enfant encore un peu craintive.

Wellan réprima un sourire amusé, ne voulant surtout pas qu'elle pense qu'il se moquait d'elle. Il savait qu'elle parviendrait éventuellement à se raisonner toute seule.

Ils arrivèrent sur le chantier où des hommes creusaient la terre pendant que d'autres la transportaient plus loin dans des petites brouettes de bois. Au grand étonnement de Bridgess, Wellan enleva sa ceinture, sa cuirasse et sa tunique verte. Il empoigna une pelle et se mit à creuser avec les autres. La fillette l'observa en pensant qu'un Chevalier ne devrait pas se mêler ainsi aux ouvriers, puis elle se rappela que ces nobles guerriers étaient eux aussi des serviteurs du continent. Elle admira les bras et la poitrine aux muscles saillants de son maître. C'était sûrement grâce à des travaux de ce genre qu'il les avait développés ainsi. La peau ruisselante de sueur, Wellan se tourna vers elle.

– Trouve une pelle et viens m'aider, lança-t-il.

– Moi ? s'étonna Bridgess.

– Oui, toi, fit Wellan d'un air qu'il voulait le plus sérieux possible. Il est temps que tu commences à te faire des muscles.

Incertaine, l'apprentie obéit, ramassa une pelle qui traînait à proximité sur le sol, et s'approcha du rebord de la fosse, surplombant le Chevalier.

– Je veux bien creuser, maître, mais je garde ma tunique, l'avertit-elle en pinçant les lèvres.

Elle sauta dans la fosse et Wellan dut faire de gros efforts pour ne pas éclater de rire. Elle passa donc toute la matinée à pelleter de la terre hors de la fosse. Elle ne serait plus capable de le faire lorsque la cavité serait devenue trop profonde, mais c'était un bon exercice pour ses bras maigrelets, appelés dans un proche avenir à manier une lourde épée.

Le soir venu, Bridgess était si rompue de fatigue qu'elle mangea à peine et s'endormit pendant les histoires de chasse que leur racontait Kardey. « Au moins, elle n'a pas eu le temps de penser aux âmes tourmentées qui habitent le Royaume des Ombres », pensa Wellan.

Au matin, il dut lui frictionner les bras avec sa lotion magique pour qu'elle puisse les remuer un tantinet. Ce voyant, il ne l'obligea pas à creuser. Il la laissa veiller sur ses armes et aida les hommes dans leurs tâches.

Lorsqu'il revint de la forêt, il eut un mouvement de surprise en trouvant la reine et la princesse avec son Écuyer. Mais que faisaient-elles donc aussi loin du château ?

– Majesté, fit-il en s'approchant. Vous auriez dû vous annoncer...

– Mais ce n'est pas la première fois que je vous vois torse nu, Chevalier, l'interrompit la reine, s'amusant visiblement de son embarras.

Wellan fouilla sa mémoire à toute vitesse. Ardère..., le Royaume de Rubis..., la princesse du Royaume de Jade...

– Vous êtes la sœur du Roi Lang ! s'exclama-t-il enfin.

Bridgess tentait désespérément de se rappeler ses cours d'histoire, mais ces associations ne lui disaient rien du tout.

– Je croyais que vous ne me reconnaîtriez jamais ! plaisanta la reine. Venez marcher avec moi, sire Wellan.

Elle confia la petite princesse aux bons soins de l'Écuyer et suivit Wellan à travers le chantier où les hommes continuaient de s'affairer.

– Mes souvenirs de vous sont confus, Majesté, et je m'en excuse, déclara-t-il en revêtant sa tunique.

– Comment pourrais-je vous en vouloir, Wellan de Rubis ? Vous étiez si jeune à l'époque. Lorsque mon père m'a annoncé que notre mariage n'aurait pas lieu parce que le Roi Burge avait décidé de faire de vous un Chevalier d'Émeraude, j'ai eu le cœur brisé.

Wellan ne sut quoi lui dire pour la réconforter.

– Ce n'est qu'en vous voyant, l'autre jour, que j'ai compris que ma réaction avait été purement égoïste. Vous faites honneur à votre Ordre.

Ils marchèrent en silence un instant, chacun pensant à la vie qu'ils auraient pu avoir ensemble.

– Je me demande parfois à quoi auraient ressemblé nos enfants, sire, laissa tomber la reine dans un soupir de regret.

Pris par surprise, le Chevalier demeura muet. Il se souvenait qu'il avait été promis à la princesse de Jade à sa naissance. À ce moment-là, elle était âgée de six ans. Toutefois, il n'était pas rare, dans la royauté, que les futurs époux ne soient pas du même âge. Très tôt, Wellan avait manifesté des dons magiques qui avaient inquiété tout le Château de Rubis. Il déplaçait les objets sans les toucher ainsi que les gens qui se trouvaient sur sa route. Tous les serviteurs s'étaient plaints de lui à son père, le Roi Burge, mais celui-ci pardonnait toujours à son benjamin ses erreurs d'enfant, parce qu'il lui ressemblait beaucoup. C'était sa mère, la Reine Mira, qui avait décidé de l'expédier au Royaume d'Émeraude.

– Je suis désolé, murmura finalement Wellan.

– Ce n'était pas votre décision de quitter votre royaume, mais celle de vos parents, répliqua Ardère en glissant sa main dans la sienne. Et en vous regardant aujourd'hui, je dois avouer que c'était la bonne. Vous avez fière allure dans votre cuirasse couverte de pierres précieuses.

Wellan continua de marcher à ses côtés sans se soucier des regards qui se tournaient vers eux. Si cet aparté devait parvenir aux oreilles du Roi Nathan, il comprendrait certainement qu'ils étaient de vieux amis qui se retrouvaient pour la première fois depuis leur enfance.

– Et puis, j'ai mis une fille magique au monde sans votre aide, se moqua la reine.

– Confiez-la au magicien d'Émeraude, vous ne le regretterez pas, la pressa Wellan.

– Je le ferai... pour vous.

Elle s'arrêta et le regarda droit dans les yeux. Wellan porta sa main à ses lèvres et la baisa avec courtoisie.

– Et si jamais vous décidiez de vous marier, déclara-t-elle, vous n'avez qu'à m'enlever.

L'étonnement qui se peignit sur le visage du Chevalier la fit rire de bon cœur. Elle le ramena là où elle avait laissé sa fille et le remercia pour ses bons conseils. Sans plus lui accorder un regard, elle s'éloigna avec la petite Swan.

21

Le magicien de cristal

Pendant que les Chevaliers installaient des pièges à dragons dans différents royaumes, Kira avait passé beaucoup de temps avec le jeune Hawke qui lui enseignait tous les mots qu'il connaissait. L'enfant mauve commençait à mieux comprendre le monde dans lequel elle avait été propulsée, mais sa maîtrise de la langue laissait encore à désirer. Lorsque l'Elfe n'était pas disponible, Kira échappait à la surveillance d'Armène et allait épier les plus jeunes élèves absorbés dans leurs exercices de magie. Certains étaient doués, d'autres moins. Elle les observait en secret et retournait ensuite dans ses appartements pour tenter de reproduire les exercices.

Un matin, tandis que le roi trônait dans la salle d'audience à prêter l'oreille aux plaintes de deux paysans qui se querellaient au sujet de la limite de leurs champs respectifs, la petite Sholienne se faufila entre les jambes des dignitaires jusqu'à Émeraude Ier et grimpa tout bonnement sur ses genoux, comme elle avait l'habitude de le faire en privé. Le silence tomba sur la cour, mais Kira ne s'en rendit pas compte.

– Où Wellan ? demanda-t-elle en posant ses grands yeux violets sur le monarque.

– Il est en mission, Kira, tu le sais. Et tu ne dois pas venir ici quand je reçois mes sujets.

Elle tourna brusquement la tête et vit tous ces gens qui la regardaient avec déplaisir.

– Personne aimer Kira, geignit-elle.

Avant que le roi puisse la retenir, elle sauta sur ses pieds et s'enfuit en courant, le cœur en pièces.

✧   ✧
✧

Ce soir-là, dans les cuisines, Armène la fit asseoir sur la grande table où elle lui servit un bol de potage. Kira mangea lentement pendant que la servante brossait ses cheveux doux comme de la soie.

– Il y a beaucoup de gens dans le royaume qui ne te connaissent pas encore, mon cœur, mais ça ne veut pas dire qu'ils ne t'aiment pas.

– Même Wellan pas aimer Kira.

– Non, c'est faux. Il a beaucoup d'affection pour toi. C'est pour ça que ta mère lui a demandé de veiller sur toi.

– Wellan pas veiller, Wellan partir.

– Parce qu'il est un Chevalier d'Émeraude et que son premier devoir consiste à nous protéger.

La servante l'embrassa sur le front, la faisant sourire. Elle lui donna ensuite son bain, lui enfila une chemise de nuit et la porta jusqu'à sa chambre en la serrant contre son cœur.

✧   ✧
✧

Le lendemain, une grande clameur à l'extérieur du palais arracha Kira au sommeil. Hawke lui ayant raconté des histoires au sujet de la dernière guerre, elle craignit que le Château d'Émeraude ne soit à nouveau la proie des dragons. Elle sauta de son lit et courut à la fenêtre. Effrayée devant la grande cour bondée de monde, elle se précipita sur la porte, l'ouvrit pour s'élancer dans le couloir, puis dans l'escalier. Elle obliquait vers les portes de l'entrée principale lorsque Armène la cueillit au passage.

– Kira savoir ! tempêta la petite, tentant de se dégager des bras de la servante.

– Ce sont seulement des gens qui veulent confier leurs enfants à Élund, la rassura Armène. Ça ne nous regarde pas. Quant à toi, petite demoiselle, tu vas passer la matinée avec Hawke et apprendre d'autres mots.

– Oui, Kira apprendre mots ! s'écria-t-elle, en hochant vigoureusement la tête.

Au même moment, le magicien se penchait à la fenêtre de sa haute tour. Voyant tous ces gens qui se pressaient les uns contre les autres, il se dépêcha de descendre, curieux de connaître la raison de leur présence au Royaume d'Émeraude.

– Nous répondons à l'appel du roi, le renseigna un homme qui tenait un petit garçon par la main.

– Un messager nous a dit que vous cherchiez des enfants de cinq à dix ans avec des dons magiques afin d'en faire des Chevaliers d'Émeraude, renchérit sa femme.

– Je vois, grogna Élund en contenant sa rage.

Il retourna à l'intérieur du palais, le visage de plus en plus rouge, et se rendit directement aux appartements du roi.

– Majesté, vous me voyez profondément vexé, annonça le magicien en exécutant une courte révérence. Nous nous étions pourtant entendus sur le processus de recrutement des Chevaliers.

– De quoi parlez-vous, Élund ? s'étonna Émeraude Ier.

– Il y a présentement dans la cour du château des centaines de familles qui nous ont amené leurs enfants ! Et ils disent répondre au message que vous avez fait porter dans leurs royaumes !

– Mais je n'ai envoyé personne nulle part ! protesta le roi.

– Dans ce cas, pourquoi ces gens sont-ils tous ici ?

Puis le magicien se frappa brutalement le front.

– Wellan ! rugit-il.

– Mais que vient-il faire dans cette histoire ? s'impatienta le roi. Il se trouve au Royaume d'Opale depuis des semaines.

– Avant son départ, il a déclaré que je ne formais pas suffisamment d'enfants à la fois et qu'une poignée de Chevaliers ne pouvait pas protéger convenablement Enkidiev. Il voulait grossir rapidement les rangs de l'Ordre.

– Je me dois d'avouer que je suis plutôt d'accord avec lui, Élund.

– Cela ne regarde en aucune façon les Chevaliers ! J'insiste pour que son initiative irrévérencieuse soit punie, Majesté !

– Wellan est un meneur d'hommes. J'ai besoin d'un guerrier comme lui pour mener une action concertée contre l'ennemi.

– Mais cela ne lui donne pas le droit d'envoyer des messagers en votre nom ! Qu'inventera-t-il la prochaine fois ?

– Je réglerai ceci avec notre grand Chevalier à son retour. Pour l'instant, nous devrions recevoir ces gens comme il se doit.

Émeraude Ier fit installer des tentes dans la grande cour. À contrecœur, Élund commença à tester les enfants et reconnut, avec surprise, qu'ils étaient encore plus doués que ses élèves actuels. Certains des candidats avaient déjà huit ans, mais ils affichaient de si belles aptitudes magiques qu'il ne pouvait tout simplement pas les renvoyer. À la fin de la première journée, une vingtaine d'enfants avaient été acceptés et conduits dans les dortoirs. Le processus se poursuivit pendant quelques jours sans qu'aucun ne fut refusé, et Élund fut forcé d'admettre que Wellan avait su formuler sa demande de façon à n'attirer au château que les enfants doués d'un potentiel incroyable. Mais le magicien n'était pas au bout de ses surprises.

Après que les nouveaux élèves, une soixantaine au total, se fussent installés au château et que leurs parents eussent repris le chemin du retour, un homme demanda à voir le Roi d'Émeraude pour lui offrir ses services de magicien. Intrigué, le roi ordonna aussitôt qu'on le conduise dans sa salle d'audience privée. Il savait qu'il y avait très peu de magiciens sur le continent et se demanda ce qui avait bien pu pousser celui-là à quitter son poste.

Les serviteurs firent entrer un homme d'une vingtaine d'années, grand, mince, aux cheveux châtains plutôt courts et aux yeux gris. Il portait une tunique beige, serrée à la taille par un simple cordon. Sur son dos pendait un sac qui contenait apparemment tous ses avoirs. Il salua courtoisement le roi et lui apprit qu'il était né dans la Forêt Interdite, qu'il n'appartenait à aucun des royaumes du continent et qu'il avait étudié auprès d'un grand magicien. Émeraude Ier aurait souhaité le questionner davantage avant de convoquer Élund, mais, ayant déjà capté la présence de ce rival sur son territoire, ce dernier faisait irruption dans la salle d'audience sans y avoir été invité, le visage empourpré.

– Qui vous envoie ? tonna le vieux magicien.

– Mon maître, répondit-il, s'inclinant respectueusement. Je m'appelle Abnar. Je suis apprenti magicien et je cherche une position d'importance auprès d'un grand roi ou d'un grand mage. J'ai appris que vous aviez beaucoup d'enfants auxquels enseigner et...

– Qui ? le coupa Élund, furieux. Qui vous l'a dit ?

– Personne, assura le jeune homme.

– Je vous interdis de le protéger !

Il était évident, à son expression déconcertée, que l'apprenti ignorait que le magicien faisait allusion au Chevalier Wellan, qu'il accusait déjà d'ingérence dans toutes ses affaires.

– Quelqu'un de mon royaume vous a-t-il fait porter un message ? intervint le roi, plus calme et plus diplomate que son magicien.

– Non, Majesté, affirma Abnar avec sincérité. Les magiciens ont d'autres moyens de se renseigner.

– Eh bien ? le pressa Élund, intraitable. De quelle façon vous y êtes-vous pris ?

– Mon maître est retourné auprès des dieux il y a de cela quelques lunes mais il m'est apparu à deux reprises : la première fois pour m'annoncer que le continent était en danger et, la seconde, pour me dire que vous aviez besoin d'aide.

– Et qui était votre maître ?

– Le Magicien de Cristal..., hésita l'apprenti comme s'il craignait que personne ne le croie.

Émeraude Ier et Élund le fixèrent un instant avec l'étonnement le plus total. Chacun savait que cet Immortel vivait au sommet de la Montagne de Cristal, mais personne ne l'avait jamais vu. Et s'il était vraiment disparu, les étoiles en auraient certainement informé les humains.

– Jeune homme, il vous en cuira si vous me mentez, le menaça le magicien d'Émeraude.

– Maître Élund, comme vous serez certainement en mesure de le constater par vous-même, je ne mens jamais, assura Abnar en levant ses yeux pâles sur lui. Mon maître m'a dit qu'une terrible guerre se préparait et que seuls les Chevaliers d'Émeraude sauraient vaincre l'ennemi qui débarquera bientôt sur le continent. Il m'a demandé d'aller vous prêter main-forte, mais je ne resterai pas dans ce château contre votre gré, même si telle est la volonté du Magicien de Cristal.

Contrarié, Élund garda le silence et continua d'observer l'étranger avec méfiance. Il s'approcha finalement de lui et avisa l'anneau de cristal qui pendait à une chaînette d'argent à son cou. Lorsqu'il lui en demanda la provenance, Abnar répondit que c'était le précieux héritage du grand maître. Cet anneau contenait tout son savoir mais ne dévoilait ses secrets qu'un à la fois.

– Vous êtes bien jeune pour posséder un tel pouvoir, fit le magicien, songeur.

– Ne vous fiez pas à ce que voient vos yeux, maître Élund. J'ai passé toute ma vie à étudier dans la Montagne de Cristal.

– Prenez-le à l'essai, Élund, pria le roi, qui voulait mettre un terme à cet affrontement inutile.

Poussant un profond soupir, qui ne lui apporta curieusement aucun soulagement, il capitula. Abnar fut donc installé dans la deuxième tour, au-dessus de l'étage où logeaient les nouveaux élèves. Spacieuse, la pièce meublée d'un lit, d'une table, de deux chaises, ainsi que d'un coffre où il pourrait ranger ses affaires, lui convenait à merveille. Il apprécia aussi les nombreuses fenêtres qui laissaient entrer la clarté du jour.

Il déposa son sac de toile et tourna lentement sur lui-même, s'imprégnant des vibrations environnantes, reprenant sa véritable identité. Il n'était nullement un apprenti, mais le Magicien de Cristal lui-même. Depuis plus de cinq cents ans, il protégeait le continent tout entier, ne favorisant aucun royaume en particulier. S'il avait choisi de s'établir temporairement au Château d'Émeraude, c'était pour s'assurer que les événements tragiques qui avaient failli anéantir les humains lors de la première guerre ne se reproduisent pas. Plus jamais il n'accorderait des pouvoirs magiques à des hommes qui en étaient dépourvus à la naissance. Les nouveaux Chevaliers d'Émeraude, préparés depuis leur enfance, s'avéraient beaucoup plus purs que leurs prédécesseurs. Il n'aurait donc aucun mal à les diriger à sa guise.

Il ressentit alors la présence de celle pour qui il avait renoncé à sa vie tranquille dans la montagne. Il se retourna et subit sans broncher l'examen scrutateur que lui faisaient subir les grands yeux violets de Kira. Il savait que l'enfant avait été conçue par l'Empereur Noir, mais qu'elle possédait une âme pure. La fillette mauve n'était encore qu'un bébé et si Amecareth parvenait à s'emparer d'elle, il pourrait certainement la modeler à son image. Pas question non plus de laisser les humains l'immoler pour sauver leur peau. Abnar mettrait fin au cycle de destruction une fois pour toutes.

– Bonjour, Kira, la salua-t-il, amical. Je m'appelle Abnar. Tu peux entrer si tu veux.

L'enfant mauve jeta un coup d'œil prudent à l'intérieur de la pièce circulaire, puis, apparemment satisfaite, s'avança. Elle était plus menue qu'il l'avait imaginé, probablement en raison de la petite taille de sa mère, mais sa peau violacée ne laissait planer aucun doute quant à l'identité de son père.

– Toi connaître Kira ? fit la fillette en plissant le front.

Sa maîtrise de la langue était rudimentaire, mais son intelligence et sa vivacité, évidentes. Il n'aurait aucune difficulté à lui enseigner la magie des maîtres avant l'affrontement final.

– Oui, je te connais depuis très longtemps, affirma le magicien en s'asseyant sur son lit, guettant sa réaction.

– Toi Shola ?

– Non. Je n'appartiens à aucun royaume, mais je les connais tous. Je suis le Magicien de Cristal, le protecteur du continent. Je suis venu au château du Roi d'Émeraude pour m'assurer que tu aies la chance de développer tous tes talents.

– Ici pour Kira ? s'étonna l'enfant en s'approchant de lui.

Un sourire découvrit les dents pointues de la petite Sholienne. « Il sera bien difficile de lui faire prendre sa place dans un monde où personne ne lui ressemble », pensa Abnar. Mais il fallait absolument que les enfants qui deviendraient bientôt des Chevaliers d'Émeraude apprennent à la respecter et à la traiter comme l'une des leurs. Kira sauta d'un bond sur les genoux du magicien et perdit son sourire.

– Ici, personne aimer Kira, déplora-t-elle. Peur Kira.

« Elle lit dans mes pensées, comprit Abnar en réprimant un mouvement de surprise. Talent rare chez une enfant de son âge... »

– Tout ça va changer, petite princesse, la réconforta-t-il. La peur est bien souvent engendrée par l'ignorance, mais toi et moi, nous allons instruire le peuple comme il se doit et les gens cesseront de te craindre.

– Toi, bon, fit Kira en hochant doucement la tête.

– Tout le monde est foncièrement bon, petite princesse.

– Non. Sorcier pas bon. Sorcier tuer mama.

– Je sais que c'est encore difficile à comprendre pour toi, mais l'obscurité existe pour que nous puissions apprécier la lumière. Le sorcier Asbeth a son rôle à jouer dans l'ordre des choses, mais nous devons l'empêcher coûte que coûte de briser l'équilibre du monde.

– Kira pas comprendre.

– Tu comprendras... un jour.

Il décida d'entreprendre son éducation sans tarder et un grand tableau se matérialisa devant eux. En utilisant la magie, il écrivit des mots simples qu'il prononça ensuite à voix haute, puis demanda à l'enfant de l'imiter. Ce jeu lui apprendrait tout à la fois à écrire, lire, parler et maîtriser ses facultés magiques. Kira s'y prêta volontiers pendant plus de deux heures, puis elle capta le désarroi d'Armène qui la cherchait partout dans le palais. Elle jeta ses bras maigrelets autour du cou de l'Immortel et lui fit un câlin avant de sauter par terre et de dévaler l'escalier menant à la cour.

✧   ✧
✧

Le lendemain, Élund divisa les élèves en deux groupes. Pendant qu'il enseignerait les grands principes de la magie à l'un d'eux, Abnar tenterait d'inculquer les principes de la chevalerie au deuxième. Élund lui avait remis les livres d'histoire dont il se servait et le code d'honneur rédigé par Wellan. Abnar accepta ses nouvelles fonctions avec plaisir et reçut ses jeunes élèves dans ses nouveaux quartiers à l'heure prévue, intégrant la petite Kira à sa classe. Les enfants reculèrent à sa vue et Abnar la retint par la main pour l'empêcher de prendre le large.

– Je vous présente Kira, déclara-t-il aux élèves qui l'examinaient avec réserve. Même si elle semble différente de vous, elle est née dans un des royaumes du continent. Mais comme elle est plus jeune que vous, elle aura besoin de votre aide pour apprendre l'histoire d'Enkidiev.

– Est-ce qu'elle parle ? s'enquit Milos, un élève originaire du Royaume de Cristal.

– Oui, Kira parle, répondit-elle fièrement.

– Mais elle a besoin de perfectionner notre langue, ajouta Abnar. Alors, je compte sur vous pour lui expliquer les mots qu'elle ne comprend pas.

Les enfants hochèrent lentement la tête, sans être encore bien certains de vouloir s'acquitter de cette tâche. Abnar se lança donc dans l'histoire des premiers Chevaliers d'Émeraude et fit apparaître tous les personnages de son récit sous forme de petits hologrammes. Les enfants étaient attentifs et silencieux, observant les cavaliers et leurs montures qui se rendaient au combat. Les yeux violets de Kira ne perdaient rien de ces images fascinantes et, lorsque les enfants se rendirent dans le hall pour le repas du midi, elle resta dans la salle de classe et tenta de reproduire ce qu'elle avait vu. Ses hologrammes n'étaient pas parfaits. Certains chevaux n'avaient pas de queue et il manquait un bras à quelques-uns des cavaliers, mais le simple fait qu'elle arrive à créer ces images toute seule stupéfiait Abnar. Content d'elle, il récompensa ses efforts en applaudissant bruyamment. Kira sursauta et les hologrammes disparurent.

– Tu es une bonne élève, la félicita-t-il.

– Kira aller Élund ?

– Non. Je préfère que tu restes avec moi jusqu'à ce que tu possèdes notre langue. Sinon, le grand magicien risque de perdre patience et nous ne voulons pas ça.

– Non, voulons pas ça, répéta l'enfant avec un sourire moqueur.

– Et puis, ta magie est trop puissante pour lui. Tu lui ferais peur. C'est moi qui t'enseignerai à la maîtriser.

✧　✧
✧

Puisque Kira passait désormais toutes ses journées en classe, Armène pouvait souffler un peu et vaquer à ses tâches quotidiennes. Elle ne revoyait la petite qu'au repas du soir, ne cessant de s'étonner de ses progrès. Kira se montrait de plus en plus calme et elle commençait à s'exprimer avec facilité. La servante était très fière d'elle. Le roi aussi.

– Alors, tu aimes notre nouveau magicien ? lui demanda Émeraude Ier trois semaines après le début des cours.

– Oh oui ! affirma Kira. Abnar est excellent professeur.

– S'il obtient d'aussi bons résultats avec les autres élèves, nous aurons bientôt toute une armée de talentueux Chevaliers.

– Kira sera aussi Chevalier.

La détermination qui se lisait sur son petit visage fit sourire le roi.

À partir de cet instant, la paix régna sur le château. Plus de cris ou de crises, Kira se pliait à tout ce qu'on lui demandait sans rouspéter. Elle avait même hâte d'aller au lit afin de pouvoir se lever le lendemain matin et courir à sa classe.

Quand il eut terminé d'enseigner l'histoire des premiers Chevaliers à ses élèves, Abnar leur inculqua les grands principes régissant la conduite des Chevaliers d'Émeraude. Il leur expliqua qu'aucun d'entre eux ne pouvait violer le code d'honneur. En acceptant de servir l'Ordre, ils devenaient frères et sœurs et ils remettaient leur vie entre les mains de leurs compagnons d'armes. Des dizaines de paires d'yeux l'observaient avec fascination, ignorant que le professeur les sondait un à un afin de s'assurer qu'ils afficheraient plus tard les qualités requises pour remplir leur serment d'Émeraude.

Ce soir-là, lorsque Armène borda Kira, elle nota la gravité de son expression et voulut savoir ce qui la tracassait.

– La vie de tous les habitants dépend des Chevaliers, chuchota l'enfant qui mesurait enfin l'importance de leur rôle sur le continent. Kira sera Chevalier et protégera Mène.

– Je sais, mon cœur.

La servante la serra dans ses bras avec affection et déposa un baiser léger sur son front. Jamais elle n'avait autant aimé quelqu'un.

22

La mission de santo

À des kilomètres du Château d'Émeraude, à la frontière ouest du Royaume d'Opale, toutes les trappes avaient été creusées et recouvertes d'épais branchages. Le chef des soldats avait établi des tours de garde parmi ses hommes, lesquels se relaieraient tous les deux jours. Sa jeune apprentie à ses côtés, Wellan regarda Kardey et ses compagnons s'éloigner, laissant derrière eux les sentinelles qui patrouilleraient désormais la frontière entre leur royaume et celui des Elfes.

Le grand Chevalier retourna à la rivière Amimilt, s'aspergea le visage d'eau froide, puis s'assit sur la berge, croisant ses longues jambes, son regard se perdant sur les petites vagues brillantes. Bridgess demeura debout près de lui, la main sur la garde de son épée, car c'était son devoir de veiller sur son maître lorsqu'il entrait en communication avec ses frères d'armes.

Wellan demanda d'abord à Chloé et Dempsey de se rendre au Royaume de Cristal et de s'assurer que les sujets du Roi Cal avaient commencé à remettre leurs vieux pièges en état, puis à Bergeau et Falcon d'aller inspecter le terrain au Royaume de Zénor. Des falaises escarpées séparaient le Désert du Royaume de Fal, mais Wellan voulait s'assurer que cette protection naturelle s'étendait jusqu'à Zénor.

Et moi ? Que veux-tu que je fasse ? résonna dans sa tête la voix de Jasson. *Les Elfes ont fini de creuser les fosses au pied du plateau de Shola et en bordure de l'océan.*

Tu as un grand pouvoir de persuasion, le félicita Wellan. *Va donc prêter main-forte à Bergeau et à Falcon. Je vous rejoindrai dans quelques jours.*

Il ouvrit les yeux et capta l'air sérieux de son Écuyer. Wellan inspira profondément, reprenant lentement contact avec le monde tangible. Un rapide coup d'œil à Bridgess lui apprit qu'elle attendait de pouvoir lui parler.

– Est-ce que tu as entendu mes paroles ? lui demanda-t-il en fronçant les sourcils.

– Un peu, avoua-t-elle, mais je ne pouvais pas me concentrer sur votre esprit et à la fois vous protéger, alors je n'ai pas tout saisi. Devons-nous retourner au Château d'Opale, maître ?

– Non. Notre devoir consiste maintenant à convaincre les royaumes du sud de donner un coup de main aux hommes de Zénor.

Wellan s'interrompit et se releva prestement, la main sur la garde de son épée, car il avait ressenti l'approche de deux cavaliers. Il s'élança vers leur campement, Bridgess sur ses talons. Le grand Chevalier s'empara des rênes de leurs chevaux et sonda la région. Ses épaules se détendirent.

– Ce n'est que Santo et le jeune Kerns.

Ils regardèrent les deux petits points noirs grossir à l'horizon. Lorsqu'ils arrivèrent à leur hauteur, les soldats d'Opale reconnurent la cuirasse verte que portait le Chevalier et ils le saluèrent avec respect. Santo et Kerns mirent pied à terre au campement de Wellan. Les deux Chevaliers se serrèrent le bras avec affection et s'étreignirent comme de véritables frères.

– Tu as confié de nouvelles missions à tous nos compagnons, mais pas à moi, reprocha Santo à son chef.

– Je ne voulais pas que les autres soient jaloux, répondit moqueusement Wellan.

Il lui expliqua que tous les royaumes longeant l'océan étaient protégés sauf Zénor. Pendant que leurs frères d'armes s'y rendaient pour étudier le terrain, il fallait rassembler des hommes pour les aider à creuser les pièges.

– Tu vas demander aux rois de Turquoise, de Perle et de Fal d'envoyer des ouvriers au Roi Vail.

– De Fal ? releva Santo qui était le plus jeune fils du roi de ce pays.

– Je me rendrai moi-même au Royaume de Rubis avant de rencontrer les rois de Jade et de Béryl.

– Est-ce vraiment une bonne idée de retourner dans nos pays d'origine ? s'inquiéta Santo.

– Je crois que si. Que pourraient nous refuser nos pères ? Il faut creuser ces trappes à tout prix, Santo, sinon l'ennemi profitera de cette brèche. Et il sait déjà où se situe le Royaume de Zénor pour l'avoir dévasté lors de la première guerre.

Santo soupira. Wellan lui envoya une claque amicale dans le dos pour lui redonner du courage. Il lui demanda d'accomplir sa mission le plus rapidement possible et de rejoindre ensuite leurs compagnons à Zénor. Avant qu'il puisse s'objecter davantage, le grand Chevalier sauta sur son cheval en déclarant qu'ils traverseraient ensemble le Royaume de Diamant pour se séparer à la frontière du Royaume de Rubis. Ils remontèrent donc tous en selle et le suivirent. L'humeur de Santo ne s'améliora pas durant le trajet. Il appréhendait de revoir ses parents et le château où il était né.

Le soir venu, les deux hommes et leurs Écuyers établirent un campement à la frontière du Royaume de Rubis et se séparèrent le lendemain matin. Wellan savait que le cœur de son frère d'armes était lourd, mais un Chevalier d'Émeraude n'appartenait à aucun royaume en particulier. Santo devait briser lui-même le lien invisible qui le rattachait toujours à Fal et il devait le faire seul.

Tandis que Wellan et Bridgess s'enfonçaient dans le Royaume de Rubis, Santo et Kerns poursuivaient leur route à travers le Royaume d'Émeraude. Le jeune Écuyer avait développé une grande endurance depuis le début de cette mission. Ils chevauchèrent toute la journée sans qu'il se plaigne et ils dormirent à la frontière du Royaume de Turquoise. Question de rassembler son courage pour retourner à Fal, Santo avait décidé que ce château serait le dernier sur sa liste.

Au matin, suivi de Kerns, il descendit dans la grande vallée de Turquoise. Ce royaume partageait ses frontières avec les Royaumes de Fal, de Perle, d'Émeraude et de Béryl, mais, parce qu'il se nichait tout au fond d'une dépression naturelle, le climat et la végétation y étaient uniques. Scindées par la rivière Wawki, les terres de Turquoise disparaissaient presque entièrement sous des forêts d'arbres géants de toutes les essences. Ses habitants vivaient en bordure du grand cours d'eau dans des petits villages reliés les uns aux autres par un système de communication fondé sur les rythmes des tambours. C'étaient des gens simples et accueillants, mais intrinsèquement superstitieux.

Santo suivit la rivière jusqu'à ce qu'ils atteignent les premières maisons de billots aux toits recouverts de chaume. Une ribambelle d'enfants les entoura, Kerns et lui, afin de les accompagner jusqu'au palais. À l'instar de plusieurs monarques du continent, le Roi Toma avait choisi de vivre dans une maison toute simple. Santo ne s'étonna donc pas qu'on le conduise devant une chaumière encerclée d'une vingtaine d'autres qui formaient un petit hameau. Il mit pied à terre et Kerns fit de même. Ils s'inclinèrent tous deux devant le couple royal qui s'affairait au repas du soir, aidé de leur fils Levin âgé d'une quinzaine d'années.

– Des Chevaliers d'Émeraude ! s'exclama joyeusement le roi.

Il s'essuya les mains sur sa tunique et alla serrer Santo et Kerns sur son cœur comme s'il les avait connus toute sa vie. Toma n'était pas très grand, mais il avait des épaules larges et des bras musclés, habitués à trimer dur. Ses cheveux roux bouclés dansaient sur ses épaules et ses yeux bleus étaient perçants comme ceux d'un oiseau de proie. Il dégageait une force tranquille et une impression d'honnêteté à toute épreuve.

– Je suis le Chevalier Santo d'Émeraude et voici mon Écuyer, Kerns.

– Un Écuyer ? s'étonna le roi. Nos enfants en sont-ils déjà rendus là ?

– Votre fils Nogait est l'Écuyer du Chevalier Jasson. Ils sont tous deux en mission dans les royaumes côtiers, l'informa Santo.

Le visage rayonnant de fierté, Toma les invita à s'asseoir tandis qu'il retournait à ses légumes. La Reine Rojane semblait aussi se prêter avec joie à cette tâche. Santo leur dit alors qu'il était seulement de passage, mais le roi ne voulut rien entendre. Pas question que ce noble représentant d'Émeraude reprenne la route sans d'abord avoir mangé avec eux. Un Chevalier pouvait difficilement refuser une invitation royale, mais pour gagner du temps, Santo commença à lui parler du danger qui menaçait Enkidiev.

Le roi écouta ses propos tout en leur servant un succulent ragoût ainsi que de la bière qu'il fabriquait lui-même. Il comprenait l'importance de protéger la côte contre l'envahisseur, car lors de sa dernière incursion, les dragons avaient infligé de grandes pertes aux humains. Il promit donc à Santo de soumettre sa requête à son peuple.

Cette nuit-là, Santo et Kerns dormirent dans la chaumière royale, les fenêtres et les portes soigneusement barricadées sur eux. « Pas étonnant que Falcon soit aussi superstitieux, même s'il n'a vécu que cinq ans dans cette vallée remplie de mystère », pensa Santo.

Reposés par une longue nuit sans rêves, le Chevalier et son Écuyer quittèrent leurs hôtes très tôt le matin et se dirigèrent vers l'ouest. Ils remontèrent le flanc de la vallée pour atteindre les plateaux plus élevés du royaume voisin, traversant la forêt dont le sol disparaissait sous une épaisse brume.

Le Royaume de Perle offrait à la vue un tout autre paysage. Dès qu'ils eurent quitté l'ombre bienfaisante des grands arbres, Santo et Kerns se retrouvèrent dans une immense plaine d'herbe ondulant sous la caresse du vent. Ils croisèrent plusieurs troupeaux de chevaux sauvages, qui les regardèrent en dressant les oreilles, puis traversèrent la rivière Dilmun en fin de journée. En admirant la beauté du paysage de Perle, Santo sut que les Chevaliers devaient protéger coûte que coûte le continent contre les hommes-insectes.

– Maître ? l'appela la voix douce de Kerns.

Santo se rendit compte qu'il avait complètement oublié l'enfant aux yeux bridés et aux cheveux noirs que le vent soulevait doucement.

– Je suis désolé, Kerns, j'étais perdu dans mes pensées.

– Vous avez raison, vous savez, approuva le garçon. Notre continent est beaucoup trop beau pour que nous permettions à ces monstres de nous l'enlever.

– Tu as lu mes pensées ? lui reprocha Santo.

– C'était difficile de faire autrement, maître, murmura Kerns en rougissant. Elles sont si puissantes.

En observant un silence qui mit davantage le gamin dans l'embarras, le Chevalier décida d'établir leur campement près d'un bosquet de saules, leurs longues branches tristes effleurant la surface de la rivière. Kerns s'occupa aussitôt des chevaux et Santo scruta ses traits tendus. Wellan avait déjà dit à son frère d'armes que son intensité émotive finirait par lui jouer des tours. En dégageant une telle quantité d'énergie, Santo risquait d'être facilement repéré par un ennemi le moindrement sensible.

– Je ne suis pas fâché contre toi, assura Santo lorsque son Écuyer vint s'asseoir près de lui. En fait, je suis plutôt content que tu me signales ma faiblesse. Je dois apprendre à mieux dissimuler mes pensées. Mon plus grand défaut, c'est d'être souvent comme un livre ouvert.

– Vous ? s'étonna l'enfant. Mais je croyais que les Chevaliers étaient parfaits !

Santo éclata d'un rire sonore, ce qui déconcerta le garçon.

– Nous avons acquis de bonnes techniques de combat, répondit le maître en séchant des larmes de joie, et développé nos facultés magiques au maximum, mais de là à atteindre la perfection...

– Alors, les Chevaliers d'Émeraude n'arrêtent jamais de s'améliorer ?

– Jamais. C'est ce qui fait notre force.

Dès les premières lueurs de l'aube, ils se remirent en route et arrivèrent au Château de Perle à la fin du jour. C'était une construction massive mais très ancienne, sans ornementation superflue, dont l'érection remontait à une époque où les forteresses servaient davantage à protéger le peuple qu'à abriter des rois. Des douves profondes avaient été creusées au pied des hauts murs à créneaux qui baignaient dans leurs eaux sombres. On ne pouvait accéder à la cour qu'en empruntant un pont-levis.

Le Chevalier et son Écuyer s'y engagèrent prudemment et les sabots de leurs chevaux résonnèrent sur les billots de bois. L'intérieur des fortifications était tout aussi austère. Il n'y avait qu'un puits au centre de la grande cour couverte de sable. La façade de tous les bâtiments était lisse, sans doute pour éviter toute escalade jusqu'aux hautes fenêtres. Des chevaux s'entassaient à l'abri sous un chapiteau. Santo remarqua aussitôt l'absence d'activité. Habituellement, les paysans et les marchands circulaient dans les grandes cours des châteaux pour y porter leur tribut ou vendre leurs produits. Ici, seuls quelques soldats s'amusaient devant les portes du palais, leur jeu consistant à lancer des petits cubes sur le sol.

Le Chevalier fut décontenancé par l'agressivité qu'il ressentait dans ces lieux. Kerns lui emboîtant le pas, il immobilisa sa monture devant les soldats. Ils ne portaient que des tuniques, pas d'armure ou de cuirasse, mais leurs épées pendaient à leurs hanches, visiblement prêtes à servir. Santo leur demanda poliment une audience auprès du Roi de Perle, faisant fi de leur expression féroce.

– Et qui désire le voir ? le questionna un des hommes sur un ton méfiant.

– Le Chevalier Santo d'Émeraude.

Le soldat hésita, consulta ses confrères du regard puis entra dans le palais sans prévenir Santo de ses intentions. « Quel curieux endroit », pensa le Chevalier, ressentant toujours les vibrations belliqueuses émanant du château. *Maître ?* l'appela son apprenti. *Tu n'as rien à craindre, Kerns*, fit-il. L'enfant tourna la tête vers lui, indiquant qu'il l'avait entendu. *Ces gens connaissent et respectent les Chevaliers d'Émeraude*, ajouta Santo. *Le roi et la reine sont les parents de Bridgess*. Cette information parut aussitôt rassurer son apprenti.

Sans attendre qu'on l'y invite, le Chevalier mit pied à terre et Kerns l'imita. Ils attachèrent leurs chevaux à des poteaux plantés devant le puits et donnèrent à boire aux bêtes. Le soldat revint et déclara, sur un ton agressif, que le Roi Giller acceptait de les recevoir. Il pointa un doigt vers la porte ouverte et, sans plus se préoccuper d'eux, continua de s'amuser avec ses compagnons.

Étonné par ce manque flagrant de courtoisie, Santo grimpa tout de même sur le porche, son apprenti près de lui. Son devoir de maître était de le protéger à tout instant et l'endroit ne semblait pas sûr. Ils arpentèrent ensemble un long couloir richement décoré et tombèrent finalement sur un serviteur qui les conduisit de mauvaise grâce jusqu'au roi.

Giller se trouvait dans la volière du palais qui abritait une dizaine d'oiseaux de proie de races différentes. Santo et Kerns y entrèrent prudemment. Le monarque se tenait debout près d'une grande fenêtre et caressait un faucon, les serres du rapace refermées sur son gant. Le Roi de Perle posa un regard agacé sur ses visiteurs pour leur faire comprendre qu'ils avaient gâché un moment précieux de sa journée. Il avait les cheveux blonds, comme Bridgess, et des yeux très pâles. Impossible de dire s'ils étaient bleus ou gris. Grand et musclé, il ressemblait beaucoup à Wellan, d'une certaine manière.

– Que me veulent les Chevaliers d'Émeraude ? demanda-t-il sur un ton hautain.

– Une faveur, Altesse, répondit Santo, devinant qu'il s'agissait là d'un homme qui n'aimait pas perdre son temps.

Il résuma en quelques mots l'attaque de Shola et mentionna la possibilité d'une nouvelle invasion. Puis, il requit des hommes pour aider les habitants de Zénor à creuser des pièges.

– Mon royaume et celui de Vail n'ont jamais entretenu de très bonnes relations, répliqua le roi, irrité.

Comme s'il avait ressenti le courroux de son maître, l'oiseau perché sur son poing poussa un cri perçant et chercha à s'envoler, mais le roi l'en empêcha en posant l'autre main sur son dos.

– Si l'ennemi réussit à s'infiltrer sur le continent par Zénor, vous n'aurez plus à vous inquiéter d'éventuelles querelles avec vos voisins, Majesté, puisqu'il aura tôt fait de détruire vos deux contrées.

Giller était un homme intelligent. Son regard implacable soutint celui du Chevalier pendant un long moment et c'est l'impatience du rapace qui rompit finalement la tension.

– Je verrai ce que je peux faire, lâcha-t-il.

Santo s'inclina et tourna rapidement les talons. Pas question de rester dans cet endroit plus longtemps. Il poussa Kerns devant lui et ils quittèrent la pièce. Gardant son Écuyer près de lui, il passa devant les soldats et se dirigea vers leurs chevaux. Il perçut aussitôt un sentiment d'appréhension dans l'esprit de ces hommes.

– C'était une rencontre plutôt brève, l'apostropha l'un d'eux, soupçonneux.

– Mon message était court, répliqua le Chevalier d'une voix neutre.

Le soldat tira son épée de son fourreau et avança d'un pas, mais Santo ignora la provocation. Il se contenta de lever la main, la paume tournée vers l'homme de Perle, et l'épée devint brûlante, le forçant à la laisser tomber sur le sol.

– Je ne suis pas venu ici pour me battre, lui dit le Chevalier sur un ton amical.

Tous les soldats dégainèrent leurs armes en même temps, mais Santo ne broncha pas.

– J'ai livré mon message au Roi Giller, je dois maintenant partir, poursuivit Santo sans afficher la moindre crainte. Je n'ai aucun désir de verser votre sang, alors je vous en prie, ne m'y forcez pas.

S'ils tentent quoi que ce soit, grimpe sur ton cheval et quitte le château en vitesse, ordonna silencieusement le Chevalier à son apprenti. *Mais vous, maître ?* s'inquiéta Kerns. *Je sais me battre, toi, pas encore. Fais-moi confiance.*

Les soldats se déployèrent lentement en éventail, mais comme le Chevalier ne semblait pas inquiet, cela raviva le doute chez ses agresseurs qui foncèrent tous sur lui. Kerns sauta sur son cheval et décolla vers le pont-levis, obéissant aux ordres de son maître. Santo leva brusquement les bras et toutes les épées subirent le même sort que la première. La paume de leur main brûlée, les hommes lâchèrent leurs armes, mais leur chef n'entendait pas être ainsi humilié par un seul homme. Il s'empara d'une lance appuyée sur le mur, près de la porte, et visa la poitrine du Chevalier.

– C'est assez ! fit la voix autoritaire du Roi Giller, leur parvenant du balcon au-dessus d'eux.

Le soldat stoppa son geste en poussant un grognement de frustration. Santo remercia le roi d'un signe de tête et s'éloigna vers son cheval. Il sauta en selle d'un seul bond et quitta l'enceinte du château sans que personne ne s'oppose plus à son départ.

— Mais c'est un sorcier, Majesté ! protesta le soldat en levant la tête vers le roi.

— Il est magicien, pas sorcier, et un Chevalier d'Émeraude de surcroît. Nous avons besoin de ces hommes sur le continent. Je ne veux pas que vous le poursuiviez.

Rageur, le soldat jeta sa lance sur le sol, mais le roi ne le châtia pas, son intérêt se portant sur les deux chevaux qui galopaient vers le sud, soulevant la poussière de la grande plaine.

✧　✧
✧

Santo et Kerns chevauchèrent jusqu'au coucher du soleil sans rencontrer âme qui vive. Ils établirent leur campement à découvert, en plein milieu de la plaine. L'enfant était encore bouleversé par les événements de la journée et, dès qu'ils furent installés près du feu, Santo entreprit de le rassurer.

— Tous les royaumes ne sont pas comme celui-là.

— Vous aviez dit que ces hommes respectaient les Chevaliers d'Émeraude, mais ils nous ont quand même attaqués.

— Je n'ai pas menti, Kerns, mais certains hommes se montrent malheureusement agressifs envers les étrangers.

Le Chevalier posa une main rassurante sur l'épaule de son jeune apprenti, lui transmettant une vague d'apaisement.

— Il faudra que tu apprennes à maîtriser ta peur, Kerns.

— Quand je saurai combattre comme vous, maître, je n'aurai plus jamais peur.

— Il n'est pas toujours nécessaire de se battre, mon jeune ami. Notre magie peut parfois épargner bien des vies.

Kerns hocha doucement la tête, la démonstration de son maître dans la cour du Château de Perle l'ayant fortement impressionné. Contrairement à Wellan au Royaume d'Opale,

Santo avait choisi de ne pas relever le défi des soldats et l'enfant garderait cette importante leçon gravée à tout jamais dans sa mémoire.

✧ ✧

✧

Ils poursuivirent leur route toute la journée du lendemain et franchirent les frontières du Royaume de Fal à la tombée de la nuit. Le changement de climat frappa aussitôt l'Écuyer. Sis en bordure du Désert, perché sur la falaise qui le surplombait, une chaleur tropicale sévissait sur ce pays. Les boisés de conifères faisaient place à de curieux arbres au tronc dénudé jusqu'à leur cime, chapeauté d'une touffe de larges feuilles vertes.

– Ce sont des palmiers, s'amusa Santo devant l'étonnement de Kerns. Ils produisent toutes sortes de fruits fort agréables au goût.

Le sol était devenu plus sablonneux et les sabots de leurs montures s'y enfonçaient mollement. En dépit de l'obscurité qui commençait à les cerner, le Chevalier ne semblait pas vouloir s'arrêter.

– Maître, il va bientôt faire nuit, lui rappela doucement l'enfant.

– C'est exactement pour cette raison que nous ne pouvons pas rester ici, sourit Santo, affable. Le sable abrite de minuscules prédateurs que tu ne voudrais certainement pas accueillir sous ta couverture.

Kerns examina les dunes dorées, essayant d'imaginer à quoi ressemblaient les bestioles qui s'y cachaient. Santo le conduisit jusqu'à ce qui, de loin, formait un simple bosquet, mais qui s'avéra être une oasis au centre de laquelle reposait un bel étang aux eaux paisibles.

– Vous êtes bien certain qu'il n'y en a pas ici ? voulut s'assurer l'enfant.

– Tout à fait certain. Rappelle-toi que j'ai grandi ici. Les oasis sont les seuls endroits où les voyageurs peuvent trouver de l'eau et passer la nuit en sécurité.

Ils abreuvèrent les chevaux et allumèrent un feu près de l'étang. Tout en mangeant, Santo relata à Kerns les histoires qu'on racontait aux enfants de Fal sur les lézards, les araignées et les scorpions qui sortaient du sable la nuit et s'esclaffa lorsqu'il le vit frissonner.

– Tu n'as rien à craindre ici si tu voyages le jour, ne l'oublie jamais.

Ils se remirent en route le lendemain et atteignirent le château au moment où les serviteurs allumaient les torches. Santo arrêta son cheval et observa cette imposante construction où il avait vu le jour. Immense ville fortifiée, Fal s'étendait le long de la falaise abrupte qui la séparait du Désert, dont elle était en quelque sorte l'extension. Imprenable sur son flanc sud, ses murs vertigineux et polis comme des pierres précieuses rendaient toute ascension impossible.

Kerns capta la nervosité de son maître. Elle était si puissante que même s'il avait tenté d'y fermer son esprit, il l'aurait ressentie. Santo gardait le silence et inspirait profondément pour se calmer. Son intensité émotive venait encore une fois de le trahir.

– Si vous transmettiez votre message au roi ce soir, nous pourrions repartir tôt demain matin, suggéra l'enfant. En ne nous présentant à la cour que demain à l'aube, nous serions forcés de passer toute la journée en sa compagnie.

– Tu es un petit malin, toi, sourit le Chevalier en lui donnant une petite tape amicale sur le bras.

Ils poursuivirent donc leur route jusqu'aux deux portes massives qui bloquaient l'accès au château sur son côté ouest. Les pierres précieuses de la cuirasse de Santo, qui brillaient à la lueur des torches, aiguillonnèrent la curiosité des sentinelles.

– Qui va là ? aboya l'un des hommes.

– Le Chevalier Santo d'Émeraude et son Écuyer, répondit-il, curieux de voir si les gardes le reconnaîtraient après quinze années d'absence.

– Santo ? Le petit prince Santo ? s'égaya l'homme.

– Autrefois, oui. Je suis désormais Chevalier.

– Soyez brave, lui murmura Kerns en le sentant se crisper.

Les grandes portes s'ouvrirent en grinçant et une dizaine d'hommes se précipitèrent pour l'examiner. Leur prince était de retour ! Ils s'inclinèrent, comme jadis, et le Chevalier n'eut pas le courage de les en empêcher. Les serviteurs le conduisirent en procession joyeuse jusqu'au palais et s'occupèrent des chevaux après que Kerns et lui eurent mis pied à terre.

– Qu'il est bon de vous revoir, mon prince ! fit un vieil homme en lui serrant amicalement les mains.

– Firmon ? lança Santo en reconnaissant la bonté au fond de ses yeux.

– Lui-même, Altesse. Je savais que vous me reconnaî-triez malgré mes cheveux blancs et ma peau usée. Mon cœur se réjouit de votre retour, sire.

– Je ne suis plus un prince de Fal, Firmon, le reprit gentiment Santo. Je suis un Chevalier d'Émeraude.

– Votre père va être si content de vous revoir ! Suivez-moi, je vous prie.

Santo porta un regard las sur son jeune Écuyer, mais emboîta tout de même le pas au serviteur. Il ne se souvenait pas des beaux tableaux et des tapisseries aux couleurs cha-toyantes qui ornaient les murs dans ce dédale de longs couloirs lumineux. Après tout, il n'avait que cinq ans quand il avait quitté Fal dans les cris de désespoir et les pleurs de sa mère.

Firmon les guida jusque dans le grand hall où la famille royale prenait le repas du soir, entourée de ses courtisans vêtus de riches tuniques de soie. Une attaque ennemie n'aurait pas jeté plus de consternation sur l'assemblée lorsque le vieux serviteur leur annonça joyeusement que le prince Santo était de retour.

Le silence tomba lourdement sur la salle jusque-là animée et Santo décida d'intervenir avant que quelqu'un ne s'évanouisse. Il marcha jusqu'à la table principale où étaient assis son père, le Roi Levon, sa mère, la Reine Affé, et son frère, le Prince Patsko, de quelques années son aîné. Tous le contemplaient dans la stupeur la plus totale, mais le Chevalier ne savait pas si c'était son retour ou sa cuirasse verte qui les rendait muets.

– Je suis le Chevalier Santo d'Émeraude et voici Kerns, mon Écuyer, déclama-t-il avec fierté. Je sollicite une audience à Sa Majesté le Roi de Fal.

La reine poussa un grand cri, bondit de sa chaise et contourna la table en courant pour aller se jeter dans les bras de son fils retrouvé. Le cauchemar tant redouté par Santo venait de se matérialiser. Il repoussa doucement la femme qui pleurait de joie dans ses bras et la fixa, désemparé, ne sachant que dire pour la calmer.

– Je savais que tu reviendrais, sanglota Affé. J'ai toujours dit à ton père que tu reprendrais ta place parmi nous.

– Je ne suis pas revenu vivre à Fal, mère, tenta de lui expliquer Santo.

Il tourna vers son père un regard suppliant. Le Roi Levon convia aussitôt Santo et Kerns à partager leur repas et, d'un geste discret de la main, incita Firmon à reconduire son épouse à sa place.

Libéré des tentacules maternels, le Chevalier prit place près de Levon, son Écuyer s'asseyant à sa gauche. *Elle vous aime beaucoup, maître*, dit Kerns à Santo. *Trop*, répondit Santo dans un demi-sourire.

Rassasiés par un copieux repas composé de viandes rôties, de pain frais, de légumes et de fruits divers, le Chevalier et son apprenti suivirent le roi et ses conseillers dans une salle d'audience privée. Levon était un homme impressionnant avec ses vêtements de satin colorés et le turban doré qui coiffait sa tête, où étincelait le plus gros saphir de tout le continent. Il ressemblait beaucoup à Santo avec ses yeux noirs aux profondeurs insondables, ses pommettes saillantes et son teint légèrement basané.

– Tu es devenu un fier guerrier, apprécia Levon en examinant son fils de la tête aux pieds. Les choses se seraient passées différemment si tu étais resté ici.

Santo observa un silence prudent. Il savait bien que le roi faisait allusion à l'amour étouffant que lui portait la reine et qui l'aurait empêché de développer ses talents.

– Que puis-je faire pour les Chevaliers d'Émeraude ? s'enquit le roi avec curiosité.

Santo lui raconta ce qui s'était passé à Shola et lui fit part de l'inquiétude de l'Ordre quant à une seconde invasion.

– Les hommes de Zénor ont besoin d'aide pour installer un système de défense efficace avant le retour de l'ennemi, conclut Santo.

Levon consulta ses conseillers du regard. Aucun d'entre eux ne s'opposa à la demande du Chevalier. Il assura donc à Santo que le Royaume de Fal tendrait la main à ses voisins dès que commencerait le recrutement des ouvriers. Le Chevalier le remercia au nom d'Enkidiev.

– J'aimerais que tu acceptes mon hospitalité, mon fils, ajouta Levon. Les Chevaliers ont eux aussi besoin de dormir, n'est-ce pas ? Va sans crainte, je veillerai à ce que la reine ne t'importune pas...

Santo se plia aux désirs du roi, même s'il doutait que ce fut une bonne idée. Le Chevalier et son Écuyer suivirent un serviteur jusque dans l'aile réservée aux invités de marque. Lorsqu'ils furent enfin seuls dans une pièce richement décorée de tapis moelleux et de soieries, Santo commença à se détendre. Il croisa alors le regard insistant de son jeune apprenti.

– Tu peux parler librement, déclara-t-il.

– Votre père est drôlement plus aimable que celui de Bridgess ! s'exclama Kerns en s'asseyant sur le lit douillet.

– Fal ne nourrit pas d'intentions belliqueuses comme le Royaume de Perle, expliqua le maître en enlevant sa ceinture et en déposant son épée et son poignard sur un buffet. Il ressemble davantage au pays de Zénor où les hommes ont des bras d'acier et des cœurs en or.

– Je suis heureux de voyager ainsi avec vous, maître. J'apprends beaucoup sur Enkidiev.

– Et moi, je suis content que tu sois avec moi, car j'apprends beaucoup de toi.

Lorsque le palais redevint calme et que tous eurent regagné leurs appartements, Santo fit un clin d'œil à son apprenti et l'encouragea à le suivre en silence. Sur la pointe des pieds, il guida Kerns dans les entrailles du palais, là où un des premiers rois de Fal avait fait creuser un grand bassin à même le roc qui s'était rempli lui-même d'une eau chaude et bienfaisante. L'enfant y trempa les doigts et fut surpris de sa température agréable. Santo lui expliqua que le château se dressait sur une faille volcanique qui remontait vers le nord, réchauffant la source souterraine qui coulait à cet endroit. Il retira sa tunique et se glissa dans le bassin. Kerns l'imita sans hésiter.

– Quand j'étais enfant, je venais ici au milieu de la nuit, raconta Santo, l'eau chaude dénouant ses muscles.

– Et son grand frère venait toujours l'y rejoindre, ajouta une voix derrière eux.

Maître et apprenti se retournèrent vivement et virent approcher le Prince Patsko enroulé dans une couverture. Il la laissa tomber sur le sol et sauta dans l'eau avec eux. Kerns, qui ne détectait aucune méfiance dans le cœur de son maître, se détendit. Le prince serra Santo dans ses bras avec affection.

– Je ne pensais jamais que nous nous retrouverions ici un jour, fit Patsko en donna des claques amicales au Chevalier.

Tout comme son benjamin, le prince Patsko avait les cheveux et les yeux noirs mais il était plus grand et plus mince. Kerns le sonda rapidement, mais seuls l'amour et la compassion habitaient son âme. Il ferait un très bon roi lorsque Levon lui céderait le trône.

– Je veux que tu sois le premier à l'apprendre, Santo, lança joyeusement le prince. Père a décidé d'unir ma destinée à celle d'une princesse.

– Avant même que tu sois roi ?

– Il veut des petits-enfants avant d'être trop vieux pour profiter de leur présence.

– Et qui est l'heureuse élue ?

– La princesse Christa du Royaume de Rubis.

– Mais c'est la sœur de Wellan, notre chef ! s'écria Santo.

– Vraiment ? Tu la connais ?

– Malheureusement, non.

– C'est dommage... Bref, nous devons nous marier à la première lune de la saison chaude. Je ne l'ai jamais vue moi-même, mais on dit qu'elle a les cheveux dorés comme les blés et les yeux couleur d'un ciel d'été.

– Je suis vraiment heureux pour toi, Patsko, et je vous souhaite une dizaine de beaux enfants blonds.

– Et toi ? Est-ce que tu brûles d'amour pour les yeux d'une belle ? Les Chevaliers peuvent-ils se marier ou sont-ils condamnés au célibat ?

– Nous pouvons nous marier et nous sommes même encouragés à le faire, mais seulement après que nos premiers Écuyers aient été adoubés.

– Mais cet enfant n'a qu'une dizaine d'années ! s'écria Patsko. Quand pourra-t-il devenir Chevalier ?

– Cet enfant s'appelle Kerns et il sera sous ma tutelle pendant encore sept ou huit ans.

Le prince posa sur son benjamin un regard rempli de tristesse où se mêlait la colère. De quel droit cet odieux magicien exigeait-il d'un homme qu'il attende tout ce temps avant de connaître le bonheur dans les bras d'une femme ? Santo capta ses pensées.

– Un Chevalier d'Émeraude n'est pas un homme ordinaire, Patsko, et il ne vit pas la même existence. Je ne m'attends pas vraiment à ce que tu comprennes mon implication dans l'Ordre, mais je veux que tu saches que je suis heureux et que je ne changerais de vie pour rien au monde.

– Mais tu te marieras un jour ? insista le prince.

– Si je rencontre une femme qui fasse battre mon cœur, oui, je me marierai.

Malgré cette affirmation, Patsko ne sembla pas convaincu de la sincérité de Santo. Mais, soucieux de ne pas gâcher ces retrouvailles inattendues, ils parlèrent d'autre chose et se remémorèrent des souvenirs du bon vieux temps.

.

23

RETOUR AU ROYAUME DE RUBIS

Wellan et Bridgess chevauchèrent à travers les forêts et les plaines du Royaume de Rubis pendant plus d'une journée complète avant d'arriver dans le premier village. Là-bas, l'agriculture occupait une place beaucoup moins grande qu'au Royaume d'Émeraude où les champs s'étendaient à perte de vue. Les gens de Rubis étaient davantage des chasseurs et les seuls champs cultivés se trouvaient à proximité du château, à l'extrême est. Le reste du pays était parsemé de grandes forêts et de petits lacs où abondaient le gibier et le poisson.

« C'est un pays magnifique. Il y fait frais et l'air sent bon », pensa Bridgess. Elle ne ressentait aucune animosité en ces lieux, aucune colère, seulement un immense amour de la vie et de la nature.

Le grand Chevalier et son apprentie dressèrent leur campement dans une clairière, près d'un petit lac. Wellan apprêta leur repas sur le feu que Bridgess avait allumé et ils mangèrent en silence. Les repas constituaient des moments privilégiés entre un maître et son Écuyer, qui s'ouvraient par télépathie l'un à l'autre, et cela sans réserve. Ce soir-là, Bridgess découvrit un repli triste et sombre dans le cœur du Chevalier, mais lorsqu'elle voulut le questionner davantage, il se referma comme une huître.

– Maître, vous pouvez tout me dire, insista-t-elle. C'est mon devoir d'Écuyer de vous soutenir et de vous aider.

– Je sais, Bridgess, mais tu es encore une petite fille et la tristesse que tu as ressentie en moi est une émotion d'homme adulte.

Il s'éloigna du feu et alla s'asseoir près de l'eau. Perplexe, Bridgess le regarda croiser ses longues jambes et perdre son regard dans les reflets qu'allumait la lune sur l'eau. Sa connaissance des adultes se limitait aux serviteurs d'Émeraude Ier et au magicien Élund, ce qui ne l'aidait vraiment pas à comprendre les états d'âme de son maître. Et surtout, pas question de le sonder à son insu. C'était une faute grave de la part d'un Écuyer. Elle se contenta de l'observer et de s'assurer qu'il ne courait aucun danger. Le Chevalier passa plus d'une heure perdu dans ses pensées, puis il vint s'enrouler dans sa couverture, près du feu. Il sentit le regard inquiet de son apprentie, couchée à quelques pas de lui, mais il ne pouvait se confier à elle, pas encore.

Au matin, la tristesse de Wellan semblait s'être envolée. Ils se lavèrent sommairement dans le lac et se mirent en route pour le Château de Rubis en longeant ses berges. La forteresse leur apparut au détour d'un boisé, simple construction rectangulaire dépourvue de tours. Aucune silhouette de sentinelle ne se dessinait sur les créneaux. « Ces gens n'ont-ils donc pas d'ennemis ? » se demanda Bridgess, surprise. Ils franchirent les grandes portes sans que quiconque exige qu'ils s'identifient. Au contraire, les habitants semblaient tous connaître Wellan et lui souriaient avec affection, même s'il avait quitté le château depuis quinze ans.

Ils s'arrêtèrent devant le palais, noyau central des fortifications, et des palefreniers vinrent aussitôt chercher leurs chevaux.

– Je suis le Chevalier Wellan d'Émeraude et voici Bridgess, mon Écuyer. Prévenez le Roi Burge que je désire lui parler.

Les visages des serviteurs s'éclairèrent davantage et l'un d'eux s'engouffra à l'intérieur en courant. Le grand chef savait que sa ressemblance physique avec son père les surprenait tous. Le domestique revint les chercher quelques minutes plus tard, bien que Wellan n'eût pas vraiment besoin d'un guide. Il se souvenait de chaque pierre, de chaque tableau, de chaque chandelier, comme s'il n'avait jamais quitté cet endroit. Ils empruntèrent d'interminables couloirs qui célébraient la chasse, des peaux tendues sur les murs et des têtes d'animaux empaillées suspendues au-dessus des portes. Bridgess ravala une grimace de dégoût, pour ne pas offenser son maître, né dans ce pays, et baissa les yeux sur ses pieds afin de ne plus voir tous ces regards vitreux qui la suivaient au passage.

À la surprise de Wellan, on le conduisit dans les appartements de la Reine Mira. Grande et mince, sa peau avait la complexion de la neige. Son visage autoritaire s'encadrait de longs cheveux noirs et ses yeux bleus trahissaient son agacement. Sa mère le reçut avec la même froideur qu'elle lui avait jadis manifestée. Mais il n'était plus son petit garçon turbulent, il était un homme désormais et il ne permettrait plus qu'elle le bouscule. Il s'inclina respectueusement et attendit patiemment qu'elle parle.

– Pour quelle raison veux-tu voir ton père ? jeta-t-elle finalement du bout des lèvres.

– Je dois lui soumettre une requête de la part des Chevaliers d'Émeraude, Altesse, l'informa-t-il d'une voix neutre.

La reine observa son fils un long moment puis posa les yeux sur la fillette qui l'accompagnait, en fronçant les sourcils.

– Quand suis-je devenue grand-mère ?

– Bridgess n'est pas ma fille, mais mon Écuyer.

– Émeraude Ier n'hésite pas à confier des filles à des hommes de ton âge ? hoqueta-t-elle, visiblement indignée.

– Des Chevaliers, Majesté. Des hommes droits et honnêtes. Dois-je vous demander la permission de m'entretenir avec le roi ?

– Ton père est parti à la chasse. Il sera de retour avant le coucher du soleil. Je vais faire préparer des chambres à votre intention. Vous vous y reposerez en l'attendant.

Elle agita la main en direction d'une servante et leur tourna le dos, mettant ainsi un terme à cet échange glacial. Mira était belle, élégante et intelligente, mais elle n'affichait jamais ses émotions. Wellan ignorait si elle se comportait de la sorte avec son père, mais il savait qu'elle n'avait pas été une bonne mère. Il poussa Bridgess devant lui et ils montèrent à l'étage, la servante les précédant jusqu'aux chambres d'invités, dotées de grands balcons surplombant la rivière Sérida. La fillette entra dans celle de son maître avec ses affaires malgré les protestations de la servante. Wellan déposa ses sacoches et ses armes et sortit sur le balcon. Voyant que ses exhortations laissaient la blonde enfant indifférente, la domestique abandonna et tourna les talons, bien décidée à prévenir sa maîtresse de cette conduite scandaleuse.

– Est-ce que votre royaume vous manque, maître ? voulut savoir Bridgess.

– Non, affirma le grand Chevalier, les yeux fixés sur les pics volcaniques, de l'autre côté de la rivière. Je n'ai pas vécu ici assez longtemps pour y avoir laissé mon cœur.

– Ce n'est donc pas ce qui vous rend triste.

Wellan pivota sur lui-même et lui servit un regard rempli d'avertissement. Ne l'avait-il pas déjà prévenue de ne pas le questionner à ce sujet ? Elle lui répondit par un sourire provocateur. Il ne sévit pas, se rappelant avoir adopté la même attitude avec Élund lorsqu'il avait son âge.

– Qu'allons-nous faire jusqu'au retour du roi ? demanda Bridgess pour détendre l'atmosphère.

– Sais-tu nager ?

– Je me débrouille.

Wellan se défit de sa cuirasse et lui demanda de la suivre. Ils foncèrent de nouveau dans les couloirs remplis d'horreurs. Les serviteurs s'inclinaient devant le Chevalier et lui adressaient des paroles de bienvenue, mais il ne s'en préoccupa pas. Il était une fois de plus perdu dans ses pensées.

Ils quittèrent l'enceinte du château et obliquèrent vers la rivière. S'immobilisant sur la berge, Wellan posa les mains sur ses hanches et observa scrupuleusement les lieux. À cet endroit, le cours d'eau était large et le courant, très doux. Il faisait frais, mais le Chevalier semblait bien décidé à nager. Il se retourna vers Bridgess. Elle avait posé un genou en terre, demandant ainsi la permission de lui parler librement. Wellan inclina doucement la tête pour la lui accorder.

– Je considère dangereux le fait que vous soyez ainsi emprisonné dans vos pensées, signala l'enfant. N'importe qui pourrait vous attaquer par surprise.

– Tu crois que je me coupe du monde extérieur lorsque je réfléchis ? sourit le Chevalier.

– En effet, c'est ce que je crois.

Il énuméra alors les noms de tous ceux qu'ils avaient croisés entre la chambre et la rivière et lui récita même mot à mot ce qu'ils leur avaient dit. Bridgess était sidérée, mais son maître ne la mit pas davantage dans l'embarras.

– Suis-moi, ordonna-t-il en enlevant ses bottes et sa tunique.

Il entra dans la rivière, vêtu de son seul pantalon. Bridgess retira elle aussi ses bottes et le suivit, constatant que l'eau était moins froide qu'elle l'avait craint. Dans un mouvement gracieux, le Chevalier disparut sous la surface. Elle inspira profondément et plongea derrière lui. L'eau était si claire qu'elle n'eut aucune difficulté à le repérer. Wellan nagea entre les algues, effrayant des bancs de petits poissons argentés, et se glissa dans une crevasse sur la rive opposée. La fillette l'imita même si elle commençait à suffoquer. D'un simple élan, il remonta vers la surface et elle battit des pieds de toutes ses forces pour le rejoindre. Lorsque sa tête émergea hors de l'eau, elle s'empressa de remplir ses poumons brûlants d'air frais.

Le Chevalier l'attendait, assis sur une roche plate, dans une magnifique grotte de cristal. Regardant autour d'elle avec émerveillement, Bridgess grimpa à ses côtés. Les rayons diffus du soleil frappaient le lit de la rivière et se reflétaient dans la caverne, allumant des myriades d'étincelles scintillantes sur ses parois vitreuses.

– C'est absolument magique..., murmura l'enfant en s'asseyant près de son maître.

– C'est mon refuge secret, avoua Wellan, là où je vais à l'intérieur de moi, lorsque j'ai besoin de calme et de quiétude.

– Vous me faites un grand honneur en le partageant avec moi, maître.

Ils méditèrent ensemble dans ce paradis souterrain, puis rentrèrent au palais, où des servantes les enveloppèrent dans des couvertures et séchèrent leurs vêtements. On avait allumé un feu dans leur chambre et ils se réchauffèrent longuement devant ses flammes réconfortantes. Ensuite, Wellan laissa Bridgess sangler sa cuirasse, fixer sa cape sur ses épaules et lui nouer les cheveux sur la nuque, cette dernière tâche faisant particulièrement plaisir à la fillette. Le Chevalier désirait que sa famille le voie dans toute sa gloire. Il boucla sa ceinture de cuir autour de sa taille et s'assura que son épée et sa dague tombaient sur ses hanches.

On les escorta jusque dans le grand hall du Château de Rubis. Le Roi Burge, qui revoyait son fils pour la première fois en quinze ans, son épouse et sa cour avaient tous revêtu leurs costumes d'apparat. La princesse Christa s'était parée de sa plus belle robe de satin bleu mais ne portait aucun bijou afin de montrer à Wellan qu'elle avait grandi en beauté, tout comme en sagesse, durant sa longue absence. Elle voulait lui prouver qu'elle était restée simple et honnête. Son frère Stem, quant à lui, ne savait plus très bien que penser de cette soudaine agitation. Jamais on ne s'était donné tout ce mal pour lui. Lorsqu'ils étaient enfants, les deux princes avaient été très proches, mais Stem enviait Wellan qui avait été choisi pour devenir Chevalier d'Émeraude.

Les serviteurs poussèrent les portes du hall qui apparut inchangé à Wellan. Les meubles étaient exactement au même endroit, les tapisseries, les panaches d'animaux et les torches. Il s'arrêta devant le roi, non sans avoir remarqué l'étonnement et l'admiration qui se succédaient sur son visage.

– Quand on m'a dit que tu étais ici, j'ai d'abord refusé de le croire, déclara Burge de sa voix retentissante. Mais tu es là, devant moi, et je suis fier de t'accueillir à ma table. Sois le bienvenu chez toi, mon fils. Approche, viens t'asseoir.

Wellan poussa doucement Bridgess devant lui et la fit asseoir à ses côtés. Le roi voulut immédiatement savoir qui elle était et le Chevalier lui expliqua le rôle des Écuyers dans l'Ordre. Impressionnée de se retrouver dans la famille de son maître, la fillette ne prononça pas un seul mot durant le repas et se contenta d'observer pendant que Wellan expliquait le but de sa visite, en commençant par le massacre de Shola et en passant par la guerre qui avait presque détruit le Royaume de Zénor.

Si le Roi Burge buvait ses paroles avec ferveur, la reine, elle, mangeait sans lui prêter la moindre attention. Christa ne l'écoutait probablement pas plus, mais elle le regardait avec beaucoup d'admiration. Seul Stem, le prince héritier, paraissait contrarié par son retour. Bridgess le sonda et capta une profonde jalousie dans son cœur. Stem enviait à son frère sa ressemblance avec leur père, sa taille et la complexion solide de ses muscles.

Wellan posa discrètement sa large main sur celle de son apprentie, lui indiquant qu'elle devait immédiatement cesser son enquête télépathique.

– J'enverrai des hommes à Zénor, conclut Burge après avoir entendu le discours de son fils.

– Et qui protégera notre royaume ? s'opposa violemment Stem.

– Je n'enverrai pas des soldats, mais des ouvriers, évidemment, précisa le roi.

– Et si ces bêtes monstrueuses empruntaient une route différente ?

– Elles ne peuvent arriver que par l'océan, assura calmement Wellan.

– Alors, maintenant que tu es devenu un grand Chevalier, tu sais ce qui se passe dans la tête de nos ennemis ? Tu peux même prédire à quel endroit ils nous attaqueront ? cracha le prince héritier.

– Non, admit Wellan, qui ne désirait pas se quereller avec son frère. Je me sers de mes facultés de déduction comme tous les bons guerriers. Je suis devenu un expert dans bien des domaines, Stem. C'est ainsi que sont formés les Chevaliers d'Émeraude.

– On les prépare à s'emparer des autres royaumes et à détrôner leurs rois, tu veux dire, s'énerva le prince.

– Stem, en voilà assez ! tonna Burge, le visage cramoisi.

– C'est de l'histoire ancienne, précisa Wellan en conservant son calme. Nous sommes différents des premiers Chevaliers d'Émeraude. Tu n'as aucune raison de te sentir menacé.

Écumant de rage, le prince quitta la table. Offensé, le Roi Burge le somma de revenir, mais Stem, aussi têtu que tous les autres membres de la famille royale de Rubis, fit la sourde oreille.

– Je lui parlerai plus tard, assura Wellan sans rancune. Stem est un homme intelligent, il m'écoutera.

Son père lui décocha un regard incrédule, que le Chevalier choisit d'ignorer. Il n'avait plus rien de l'enfant rebelle qu'il avait conçu, pensa le roi, en observant silencieusement Wellan. Ce n'était plus là le petit garçon turbulent qui courait en hurlant dans le palais, refusant d'enfiler ses bottes, l'enfant blond qui voulait toujours l'accompagner à la chasse mais qui s'opposait farouchement à ce qu'il dépèce les animaux tués par lui.

– Il est très étrange pour ton vieux père de te voir aussi discipliné tout à coup, déclara-t-il finalement. Je ne pensais pas que ce magicien réussirait à te mâter. J'étais persuadé qu'il te renverrait au Royaume de Rubis avec une longue liste de doléances.

Un demi-sourire étira les lèvres du Chevalier au souvenir de ses premiers mois au Château d'Émeraude. Élund l'avait en effet corrigé plus souvent que ses compagnons.

Le repas terminé, Wellan envoya son Écuyer l'attendre dans leur chambre et il partit à la recherche de son frère dans les couloirs du château, mais ce fut sa sœur qu'il rencontra la première. Sortant de ses appartements, elle lui bloqua le passage. Le souvenir qu'il gardait de Christa était celui d'une sœur aînée raisonnable, qui recevait toujours avec grâce et retenue les compliments de leurs parents, tandis que lui écopait de leurs remontrances.

– Je ne te retiendrai pas longtemps, dit-elle de sa voix douce. Je voulais juste te dire que je vais bientôt épouser le Prince Patsko de Fal.

– Je suis heureux de l'apprendre.

– Et je voulais que tu saches que je suis fière de ce que tu es devenu, Wellan. Il est bien malheureux que ce soit Stem qui hérite de ce magnifique pays.

– Moi, je sais qu'il fera un bon roi, le défendit le Chevalier. Et puis, rien ne prouve que je serais le même homme si j'avais grandi ici, Christa. Sais-tu où je peux trouver Stem ?

– Quand on le contrarie, il se cache dans la cabane que vous avez construite au bord de la rivière. Très mature, n'est-ce pas ?

– Il réussit encore à y entrer ? s'étonna Wellan.

Elle haussa les épaules et réintégra ses appartements. Wellan marcha rapidement jusqu'au bout du couloir et jeta un coup d'œil par la fenêtre. Dans la pénombre, se détachaient les contours de leur cabane en bois mal équarri, toujours perchée sur les branches d'un vieux chêne. Des serviteurs les avaient aidés, Stem et lui, à la construire, mais Wellan n'avait pu profiter de ce refuge, son destin l'ayant appelé à Émeraude.

Il s'empara d'un des flambeaux accrochés au mur et sortit du palais. Du pied de l'arbre, il vit les jambes de son frère qui pendaient dans le vide.

– Stem ! l'appela-t-il en essayant de conserver un ton amical.

– Retourne dans ton pays de Chevaliers, grommela l'autre. Nous n'avons pas besoin de toi ici.

– Je repars demain matin.

Le prince de Rubis continua d'observer un silence boudeur.

– Les Chevaliers d'Émeraude ne sont pas entraînés en vue de monter sur le trône, plaida Wellan. Nous sommes des guerriers, des soldats magiciens. Notre rôle consiste à protéger tout le continent, pas un seul pays.

Toujours rien.

Pourtant, Wellan ne se souvenait pas de son frère comme d'un garçon aussi têtu. Il avait même été son héros durant son enfance, étant toujours celui qui avait de bonnes idées pour faire damner leurs parents.

– Je suis retourné à la caverne de cristal cet après-midi, tenta le Chevalier en dernier ressort.

Auréolée de boucles noires, la tête de Stem s'encadra dans la petite ouverture de la porte.

– Tu t'en es souvenu ? murmura-t-il, étonné.

Wellan hocha lentement la tête. Soudain, malgré sa cuirasse ornée de pierres précieuses, il sembla à Stem qu'il retrouvait son petit frère de cinq ans.

– Mais tu n'étais qu'un puceron quand nous sommes allés là !

– Un puceron doté d'une excellente mémoire, rectifia Wellan. Je me souviens de tout ce que nous avons fait ici.

Les deux frères s'observèrent un long moment puis Stem sauta sur le sol avec souplesse. Le Chevalier le sonda et capta, au fond de son cœur, une tristesse s'apparentant de beaucoup à la sienne. Ils allèrent s'asseoir sur la rive de la Sérida et Wellan planta le flambeau près d'eux, sa lumière les enveloppant d'un cocon d'intimité.

– Ce n'est pas facile d'être toi, tu sais, se lamenta Stem.

– D'être moi ? répéta le Chevalier, stupéfait.

– C'est toi que père voulait voir sur le trône, pas moi. Mais mère en a décidé autrement et t'a envoyé exercer ta magie ailleurs. Il me répète sans arrêt que tu avais déjà l'étoffe d'un roi à l'âge de cinq ans et que tu es sûrement devenu un meneur d'hommes. Pour qu'il me laisse un peu tranquille, j'essaie d'être toi, mais ça me rend complètement fou... Et maintenant qu'il t'a vu en costume de Chevalier, il va me rendre la vie impossible.

– La chose la plus importante qu'on nous enseigne au Château d'Émeraude, c'est d'être soi-même. On met l'accent sur nos forces et nos qualités, tout en nous soulignant nos défauts afin que nous les corrigions.

– Toi ? Des défauts ? s'esclaffa Stem.

– Je suis colérique et j'ai du mal à maîtriser mes émotions. Aussi, la plupart du temps, je choisis de ne pas les exprimer. Le magicien d'Émeraude, qui a le pouvoir de lire dans tous les cœurs, m'a aidé à accepter mes faiblesses et encouragé à les surmonter. Nous sommes les protecteurs du continent, Stem, mais nous sommes aussi des êtres humains.

Wellan passa un bras autour des épaules de son frère et le serra contre lui avec affection. En sondant de nouveau son âme, il fut heureux de constater qu'il était apaisé. Les deux hommes rentrèrent ensemble au palais et se séparèrent devant la chambre du Chevalier. Bridgess s'était endormie, blottie dans un moelleux fauteuil tiré près de la fenêtre. Il la souleva dans ses bras et alla la porter dans la chambre qu'on avait préparée pour elle. Pas question d'indisposer la domesticité en la gardant auprès de lui. Il la déposa sur le lit, la couvrit et l'embrassa sur le front. Il remit des bûches dans l'âtre avant de refermer doucement la porte.

Il s'arrêta net sur le seuil de sa propre chambre en découvrant le maître magicien Fan de Shola assise sur son lit. Elle portait une tunique blanche qui brillait comme si elle avait été tissée de lumière et ses cheveux argentés descendaient en lourdes cascades sur ses épaules. Wellan referma la porte derrière lui, sentant soudainement se cicatriser toutes les blessures de son cœur.

La reine se leva et s'avança à sa rencontre, sa robe lumineuse flottant autour d'elle. Wellan la prit dans ses bras, passionné, et leurs lèvres se touchèrent. Il n'avait cessé de rêver à ce baiser depuis leur première nuit ensemble. Fan l'aida à défaire les courroies de sa cuirasse et à la retirer, la laissant tomber sur le sol, puis elle détacha sa ceinture. L'épée et le poignard s'écrasèrent aux côtés de la cuirasse et Wellan s'empressa de se débarrasser de sa tunique.

Les longs doigts de Fan effleurèrent sa peau et il ferma les yeux, pris de vertige, priant la déesse de Rubis que cet instant ne prenne jamais fin. Il savait que Fan n'était qu'un fantôme, mais il l'aimait, il avait besoin d'elle. Ardente, elle l'attira sur le lit. N'écoutant que sa ferveur, il lui fit l'amour sans qu'aucune parole ne soit échangée, sans qu'aucun mot ne soit prononcé. Une fois leurs sens assouvis, Wellan la serra dans ses bras pour qu'elle ne s'échappe plus jamais. La reine frotta le bout de son nez sur son oreille et il savoura cette caresse furtive, des frissons courant de nouveau sur sa peau.

– *Les soldats de l'Empereur Noir sont revenus bredouilles et leur maître est furieux*, murmura-t-elle.

Wellan sortit subitement de sa torpeur, frappé par l'importance de cette information. La guerre était-elle sur le point d'éclater ?

– *Il organise une nouvelle expédition pour retrouver Kira*, ajouta Fan, confirmant ses craintes.

– Quand seront-ils ici ? s'inquiéta le Chevalier.

– *Dans quelques semaines de votre monde.*

– Où débarqueront-ils ?

– *Je n'en sais rien encore, mais je reviendrai vous en informer.*

– Revenez quand vous voulez, même si vous n'avez rien à me dire. Je vous aime, Fan.

Il chercha ses lèvres et les baisa avec dévotion, puis il s'endormit, bercé par le doux parfum de sa reine. Au matin, lorsque les rayons du soleil chauffèrent son visage et le réveillèrent, il était seul. Il s'assit brusquement et fouilla du regard tous les recoins. Rien. Pas même la trace de son parfum enivrant. Combien de temps s'écoulerait-il encore avant le retour de la femme qui faisait vibrer toutes les fibres de son corps ? Combien de temps pourrait-il vivre un amour aussi intangible ? Des larmes brûlantes se mirent à couler sur ses joues sans qu'il puisse les contenir et il enfouit son visage dans ses mains. Il ne ressentit l'arrivée de Bridgess que lorsqu'elle grimpa dans son lit.

– Maître ? s'alarma-t-elle. Êtes-vous blessé ?

– Plus que personne ne le sera jamais..., murmura le Chevalier dans un sanglot.

Elle parvint à détacher ses mains de son visage et sécha ses larmes tout en le sondant, passant outre aux règlements. L'émotion qu'elle découvrit dans le cœur de Wellan lui était inconnue et l'effraya par sa puissance.

– Tu es trop jeune pour comprendre ce que je ressens, Bridgess, souffla-t-il en ravalant ses larmes.

– C'est une femme qui vous a fait tout ce mal ?

– Pourquoi dis-tu cela ?

– Parce que je sens sa présence en vous. On dirait qu'elle est là, mais, en même temps, qu'elle n'y est pas. C'est difficile à expliquer. Êtes-vous amoureux, maître ?

Wellan croisa le regard de l'enfant, ne sachant que répondre. Jamais, il n'avait ouvert son cœur à qui que ce soit, pas même à ses compagnons d'armes, et cette petite fille se tenait là, au seuil de son plus grand secret, sans qu'il arrive à l'en éloigner.

– Oui, chuchota-t-il dans un soupir, mais la femme que j'aime est morte...

Les yeux de Bridgess se remplirent de larmes et elle referma ses bras sur lui, maternelle déjà, en lui envoyant une vague d'apaisement qui lui fit le plus grand bien.

– Un jour, vous trouverez une autre femme à aimer, lui glissa-t-elle à l'oreille, sans relâcher son étreinte. Vous êtes tellement beau et si fort ! Personne ne peut vous résister bien longtemps.

Wellan se laissa bercer un moment par l'enfant, puis recouvra graduellement la maîtrise de ses émotions, ce qui, chez lui, signifiait qu'il les avait bouclées à double tour au plus profond de son cœur.

Il inspira profondément et annonça à son Écuyer qu'ils devaient partir sans tarder, camouflant les informations données par Fan sous les apparences d'une vision mystique reçue pendant la nuit. Bridgess aurait bien voulu récréer le lien qui les avait unis quelques minutes auparavant, mais le grand Chevalier s'était une fois de plus barricadé dans sa tour de glace.

24

POINT DE RALLIEMENT

Wellan et Bridgess chevauchèrent sans relâche jusqu'au Royaume de Jade. La fillette suivait son maître sans se plaindre, même si ses jambes la faisaient souffrir. Ils ne s'arrêtèrent qu'une seule fois pour abreuver les chevaux, se désaltérer eux-mêmes et prendre une bouchée, puis ils reprirent la route jusqu'à la forteresse de Jade.

Ils traversèrent de grands champs inondés, dans lesquels les Jadois cultivaient le riz, ainsi que d'immenses plantations de bambou. Comme le temps pressait, Wellan expliqua brièvement à Bridgess que ces hommes et ces femmes élevaient des vers à soie et qu'ils produisaient les plus belles étoffes de tout Enkidiev. Poussant leurs montures au galop, ils croisèrent des paysans coiffés de grands chapeaux de paille plats, occupés à remplir des charrettes de produits de la terre. Au coucher du soleil, ils distinguèrent enfin les tours étranges du château, celles-ci se composant de plusieurs segments superposés et ayant chacune son propre toit en pagode.

La nuit étant tombée, les soldats hésitèrent à leur ouvrir, mais lorsque leur capitaine les rejoignit et qu'il reconnut la cuirasse verte du Chevalier, il ouvrit lui-même les portes de la haute muraille. Wellan et Bridgess passèrent devant les hommes étonnés et se dirigèrent vers le plus imposant des édifices de la forteresse.

Ils mirent pied à terre et laissèrent leurs chevaux à proximité des portes ornementées du palais. De son pas de géant, Wellan marcha vers les soldats qui gardaient l'entrée. Ils étaient vêtus de simples tuniques blanches, un sabre pendant à leur ceinture.

On les conduisit dans un petit salon où le monarque, emmitouflé dans un manteau de soie, accepta de les recevoir. Jeune et vigoureux, le Roi Lang portait ses cheveux noirs tressés sur la nuque et, imperturbable, les fixait de ses yeux bridés. « Il ressemble à Kerns », pensa Bridgess en s'inclinant de concert avec Wellan.

– La situation doit certainement être très grave pour qu'un Chevalier d'Émeraude ose tirer un roi de son lit au milieu de la nuit, fit-il en arquant un sourcil.

– Je suis désolé, Majesté, s'excusa Wellan, mais comme le temps nous est compté, permettez-moi d'aller droit au but.

Il lui exposa sommairement la situation de Zénor et son besoin de volontaires pour contrer l'invasion des hommes-insectes.

– Combien d'ouvriers vous faut-il ? s'enquit le roi, soudainement très alerte.

– Le plus grand nombre possible.

– Conduirez-vous personnellement mes sujets à Zénor ?

– Non, Majesté. Je dois rallier le Royaume de Béryl.

– Très bien. Il sera fait selon vos instructions. Je vous en prie, acceptez mon hospitalité cette nuit.

L'espace d'un instant, Wellan hésita et Bridgess craignit qu'il refuse et qu'il décide de mettre le cap sur Béryl. Mais le Chevalier ressentit la lassitude de son apprentie et accepta l'offre du monarque de Jade. On leur prépara rapidement une chambre et la fillette s'endormit en posant la tête sur l'oreiller. Wellan s'assit sur son propre lit et la regarda dormir. Il savait qu'il exigeait d'elle des efforts surhumains, mais il n'avait pas le choix. S'ils ne se pressaient pas, il n'y aurait bientôt plus de continent à défendre.

Au petit matin, ils mangèrent en compagnie du Roi Lang, de la Reine Natta et des petits princes. Wellan sentit le potentiel magique du plus jeune, mais n'étant pas en mission de recrutement, il remercia les membres de la famille royale pour leur hospitalité et quitta le palais. Il sauta en selle et jeta un bref coup d'œil derrière lui, s'assurant que Bridgess le suivait. Une journée de route séparait le Royaume de Jade de celui de Béryl, situé dans les montagnes qui surplombaient la Forêt Interdite, rendant la tâche plus ardue pour leurs chevaux.

Tout comme la veille, ils ne s'arrêtèrent qu'une seule fois. Wellan était de plus en plus nerveux, comme s'il craignait de ne pas pouvoir s'acquitter de sa mission à temps. Il ne parlait plus et il semblait se désintéresser complètement de son Écuyer. Bridgess en vint même à se demander s'il s'en rendrait compte si elle tombait d'épuisement.

Dès qu'ils eurent franchi la frontière, le paysage devint plus désolé. Ils empruntèrent une série d'étroits sentiers creusés dans le sol en prenant constamment de l'altitude. Le paysage était rocailleux mais d'innombrables variétés de fleurs aux couleurs éclatantes jaillissaient d'entre les pierres, embellissant la montagne. Sur de petits plateaux échelonnés sur différents paliers, des paysans creusaient des canaux d'irrigation et des enfants faisaient avancer des troupeaux de chèvres. Les Bérylois formaient un peuple paisible qui passait le plus clair de son temps à travailler pour assurer sa survie.

Ils atteignirent le Château de Béryl au milieu de la nuit. Jamais Bridgess n'avait vu une forteresse aussi petite, mais c'était parce qu'elle n'abritait que la famille royale. Adoptant la forme d'un cube, faite à partir de pierres brutes, elle ne devait compter que trois ou quatre pièces. Ils n'y trouvèrent pas le Roi Wyler et des paysans les dirigèrent vers le grand feu qui flambait au centre du village.

– C'est la nuit de l'équinoxe, leur rappela un vieil homme sur un ton de reproche.

Wellan connaissait bien les fêtes religieuses célébrées par chacun des royaumes, mais il avait d'autres soucis en tête. Ils attachèrent leurs chevaux devant le puits du village et s'avancèrent vers les gens rassemblés en silence autour du feu. Béryl était un des rares royaumes où il restait encore un magicien. D'ailleurs, celui-ci se tenait justement près des flammes. Vêtu d'une longue tunique rouge qui miroitait à la lueur du feu, il tendait les bras vers le ciel étoilé. D'une voix forte, il psalmodiait des incantations dans la langue secrète des mages et tous les habitants de la montagne l'écoutaient avec une fascination craintive, même s'ils ne comprenaient rien de ce qu'il racontait. Mais Wellan, qui connaissait cette langue, le laissa terminer sa prière aux dieux des entrailles de la terre et invoquer leur clémence pour la saison chaude qui s'amorçait bientôt.

Des éclairs de lumière blanche jaillirent des doigts du vieux magicien et survolèrent l'assemblée. Puis le mage lança un regard presque dément aux hommes qui l'entouraient.

– J'ai vu des choses terrifiantes dans le ciel ! s'écria-t-il d'une voix rauque. Enkidiev est sur le point de vivre des heures éprouvantes aux mains d'un vieil ennemi qui vient de la mer !

– Pas si les Chevaliers d'Émeraude l'arrêtent ! proclama Wellan d'une voix qui couvrit les murmures inquiets des villageois.

Toutes les têtes se tournèrent vers lui, véritable apparition surgissant d'une autre époque dans sa cuirasse verte et sa cape ondulante. « Il sait toujours comment captiver l'attention de son auditoire », apprécia Bridgess.

– Je suis le Chevalier Wellan d'Émeraude et je suis venu demander l'assistance du Roi de Béryl afin d'empêcher les dragons sanguinaires de l'ennemi de décimer une fois de plus le continent !

Un homme blond se détacha de la foule et planta ses yeux clairs et francs dans ceux du Chevalier.

– Je suis le Roi Wyler, déclara-t-il en saluant son interlocuteur d'un mouvement de la tête. Dites-moi ce que je peux faire.

Wellan leur raconta le massacre de Shola d'une voix suffisamment forte pour que le village entier l'entende. Les femmes attirèrent les enfants dans leurs jupes en frissonnant d'horreur, tandis que les hommes bombaient le torse, remplis de détermination. Ils avaient trimé dur pour voir naître ce pays et ils n'allaient certainement pas laisser une race d'insectes meurtriers s'en emparer. Le magicien fendit alors la foule et vint se camper devant Wellan.

– Je suis le magicien Mori, fit-il en se courbant très bas. Les astres m'ont parlé d'un terrible combat, mais ils restent obstinément muets quant à son issue. Cela m'inquiète beaucoup, Chevalier Wellan.

Wellan lui rapporta ce que le magicien Élund avait vu dans le ciel et lui expliqua la situation précaire du Royaume de Zénor. Plusieurs hommes se levèrent d'un seul bond pour offrir leurs services au Chevalier. « Des cœurs nobles et généreux », se réjouit Bridgess. Le roi promit toute l'aide nécessaire et convia le maître et l'apprenti chez lui. Wellan savait qu'ils auraient besoin d'une bonne nuit de sommeil s'ils voulaient tenir en selle pour rejoindre leurs compagnons le plus rapidement possible à Zénor.

Le chant du coq résonnait encore dans la cour quand ils talonnèrent leurs montures vers l'ouest. Ils atteignirent Zénor trois jours plus tard et traversèrent le village où il ne restait plus que des femmes et des enfants, les hommes étant tous occupés à creuser les trappes. En les reconnaissant, les femmes leur apportèrent de l'eau et des galettes sucrées que Bridgess dévora avec appétit.

Le Chevalier et son Écuyer conduisirent leurs chevaux à l'abreuvoir et Wellan en profita pour se délier les jambes. C'est alors qu'il vit un dragon pour la première fois de sa vie. En déambulant entre les maisons, il aperçut le squelette de l'horrible créature qui avait ravagé Shola.

Il s'approcha et en fit le tour, examinant toutes ses articulations, imaginant ce à quoi avait pu ressembler la bête de son vivant. Bergeau avait raison. Son très long cou ne leur permettrait pas de l'attaquer à cheval. Ses crocs et ses griffes s'avéraient aussi des armes redoutables, capables de lacérer le corps d'un homme avant même qu'il puisse brandir son épée ou sa lance. Devant lui se dressait une formidable machine de guerre qui assurait à ses maîtres une percée dans n'importe quel territoire qu'ils désiraient conquérir. Les trappes restaient très certainement la seule façon de les mettre hors de combat.

Soudainement, Bridgess s'immobilisa aux côtés de Wellan, livide, les yeux fixés sur le squelette, la bouche ouverte sur un cri d'horreur qui refusait de franchir ses lèvres.

– Bridgess ? s'inquiéta Wellan.

– C'est un dragon ? articula-t-elle finalement d'une voix étranglée.

– Oui, c'en est un, assura calmement le Chevalier.

– Mais comment un homme peut-il se défendre contre une bête pareille ?

– Il ne peut pas, comme je l'ai vu de mes propres yeux à Shola. La seule façon de la vaincre est de la piéger.

– J'aurais préféré ne jamais voir ce… monstre.

– Pourtant, le Chevalier qui sait contre quoi il se bat a un avantage certain sur son ennemi. Les choses risquent de se compliquer dans les prochaines semaines, Bridgess. L'ennemi est sur le point de nous attaquer et, en tant qu'Écuyers, vous n'êtes pas encore prêts à guerroyer avec nous sur le champ de bataille. Alors, écoute-moi bien. Si les combats devaient soudainement éclater, je veux que tu te replies en lieu sûr et que tu ne prennes aucun risque inutile.

– Mais maître...

– Le plus grand service que tu puisses me rendre au cours d'une bataille, c'est d'empêcher mon cheval de s'enfuir. J'ai besoin de savoir que j'aurai une porte de sortie en tout temps.

Elle soutint son regard glacé en silence même si elle avait envie de répliquer. Wellan capta aussitôt sa frustration.

– Bientôt tu combattras à mes côtés, Bridgess. Ce n'est qu'une question de temps. Allez, viens. Nous devons rejoindre nos compagnons.

25

Les pièges de Zénor

Wellan fut soulagé d'apercevoir une multitude de tentes cordées au pied de la falaise de Zénor ainsi que des ouvriers occupés à creuser d'énormes fosses dans la terre meuble, là où s'arrêtait la plage et où la marée ne risquait pas de les engloutir. Il se sentit réconforté en voyant briller au loin les cuirasses de ses frères d'armes qui s'affairaient dans les différents chantiers.

Le grand Chevalier scruta la falaise et repéra le sentier creusé à même le roc qui menait vers les basses terres. Il s'y engagea prudemment, suivi de Bridgess. Il y avait à peine de l'espace pour un cheval et la paroi rocheuse frôlait dangereusement leurs jambes. Très lentement, ils descendirent de la falaise et, une fois parvenus à son pied, ils galopèrent dans l'herbe tendre vers la constellation de petites tentes érigées en rangs serrés. Tout près, un enclos avait été construit à l'ombre de grands arbres. Wellan et Bridgess dessellèrent leurs montures et les libérèrent parmi les autres. Sur ces entrefaites, ils virent Bergeau et Buchanan, son Écuyer, qui venaient à leur rencontre à grandes enjambées. Les deux Chevaliers s'étreignirent avec affection sous les regards approbateurs de leurs apprentis.

– Vous avez accompli des progrès énormes ! déclara Wellan en lui agrippant solidement les avant-bras.

– Des hommes arrivent de toutes les contrées pour nous aider ! s'exclama Bergeau, emballé. Vous avez été drôlement convaincants, dites donc ! Même les vaniteux habitants du Royaume de Perle sont venus nous donner un coup de main !

Bridgess haussa un sourcil, mais ne passa aucun commentaire. Elle était originaire de ce pays, mais n'avait pas souvenir que ses habitants aient été vaniteux. Bergeau marcha avec son frère d'armes en direction des fosses, leurs Écuyers sur les talons. Plusieurs trappes étaient prêtes en direction du nord, mais il en manquait encore beaucoup vers le sud. Wellan incita les ouvriers à redoubler d'ardeur puis rejoignit Falcon et Santo et s'enquit de leurs autres compagnons.

– Dempsey et Jasson sont à la frontière du Royaume de Cristal. Ils avancent lentement mais sûrement vers nous. Chloé se trouve quelque part dans les ruines de l'ancienne ville à soigner les écorchures, les brûlures et les muscles douloureux. Dans quelques semaines, nous aurons plus de trappes qu'il nous en faut, mon frère.

Mais disposaient-ils d'autant de temps ?

Wellan se débarrassa de sa cuirasse et de ses armes, les confiant à Bridgess, puis il se mit à planter des piquets avec Bergeau afin de délimiter les prochains pièges. Son agitation et son ardeur au travail indiquèrent à ses frères qu'il était très nerveux. *Est-ce que tu sais quelque chose que nous ignorons ?* lui demanda silencieusement Santo. *Ce n'est pas le moment d'en parler*, répondit Wellan. Il sauta dans un trou profond d'environ un mètre et se mit à creuser avec les hommes.

Ce soir-là, les Chevaliers s'isolèrent sur la plage de galets pour discuter de stratégie. Ils se tenaient tous devant Wellan, leurs Écuyers à leurs côtés. Les enfants, sentant que la situation était plus grave qu'il n'y paraissait, observaient leur chef avec appréhension.

– L'ennemi est en route, déclara-t-il sombrement.

– Comment le sais-tu ? s'étonna Bergeau.

Wellan hésita à leur parler de Fan, ne souhaitant pas s'exposer aux sarcasmes de Jasson, mais ce dernier prit les devants.

– C'est ta belle dame fantôme qui te l'a dit ? blagua-t-il.

– Oui, c'est elle, répondit le grand Chevalier sur un ton cassant.

Bridgess n'en crut pas ses oreilles. La défunte femme que son maître aimait avait-elle vraiment le pouvoir de lui parler par-delà la mort ?

– Je pense qu'il est temps que tu nous révèles tout ce que tu sais, Wellan, insista amicalement Dempsey.

– Un Chevalier se défend mieux lorsqu'il connaît son ennemi, renchérit Falcon.

Wellan ne pouvait pas leur parler de Kira sans s'exposer à une répétition des événements tragiques de jadis. Les nouveaux Chevaliers ne devaient pas devenir des meurtriers d'enfants, ils étaient leurs protecteurs.

– C'est tout ce que je sais, éluda-t-il. Où dormez-vous ?

– Nos tentes sont montées parmi celles des ouvriers, répondit Jasson, désarçonné par ce brusque changement de propos.

– Alors, il faudra que vous vous installiez plus près des fosses, pour pouvoir sonder la mer sans arrêt.

– Tu crois qu'ils tenteront de s'infiltrer par Zénor plutôt que par Shola ? s'inquiéta Chloé.

– C'est seulement un pressentiment, avoua Wellan. Mais si cet empereur est un fin stratège, ce dont je ne doute pas, il pensera que nous l'attendons de pied ferme dans le nord, où il a déjà frappé. C'est le sud que nous devons protéger.

Ses compagnons lui donnèrent raison. Ils allèrent donc chercher leurs affaires et élevèrent leurs tentes à mi-chemin entre les trappes et l'océan. Wellan assura évidemment le premier tour de garde. Assis près d'un bon feu, il regardait au loin en pensant à la façon dont les hommes-insectes déchargeraient leurs affreuses bêtes sur la grève. Bridgess effleura alors son bras d'une petite main froide et le Chevalier la sonda rapidement. Elle n'avait plus peur, mais elle était inquiète pour le cœur du grand chef.

– Elle vous parle dans la mort, maître ? Mais comment est-ce possible ?

Ses grands yeux bleus débordaient de curiosité et de crainte à la fois. Les gens ne discutaient jamais du monde des morts, pas plus qu'ils ne parlaient du Royaume des Ombres ou de celui des Esprits, en raison de superstitions qui remontaient à la nuit des temps.

– La femme que j'aime est un maître magicien et ceux-ci détiennent le pouvoir de circuler librement entre les deux mondes, Bridgess, expliqua-t-il très calmement.

– Les maîtres magiciens ne sont pas des êtres vivants ?

– Laisse-moi t'expliquer. Ceux qui naissent dans le monde des morts sont des Immortels, alors que ceux qui naissent dans le monde des vivants sont des maîtres magiciens. Ces derniers ne peuvent rejoindre les dieux que dans la mort, mais ils possèdent les mêmes pouvoirs que les Immortels.

Bridgess le fixa un long moment et il vit qu'elle tentait d'assimiler ces informations de son mieux.

– Les maîtres magiciens sont des êtres très puissants, mais ils sont rares, ajouta-t-il.

– Sont-ils suffisamment puissants pour renaître dans notre monde ?

– Non...

Soudainement bouleversé à la pensée que Fan se trouvait dans une dimension qui lui était inaccessible, Wellan se leva et fit quelques pas sur la plage de galets. Bridgess ne bougea pas, ayant ressenti son urgent besoin de solitude. « C'est lui qui ressemble à un fantôme », pensa l'enfant en le voyant sonder l'océan, auréolé par les rayons argentés de la lune, les vagues mourant à ses pieds.

26

LE RETOUR DES DRAGONS

Les jours suivants, des hommes provenant des Royaumes de Rubis, de Jade et de Béryl vinrent grossir les rangs et les travaux s'accélérèrent. Au début, les différents groupes ne cherchèrent pas à fraterniser, mais après de nombreuses heures passées à peiner ensemble, ils finirent par s'apprivoiser. Des amitiés se développèrent et de nouvelles alliances se forgèrent entre les royaumes, ce qui plut énormément aux Chevaliers.

Le temps filait trop vite au goût de Wellan, qui sentait les vaisseaux de l'Empereur Noir se rapprocher de plus en plus de la côte. Ce serait l'épreuve ultime des Chevaliers d'Émeraude, le moment de vérité. Ils sauraient enfin ce que valait leur entraînement de soldats magiciens.

Wellan ne respirait librement que le jour, sachant que les hommes-insectes ne supportaient pas la lumière diurne. Tant que le soleil brillait, ils ne risquaient rien. Pour calmer ses nerfs, il travaillait avec les ouvriers, puisant d'innombrables seaux d'eau dans les anciens puits du Royaume de Zénor afin de les porter aux hommes qui trimaient sous un soleil de plomb, et participait à l'entraînement au combat des Écuyers, même si on avait convenu unanimement de ne pas les laisser affronter les dragons ou leurs cavaliers. Et toutes les nuits, un des Chevaliers montait la garde.

Ce jour-là, le ciel commença à s'assombrir à l'horizon. À cette époque de l'année, les tempêtes étaient fréquentes sur la côte. Wellan espéra seulement que la nature ne les empêcherait pas de terminer leur travail. Quelques heures plus tard, la pluie s'abattait sur Zénor et les bourrasques de vent faillirent déraciner les tentes des ouvriers. Les hommes s'y accrochèrent de tout leur poids, laissant Vatacoalt, le dieu des vents, calmer sa colère avant de retourner dans les fosses.

Assis sous sa tente, Bridgess à ses côtés, Wellan regardait la pluie tomber en brusques rafales, souhaitant secrètement que la tempête repousse les vaisseaux ennemis à l'autre bout du monde. Ses pensées se mirent à errer. « Si c'est Kira que l'Empereur Noir veut, cessera-t-il un jour de chercher à la reprendre ? » se demanda-t-il.

Même si Wellan savait que les dragons détestaient l'eau, il craignait aussi que leurs cavaliers ne profitent de la tempête pour prendre la côte d'assaut. Il ne se détendit que lorsque le soleil perça les nuages. Les hommes retournèrent aussitôt sur le chantier et terminèrent de creuser les pièges, pataugeant dans la boue. Les fosses étaient si nombreuses qu'il aurait fallu dévaster toute une forêt pour les couvrir de branchages. Wellan préféra donc les laisser à ciel ouvert. De toute façon, si les monstres débarquaient en pleine nuit, comme ils l'avaient fait à Shola, ils ne verraient les pièges qu'une fois qu'ils y seraient tombés.

Les travaux terminés, Wellan remercia personnellement tous ceux qui s'étaient unis pour défendre Enkidiev avant de les renvoyer veiller sur leurs familles et promit de les garder informés des éventuels dénouements. Les hommes de Zénor refusèrent de partir, car ils n'entendaient pas les laisser se défendre seuls contre toute une armée. La plupart savaient manier le glaive, mais si les dragons réussissaient à franchir les pièges, il ne leur serait d'aucun secours.

Ce soir-là, Falcon faisait le guet. La lune ne formait plus qu'un croissant. C'était le moment idéal pour lancer une attaque. Tous les Chevaliers dormirent avec leur épée à la main. Les Écuyers avaient reçu l'ordre de se précipiter vers les enclos au premier signe d'un débarquement et de garder les chevaux. Tellement tendu qu'il était incapable de dormir, Wellan alla s'asseoir avec Falcon près du feu.

– Tu les sens approcher, n'est-ce pas ? s'enquit son compagnon.

– Je ne sais plus ce que je ressens, Falcon, avoua Wellan.

– Moi, je tremble de terreur. Si nous n'arrivons pas à les arrêter ici, notre monde disparaîtra. C'est une responsabilité bien lourde à porter pour sept Chevaliers, tu ne crois pas ?

– Nous avons été choisis parmi tous les hommes parce que nous possédons les qualités requises pour défendre Enkidiev. Les dragons ne passeront pas.

Il lui tapota affectueusement le dos et se releva, regardant en direction de la masse sombre de l'océan.

– Je vais aller marcher un peu, annonça Wellan.

Il s'éloigna sur la plage de galets, sourd aux protestations de Falcon qui trouvait imprudent qu'il s'isole ainsi de ses frères d'armes, mais le grand Chevalier avait besoin de se changer les idées.

– Je reviendrai en courant si j'aperçois l'ennemi, répondit-il à Falcon avec l'ombre d'un sourire, le premier depuis longtemps.

Il se dirigea vers le château partiellement en ruines en scrutant l'océan. Faisant appel à ses facultés magiques, il balaya l'océan mais n'y repéra que la vie marine normale. Aucun vaisseau, aucun insecte.

Il entra dans la forteresse et, dans l'obscurité, il découvrit une terrasse qui surplombait la mer. Il prit place sur un muret et laissa tous ses sens s'ouvrir à fond.

– Ils seront bientôt ici, l'avertit une voix dans son dos.

En une fraction de seconde, Wellan bondit sur ses pieds et tira son épée de son fourreau, prêt à combattre l'homme qui s'était subrepticement glissé derrière lui. Il ne reconnut pas les vibrations qu'il émettait, mais son intuition l'informa qu'il avait affaire à un homme différent. L'inconnu ouvrit lentement la main et une boule lumineuse y apparut, découpant ses traits. Un magicien !... Il portait une simple tunique blanche ceinte par un cordon d'argent. Wellan l'examina attentivement, ne le reconnaissant toujours pas. Il était même étonné qu'un homme aussi jeune puisse maîtriser la magie à ce point.

– Il ne faut jamais se fier aux apparences, sire Wellan, lui dit l'homme d'une voix douce et mélodieuse.

– Qui êtes-vous ? lança abruptement le Chevalier, sans baisser son arme.

– Soyez sans crainte, je ne suis pas du nombre de vos ennemis. En fait, je suis probablement votre meilleur allié dans cette guerre qui se prépare.

– Qui êtes-vous ? répéta Wellan, incisif.

– Je suis le Magicien de Cristal, mais vous pouvez m'appeler Abnar.

Sa réponse prit le Chevalier au dépourvu. Il avait toujours cru que le célèbre mage était un vénérable vieillard qui vivait en ermite dans la montagne, quelqu'un de l'âge d'Élund.

– Depuis combien de temps ?

– Depuis des centaines d'années, mais j'ai dû faire croire au magicien d'Émeraude que je n'étais qu'un apprenti, histoire de ne pas le vexer. Vous pouvez rengainer votre arme, sire, je ne vous veux aucun mal.

Le Chevalier savait que le Magicien de Cristal était le protecteur du continent et que, sans lui, les humains auraient été exterminés lors de la première invasion. Il glissa son épée dans son fourreau et s'inclina avec respect devant lui. Abnar marcha jusqu'au muret, y déposa la sphère lumineuse et s'assit. Wellan suivit attentivement tous ses gestes. Les yeux gris de l'Immortel étaient clairs et francs. Son cœur aussi, comprit le Chevalier en le sondant à la vitesse de l'éclair, car ces êtres à part détestaient qu'on les scrute de cette façon.

– J'aurais dû descendre de mon antre pour faire votre connaissance il y a fort longtemps, mais j'ai été très occupé à servir les dieux. Ne m'en veuillez pas.

– Comment le pourrais-je, maître ? répliqua poliment le Chevalier. Vous êtes un Immortel.

– Laissez-moi vous parler un peu de moi. J'ai vu le jour dans le monde des morts il y a plus de cinq cents ans. Ma mère étant une Immortelle et mon père, un grand roi d'Enkidiev, les dieux m'ont accueilli parmi leurs serviteurs magiques. C'est un grand secret qu'ils préfèrent ne pas partager avec les humains, mais Fan vous croit prêt à l'entendre.

– Elle vous rend visite ? s'étonna Wellan, piqué par la jalousie.

– Ne craignez rien, je ne suis pas aussi intime avec elle que vous l'êtes. Disons que nos échanges sont surtout de nature informative. Mes pouvoirs sont étendus, il est vrai, mais je suis incapable de voir ce qui se trame sur le continent des hommes-insectes, les dieux m'ayant assigné la tâche bien précise de veiller sur le sort des humains. Mais comme Fan ne connaît pas semblables restrictions, elle a accepté d'épier l'ennemi pour vous. Détendez-vous un peu, Chevalier, et venez vous asseoir près de moi. Nous disposons de très peu de temps.

Wellan marqua une brève hésitation puis prit place de l'autre côté de la sphère lumineuse en observant le visage étrangement jeune de l'Immortel.

– Quand seront-ils ici ? demanda-t-il, préférant parler de l'ennemi plutôt que de la Reine de Shola.

– Si les vents continuent de leur être favorables, ils débarqueront demain, dans la nuit.

– À Zénor ?

– Oui. Votre raisonnement était juste et digne de votre réputation.

– Savez-vous ce qu'ils cherchent exactement ? demanda Wellan afin de tester l'étendue de sa connaissance du conflit.

– L'Empereur Amecareth veut reprendre sa fille. Il croit que son sang humain lui permettra de régner sur d'autres continents que le sien. J'ai offert mes services à Élund afin de veiller personnellement sur Kira, mais tout le monde là-bas ignore la vraie raison de ma présence au Château d'Émeraude. J'ose espérer que vous ne leur en parlerez pas.

– Je vous en donne ma parole. Mais, dites-moi, que pensez-vous faire de l'enfant ? Laisserez-vous Émeraude Ier la sacrifier, comme son ancêtre qui a mis à mort le premier des enfants mauves ?

– Vous connaissez bien votre histoire, releva Abnar, impressionné. Sachez que le roi avait agi à l'encontre de mes exhortations. En sacrifiant ce petit garçon, il a poussé l'empereur à concevoir d'autres enfants. Nous aurions pu nous débarrasser de lui, jadis, mais la nature humaine a fait échouer mes plans. Vous, par contre, vous voyez plus loin.

– Ne me louangez pas trop vite, maître Abnar, rectifia Wellan. J'ai bien failli immoler Kira dans son berceau avant mon départ du Royaume d'Émeraude.

– Mais vous ne l'avez pas fait, parce qu'au fond de vous, vous saisissez l'importance de la prophétie.

Wellan fouilla rapidement sa mémoire. Il avait pourtant lu tous les documents que contenait la vieille armoire de la bibliothèque, mais aucun ne mentionnait la moindre prophétie.

– La destruction de l'empire des dragons dépend d'une séquence d'événements, expliqua alors le magicien, sentant sa confusion. Kira doit vivre afin de protéger un Chevalier d'Émeraude qui détiendra le pouvoir de renverser Amecareth. Nous ne pouvons donc nous permettre de la laisser tomber entre ses mains.

– Quel est le nom de ce Chevalier ? voulut savoir Wellan, avec espoir.

– Il n'est pas encore né, mais lorsqu'il arrivera au Château d'Émeraude pour apprendre à maîtriser sa magie, je serai là pour veiller à sa sécurité.

– De quelle façon puis-je vous aider, maître Abnar ?

– En faisant ce que vous faites le mieux, Chevalier : combattre. Vous devez à tout prix empêcher les dragons d'envahir Enkidiev. Cela rendra sûrement l'empereur furieux et il redoublera d'efforts pour reprendre sa fille, mais il ne doit jamais y parvenir.

– Le dénouement de cet affrontement vous est donc encore inconnu, comprit Wellan.

Abnar secoua doucement la tête.

« Il est rassurant de savoir que le sort des hommes ne repose pas entièrement entre les mains des dieux et que nos efforts peuvent changer le cours des événements », songea Wellan. Mais encore leur fallait-il être victorieux.

– Et si nous échouons ? s'enquit le grand Chevalier.

– En dernier recours, je cacherai Kira dans la Montagne de Cristal.

– Lorsque l'ennemi débarquera à Zénor, serez-vous à mes côtés pour le combattre ?

– Je crains que non. L'empereur doit ignorer mon implication dans ce conflit. Sinon, c'est moi qu'il traquera et, s'il m'atteint, nous périrons tous. Il est préférable que nous travaillions sur deux fronts différents pour le moment.

Wellan hocha pensivement la tête, indiquant qu'il comprenait sa stratégie. Les Chevaliers constituaient la première ligne de défense du continent, Abnar, la seconde.

– Je dois rentrer au Château d'Émeraude avant qu'on s'inquiète de mon absence, conclut l'Immortel en se levant. Je suis enchanté d'avoir fait votre connaissance, sire Wellan.

– Le plaisir est partagé, maître Abnar, assura le Chevalier.

– J'oubliais... Fan de Shola m'a demandé de vous dire ceci : elle ne peut pas se matérialiser aussi souvent qu'elle le voudrait, mais elle ne cesse de penser à vous...

Ce message réchauffa le cœur de Wellan. Sa reine ne l'avait pas oublié !

Abnar s'évanouit sous ses yeux et la source de lumière avec lui. Le Chevalier demeura un long moment assis sur le muret, à réfléchir dans l'obscurité. Mais, plus il essayait de se concentrer sur la meilleure stratégie défensive, plus le visage de Fan le hantait. Il quitta donc les ruines du château et retourna sur la plage.

– L'ennemi attaquera Zénor demain, dans la nuit, annonça Wellan à Falcon en s'asseyant près du feu.

– Comment le sais-tu ? s'étonna son compagnon.

– Le Magicien de Cristal m'est apparu dans les ruines du Château de Zénor afin de m'en informer. Je préviendrai les autres demain, à leur réveil.

– Le Magicien de Cristal ! s'exclama Falcon, émerveillé. S'il est de notre côté, alors les choses devraient bien se passer, non ?

Wellan lui donna une tape amicale sur l'épaule et se glissa sous sa tente, aux côtés de Bridgess qui dormait à poings fermés.

Le lendemain matin, il raconta à ses compagnons sa rencontre avec Abnar.

– Pourquoi est-ce à toi qu'est apparu le Magicien de Cristal ? Pourquoi pas à nous ? s'exclama Jasson, contrarié.

– Parce que vous dormiez, cingla Wellan qui n'avait vraiment pas envie d'une nouvelle confrontation avec son compagnon.

– Wellan est notre chef, Jasson, lui rappela Dempsey. C'est normal que ce soit lui qui reçoive les instructions des Immortels.

Mais cette réponse ne plut pas du tout à Jasson, qui s'éloigna avec son apprenti sous prétexte de lui donner une leçon d'escrime. Wellan les suivit des yeux en pensant que c'était probablement ce genre de comportement qui avait causé la perte des premiers Chevaliers. Il pria le ciel que l'histoire ne se répète pas.

Il alla ensuite marcher le long des fosses et décida que chaque Chevalier couvrirait au moins cinq pièges à la fois. Dès que les dragons y auraient plongé tête la première, les

Chevaliers se serviraient de leur magie pour les enflammer. Quant à leurs cavaliers, ceux qui n'auraient pas péri avec leurs montures dans les fosses, ils passeraient au fil de leurs épées. Les hommes de Zénor se masseraient derrière eux, devant les Écuyers, empêchant l'ennemi d'atteindre les enfants.

Dès que le soleil commença à décliner, Wellan rassembla tous les Écuyers dans l'enclos afin qu'ils sellent les chevaux et y attendent la suite des événements. Un bon commandant prévoyait toutes les issues possibles d'un combat. Si des dragons parvenaient à franchir leur ligne de défense, les apprentis devaient retourner au Château d'Émeraude. Les Écuyers n'avaient pas rouspété aux ordres du grand Chevalier, même si leur expression lugubre en disait long, mais Wellan savait qu'ils lui obéiraient.

Il revint ensuite vers ses compagnons rassemblés autour du feu qui mourait lentement. Ils étaient tous silencieux et il devina qu'ils avaient médité, préparant leurs corps et leurs esprits à l'affrontement.

– Le feu est la seule et unique façon de détruire les dragons, rappela-t-il en promenant son regard glacé sur chacun d'eux, mais en ce qui concerne leurs maîtres, je vous laisse choisir la façon de les éliminer. Cette nuit, il faut faire comprendre à l'Empereur Noir qu'il ne peut pas débarquer ici selon son bon vouloir.

– Nous ne sommes que sept, Wellan, souligna Falcon.

– C'est vrai, mais nous ne sommes pas des hommes ordinaires. Nous sommes des Chevaliers d'Émeraude, des adversaires redoutables qui non seulement savent se servir de leurs armes, mais qui possèdent une grande maîtrise des forces de la nature.

– Et ce sera encore plus clair pour l'empereur si sept hommes réussissent à eux seuls à repousser son armée, ajouta Dempsey.

– Ou plus insultant, marmonna Jasson. Il voudra certainement venger cette humiliation.

– En effet, il serait bien imprudent de notre part de penser qu'il ne réagira pas, acquiesça Wellan. Mais l'Empereur Noir n'est pas un être humain. Le temps ne signifie rien pour lui. Avant son retour, nous aurons certainement augmenté notre nombre.

– C'est le Magicien de Cristal qui t'a donné toutes ces informations ? persifla Jasson avec un regard de défi.

– En partie, éluda calmement Wellan. Et nous les utiliserons à bon escient. Il ne faudra surtout pas céder à la panique lorsque l'ennemi débarquera sur la plage.

– Pourquoi ferions-nous une chose pareille ? s'étonna Bergeau.

– Parce que nous serons confrontés à des bêtes et à des êtres qui ne ressemblent à rien de ce qui existe dans notre monde, expliqua le grand chef.

– Un ennemi, c'est un ennemi, commenta Santo en haussant les épaules.

– C'est exact, conclut Wellan, satisfait.

Dès que l'obscurité eut étendu son voile sur la côte, les Chevaliers et les hommes de Zénor se dirigèrent vers les fosses. Armés jusqu'aux dents, les Zénorois prirent position derrière les soldats vêtus de vert. Si jamais les dragons ou leurs cavaliers arrivaient à franchir les pièges et à terrasser les Chevaliers, ces hommes courageux donneraient leur vie pour venger leurs ancêtres.

Wellan se posta derrière une trappe. Deux fosses plus loin, sur sa droite, se trouvait Jasson, juste à côté, Santo et, tout au bout, Dempsey. Sur sa gauche, Chloé, Falcon et Bergeau occupaient les mêmes positions. Il ne tirèrent pas leur épée, comptant davantage sur leur magie pour vaincre les monstres meurtriers que sur leur habileté guerrière.

Les heures passèrent sans que les Chevaliers entendent autre chose que le murmure des vagues qui s'abîmaient sur les galets. L'obscurité étant totale, ils se servirent surtout de leurs sens invisibles pour sonder l'océan. Toujours rien. Lorsque le brouillard se leva sur la côte, Wellan sut que le moment de vérité était arrivé. Par télépathie, il avertit ses frères d'armes de se tenir sur leurs gardes. Puis, il perçut le glissement d'une coque de bois sur la plage, puis une deuxième, une troisième et une quatrième.

De lourdes planches s'abattirent sur le sol, puis il capta les pas d'énormes bêtes. Ce n'était pas des squelettes inoffensifs comme celui du village, mais des dragons bien vivants qui devaient certainement mourir de faim après cette longue traversée. Un cri perçant déchira la nuit. L'une des bêtes avait dû sentir la chair humaine.

Laissez-en tomber plusieurs dans les pièges avant de les enflammer, sinon les autres battront en retraite et nous ne pourrons pas les tuer, dit Wellan à ses frères. Il sentit la peur de Falcon, mais l'intense concentration des autres Chevaliers le rassura. *J'en compte douze*, ajouta Wellan en se préparant à l'impact.

Le premier dragon s'enfonça dans le sol juste devant Bergeau qui eut à peine le temps de voir sa tête hideuse et ses yeux rougeoyants. La bête fit trembler le sol en touchant le fond de la fosse et poussa un cri de terreur. Un deuxième animal subit le même sort devant Falcon, qui sentit aussitôt sa peur se dissiper. Les pièges fonctionnaient. D'autres reptiles disparurent dans le sol. Wellan n'en perdait pas le compte, malgré leurs hurlements et les cliquetis affolés des mandibules de leurs maîtres qui s'abîmaient dans les fosses avec eux.

Dès qu'il fut persuadé que les douze dragons avaient été piégés, le grand Chevalier donna l'ordre à ses frères d'utiliser leur magie. Ils tendirent les mains et leurs paumes devinrent lumineuses. Des éclairs brillants en fusèrent, enflammant chacune des fosses comme de gigantesques feux de joie.

Les cris d'agonie des bêtes remplirent la nuit, mais Wellan resta de glace. Soudain, fendant le brouillard rendu encore plus dense par la fumée que dégageaient les flammes géantes, surgirent les fantassins-insectes qui avaient évité les trappes. Ils avaient une forme humanoïde, mais leur peau ressemblait à la carapace des scarabées. Leur visage pointu se terminait par des mandibules sans cesse en mouvement. Leurs yeux énormes et globuleux semblaient animés d'une lumière intérieure d'un rouge éclatant. Leurs mains aux longues griffes brandissaient des lances argentées qui semblaient n'avoir jamais servi.

Wellan perçut les premiers chocs des épées de ses compagnons contre les armes des envahisseurs. Les Zénorois s'élancèrent aussitôt à leur aide. Les Chevaliers d'Émeraude et leurs alliés attaquèrent l'ennemi et, en dépit du nombre dix fois plus grand d'insectes, ils eurent rapidement raison d'eux. Entourés de cadavres jonchant le sol, les Chevaliers s'immobilisèrent en haletant et scrutèrent attentivement les alentours. Wellan avait du mal à entendre autre chose que son cœur qui battait férocement dans ses oreilles. Puis, il ressentit la présence d'une autre bête... sur sa droite.

– Jasson ! hurla-t-il en sautant par-dessus les corps mutilés.

Le jeune Chevalier était tellement certain de leur victoire qu'il ne réagit même pas lorsque le dragon surgit du brouillard lumineux. Piétinant un de ses congénères qui agonisait dans la fosse, dans les flammes, la bête avait réussi à percer la ligne de défense des humains. Posant finalement ses pattes de devant sur la terre ferme, elle poussa un cri aigu et tendit brusquement le cou comme un serpent, droit devant elle.

Revivant la terreur suscitée par sa vision au pays des Elfes, Jasson vit la bouche remplie de dents fondre sur lui sans pouvoir bouger un seul muscle. Une force infiniment brutale s'enfonça dans ses côtes, sur son flanc gauche, et il fut projeté au sol.

Surgissant de nulle part, Wellan l'avait poussé juste à temps pour qu'il ne se fasse pas arracher le cœur. Les mâchoires avides de la bête claquèrent dans le vide et elle hurla de rage. Elle replia le cou et le projeta une fois de plus sur ces humains qui osaient lui résister. Les Chevaliers roulèrent chacun de leur côté sur le sol en évitant ses crocs acérés.

– Utilise ton pouvoir de lévitation pour l'obliger à reculer ! cria Wellan à son compagnon.

Jasson se redressa aussitôt en position assise et tendit les bras devant lui, les paumes tournées vers la bête. Un vent violent s'éleva autour d'eux et une force invisible repoussa le dragon dans la fosse. Il enfonça ses pattes de devant dans le sol mais ses griffes labourèrent la terre sans succès. Jasson le renvoya dans la trappe rejoindre l'autre monstre. Wellan sauta aussitôt sur ses pieds et ses mains lancèrent des langues de feu dans la fosse, enflammant la bête. Il vit alors les autres Chevaliers qui accouraient à leur secours.

– Wellan ! Jasson ! Est-ce que ça va ? s'écria Bergeau.

– Oui, ça va, assura le grand Chevalier.

Jasson baissa les bras et se laissa retomber sur le dos, épuisé. Santo se précipita sur lui et fut soulagé de constater qu'il n'était pas blessé.

– Balancez tous les cadavres d'insectes dans les fosses sauf un, lança Wellan en s'éloignant.

Chloé, Bergeau, Falcon et Dempsey s'affairèrent sans délai tandis que Santo aidait Jasson à se relever. Ce dernier, profondément bouleversé, tremblait de tous ses membres.

– Va rejoindre les Écuyers et repose-toi, suggéra Santo en posant une main amicale sur sa nuque.

– Wellan nous a donné un ordre, protesta Jasson, tanguant sur ses jambes chancelantes.

– Tu n'es pas en état de faire ce qu'il nous demande, mon frère, s'opposa Santo. Tu risques de tomber dans les flammes. Je t'en prie, suis mon conseil.

Jasson leva sur son compagnon d'armes un regard noyé de larmes. Il avait eu si peur lorsque l'affreuse bête avait foncé sur lui et, honteux, il s'en voulait d'avoir pensé que

Wellan ne l'aimait pas. Celui-ci ne venait-il pas de lui sauver la vie ? Santo le poussa gentiment mais fermement en direction des tentes. Il attendit que Jasson se soit éloigné pour donner un coup de main à ses compagnons.

Wellan s'accroupit près du dernier cadavre et l'examina attentivement à la lueur des flammes. Comment des êtres aussi différents d'eux pouvaient-ils exister dans l'univers ? Le grand Chevalier détailla lentement le visage triangulaire de l'homme-insecte, ses yeux éteints et ses mandibules immobiles. Il frappa la peau luisante du bout de son épée et constata qu'elle était beaucoup plus épaisse que l'épiderme humain. Il remarqua alors les oreilles pointues et l'image de Kira traversa son esprit.

Un frisson d'horreur parcourut son échine lorsqu'il se rappela que c'était un monstre semblable à celui-ci qui avait agressé sa reine. Il se releva d'un bond et, d'un coup de pied, envoya le cadavre dans la trappe infernale.

Le grand Chevalier, refusant de crier trop rapidement victoire, ordonna à ses frères d'arpenter sans relâche le bord des fosses jusqu'à ce que leur contenu soit réduit en cendres.

Peu après, les premiers rayons du soleil caressèrent le Royaume de Zénor et dispersèrent le brouillard. Wellan vit alors les barques de bois géantes tirées sur la plage. Sa première idée fut de fouiller les vaisseaux pour s'assurer que ne s'y cachaient pas des survivants, mais l'odeur pestilentielle qui régnait à bord l'en dissuada. Il décida plutôt d'y mettre le feu et de les repousser à la mer.

Le grand Chevalier poursuivit sa route vers le château, ressassant tous les détails de l'affrontement. L'Empereur Noir disposait certainement d'une grande armée. Dans ce cas, pourquoi avait-il envoyé si peu d'hommes-insectes à l'assaut du continent ?

– *Parce qu'il n'avait nullement l'intention d'envahir Enkidiev*, l'informa une voix féminine.

Wellan fit volte-face et découvrit le gracieux fantôme de la Reine de Shola.

– *Il voulait simplement repérer l'endroit où se cache sa fille avant de faire débarquer toutes ses troupes*, poursuivit-elle. *Les combats ne font que commencer, vaillant Chevalier.*

La vision se dissipa avant que Wellan puisse demander à la reine ce qu'elle savait des intentions d'Amecareth. « Cette attaque n'était donc qu'une escarmouche entre les Chevaliers et une bande d'éclaireurs », comprit-il en revenant vers ses compagnons.

En voyant les barques enflammées voguer vers le large, les Écuyers s'étaient précipités sur la plage en criant de joie. Ils avaient jeté un coup d'œil dégoûté dans les fosses fumantes puis s'étaient empressés d'entourer les Chevaliers et les hommes de Zénor, grands vainqueurs de ce combat.

Mais aucun signe de réjouissance n'éclairait le visage de Wellan d'Émeraude. Au contraire, une profonde inquiétude crispait ses traits. Santo fut le premier à s'en rendre compte. Il se fraya aussitôt un chemin dans la foule en liesse et s'approcha de son chef.

– Wellan ? fit-il, anxieux.

– Ce n'était pas leur armée, maugréa le grand Chevalier en fronçant les sourcils, mais une petite garnison chargée de s'infiltrer en douce sur nos terres.

Sur ce, Wellan tourna brusquement les talons, sous les regards alarmés de ses frères d'armes. Ainsi, les combats de la nuit n'étaient qu'un prélude... Mais un prélude à quoi ?

✧　✧

✧